오월의 청춘

이 강 대 본 집

2

이강 대본집

오월의 청춘 2

1판 1쇄 발행 2021. 6. 25.
1판 3쇄 발행 2023. 10. 23.

지은이 이강

발행인 고세규
편집 김민경 디자인 이경희 마케팅 김새로미 홍보 박은경
발행처 김영사
등록 1979년 5월 17일(제406-2003-036호)
주소 경기도 파주시 문발로 197(문발동) 우편번호 10881
전화 마케팅부 031)955-3100, 편집부 031)955-3200 | 팩스 031)955-3111

값은 뒤표지에 있습니다.
ISBN 978-89-349-8882-3 04810
    978-89-349-8880-9 (세트)

홈페이지 www.gimmyoung.com   블로그 blog.naver.com/gybook
인스타그램 instagram.com/gimmyoung   이메일 bestbook@gimmyoung.com

좋은 독자가 좋은 책을 만듭니다.
김영사는 독자 여러분의 의견에 항상 귀 기울이고 있습니다.

오월의 청춘 2

이 강 대본집

김영사

처음 5·18이 제 가슴을 파고든 순간을 기억합니다.

'당신 원통함을 내가 아오. 힘내소, 쓰러지지 마시오.'

5·18 엄마들이 4·16 엄마들에게 보낸 한 현수막의 메시지였습니다. 바위 같은 슬픔을 가슴에 품고도 거센 밀물에 가라앉지 않고 긴긴 세월을 헤엄쳐온 이들이 당신의 슬픔을 안다고 내미는 손길. 사랑하는 사람을 잃고 슬픔에 잠긴 이들에게 당신의 슬픔을 안다고 깊이 공감하고 함께 슬퍼하는 그 마음이 참 아름답고 진정 어린 위로의 방식이라 느껴졌습니다. 짧은 순간이나마 타인의 삶을 경험하게 해주는 드라마로써 더 많은 이들이 당신의 슬픔을 안다고, 광주에 따뜻한 위로를 건네길 바라는 소망으로 드라마 〈오월의 청춘〉을 기획하게 되었습니다.

처음 자료 조사를 하다 눈물을 흘렸던 순간을 기억합니다. 작품의 구체적인 방향을 정하기 전, 자료 조사를 하러 도서관을 찾았다가 5·18 묘지의 비문들을 모아놓은 책 한 권을 뽑아 들게 되었습니다. 한 글자 한 글자 슬픔과 설움으로 새겨놓은 글귀들을 읽는 내내 그 비문들이 꼭 떠난 이에게 보내는 편지처럼 느껴졌습니다. 그러다가 문득 그런 생각이 들더군요. '아, 내가 읽고 있는 이 모든 것은 남겨진 이들의 기록이구나. 비문이며 증언, 실종자 가족의 수기, 사망과 부상에 대한 숫자들까지도 남은 이들이 떠난 이를 기억하기 위해 눈물로 적어 내려간 기록이구나.' 묻힌 사람을 향한 글 같지만, 사실 남은 이들이 읽고 위로받는 '비문'처럼 '남은 이들을 위한 이야기'를 써야겠다고 방향을 잡아나갔습니다.

처음 대본 작업을 하다가 울었던 순간을 기억합니다. 4화 초고 작업을 마치고 난 후, 이렇게나 힘들게 마음을 연 희태를 내가 또 외롭게 만들겠구나 싶어 미안함과 먹먹함에 가슴이 아렸습니다. 작업 내내 참 많이도 울었던 것 같습니다. 이리도 힘들고 외로웠던 아이들인데 그냥 행복하게 살면 안 될까. 이 애틋한 아이들을 꼭 내 손으로 지옥으로 내몰아야 하는 걸까…

괴로운 마음에 수백 번씩 마음이 약해지다가도 내가 만드는 이야기 바깥에, 현실에서 지옥을 사는 이들이 있다고 남은 이들을 위한 이야기를 쓰겠다던 초심을 잃어선 안 된다고 마음을 다잡으며 겨우겨우 이야기의 마침표를 찍었습니다.

그 오월에 사라져, 사랑하는 이들의 곁으로 돌아오지 못한 이들이 정부 공식 인정만 수십, 비공식적으로는 수백 명에 이릅니다. 이 순간에도 '밀물의 삶'을 헤엄쳐나가는 수천, 수만의 희태에게 사랑과 진심을 담아서 명희의 기도를 보냅니다. 사랑하는 이를 잃은 슬픔에 당신의 삶이 잠기지 않기를. 혼자 되어 흘린 눈물이 목 밑까지 차올라도, 거기에 가라앉지 않고 계속해서 삶을 헤엄쳐 나아갈 힘과 용기가 함께하기를…

마지막으로 이 자리를 빌려 감사 인사를 전하고자 합니다. 평생 숙원이었다는 '오월 이야기'를 제게 믿고 제안해주신 이건준 센터장님, 제가 숲에서 헤맬 때마다 나침반이 되어주신 든든한 파트너 감독왕 송민엽님, 히말라야처럼 모진 악조건 속에서도 작품을 위해주신 셰르파 이대경 감독님, 제 스케치에 아름다운 색깔을 입혀 인물을 완성해준 도현, 민시, 새록, 상이 씨를 비롯하여 역할의 크고 작음에 상관없이 진심과 열정으로 임해주신 모든 배우분들, 오월 밤의 풀벌레처럼 부족한 대본을 아름답게 완성시켜주신 스태프분들, 인물의 나이, 성격까지 고려해 섬세히 사투리를 감수해주신 김보정, 정욱진 배우님, 못난 동생의 SOS에 본업도 뒤로하고 달려와, 넋 나간 프로도 곁을 지켜준 샘처럼 '오월의 산' 등정을 끝까지 함께해준 보조작가이자 나의 뮤즈 김지혜 배우님, 작은 파도에도 출렁이는 통통배처럼 늘 불안 속에서 살던 나에게 더 큰 바다를 항해할 힘과 용기를 주는 나의 항구, 사랑하는 용화. 이 외에도 작품을 위해 도움을 주신 수많은 분들과 함께 울고 웃으며 〈오월의 청춘〉에 따뜻한 '답장'을 보내주신 시청자 여러분께 마음을 다해 감사드립니다.

2021년 5월에,
작가 이강 드림.

○ 이 책은 작가의 드라마 대본 집필 형식을 최대한 따랐습니다.

○ 드라마 대사는 글말이 아닌 입말임을 감안하여, 한글맞춤법과 다른 부분
   이라 해도 그 표현을 살렸습니다.

○ 이 책은 작가의 최종 대본으로, 방송되지 않은 부분이 포함되어 있습니다.

○ 이 드라마는 김해원 작가의《오월의 달리기》(푸른숲주니어, 2013)를 원작
   으로 하였습니다.

통곡과 낭자한 피, 함성과 매운 연기로 가득했던 80년 오월의 광주.

그 소용돌이 한가운데에 휘말리게 된 두 남녀가 있다.

그 오월이, 여느 때처럼 그저 볕 좋은 오월이었더라면

평범하게 사랑하며 살아갔을 사람들의 이야기.

비록 장엄하거나 영웅적이진 않아도,

그곳에서 울고, 웃고, 사랑했던 평범한 이들의 이야기로

매년 돌아오는 오월이 사무치게 아픈 이들에게는 작은 위로를,

이 순간 각자의 오월을 겪어내는 이들에게는

그 오월의 불씨를 전하고 싶다.

● 황희태 / 黃喜太, 1955년 6월 23일생

자신을 예단하는 모든 것을 거부하는 선천적 청개구리.

희태의 인생을 한마디로 표현하자면 '편견과의 전쟁'이다. 미혼모의 아들에 대한 편견들을 깨부수기 위해 매년 반장과 전교 1등을 도맡아 서울대 의대에 수석으로 입학했고, 광주에서 올라온 자신에게 '머리 좋은 촌놈'이라 동기들이 떠들자 굳이 필요하지도 않은 최신 승용차를 뽑아버렸다. 대학생이라면 당연히 화염병을 들어야 한다는 통념도, 의대생이라 틀어박혀 공부만 할 것이라는 고정관념도 지긋지긋해 통기타 하나 메고 허구한 날 대학로 음악다방을 드나들면서도 날라리 의대생 성적은 안 봐도 뻔하다는 색안경은 또 싫어서 남 안 보는 데선 피 터지게 공부해 과탑을 유지해왔다.

　　그렇다고 오기와 독기만 바짝 오른 성격은 아니다. 오히려 유들유들, 능글능글, 예측 불가한 특유의 뻔뻔함으로 상대가 당황하는 모습을 보며 즐기는 능구렁이에 가깝다. 어쩌면 그것이 희태가 생존하는 방법이었다. 밤무대 가수인 어머니에게 주정 부리는 취객한테 달려들고 싶어도, 담배 심부름을 하며 그 취객에게 용돈을 받는 아이였다. 강하면 부러지는 법이고, 희태 같은 경우 부러지면 끝이었으니까.

조금, 어쩌면 많이 부족한 살림이기는 했지만 어머니와 보낸 유년 시절이 희태에게 생채기로 남진 않았다. 월세 내야 한다는 아들의 말에 그저 '아 맞다' 하고 웃는 철없음이나, 기껏 공부해 전교 1등 성적표를 내미는 아들에게 '너무 고생하지 말고 나중에 가수나 하라'던 천진난만함이 희태를 또래보다 조금 더 일찍 철들게 하긴 했지만… 기본적으로 어머니는 '강하고 웃긴' 사람이었고, 희태도 그를 닮아 기본적으로 올곧고 따뜻하게 자랐다.

오히려 모자간의 갈등이 시작된 건 어머니가 아프면서부터였다. 평생을 자신과 어머니를 버린 아버지를 원망하며 자란 희태는 어머니의 치료비를 간청하러 얼굴도 모르는 기남을 찾아갔고, 그날 희태는 난생처음으로 어머니의 낯선 얼굴을 봤다. 울고, 싸우고, 간청하고, 불같이 화도 내보았지만 끝끝내 어머니는 기남의 도움을 거부하다 허무하게 세상을 떠났고, 희태는 어머니 장례비를 핑계로 기남을 찾았다. 무슨 의도로 자신을 찾아왔느냐는 기남의 냉정한 물음에 동물적으로 상대방이 원하는 바를 알아챌 줄 아는 희태는 "복수심이 장례비를 내주진 않잖아요"라고 답했다. 그 당돌한 대답이 기남을 만족시켰고, 그길로 그 집으로 들어가 착실히 서자(庶子) 포지션에 적응해나갔다. 군식구라고 기죽지 않고 일부러 밥 한 그릇 더 달라며 뻔뻔하게 굴었다.

어머니의 피를 이어받아 음악에 재능이 있었던 희태는 대학에 와서 사귄 유일한 단짝 친구인 경수와 2인조 그룹을 결성한다. 데모와는 담쌓고 지내던 희태와 달리, 학생운동에 열성적이었던 경수는 종종 병원에 갈 수 없는 수배 학생들을 의대생 희태에게 데려와 자취방을 '불법 진료소'로 만들곤 했다. 그러던 어느 날, 수배 중이던 경수가 중상을 입은 석철을 업고 찾아오지만 여공 석철의 상태는 의대생 희태가 처치하기에 역부족이었고, 외부에 도움을 청하러 간 경수도 체포되어 강제입대를 당하게 된다. 그 사건으로 말미암아 생긴 죄책감과 트라우마로 인턴 수련을 앞둔 시점에 졸업 유예를 선택한 희태는 빚 갚는 사람

11

처럼 가지고 있는 모든 것을 하나씩 팔아 석철의 생명을 유지하기 위해 필사적
으로 병원비를 댄다. 그러다 잠시 의식을 찾은 석철의 '집에 가고 싶다'라는 한
마디에 곧바로 석철의 고향이자, 자신의 고향이기도 한 광주로 향한다.

석철을 광주병원으로 이송시키기 위해 몰래 광주에 간 희태는 아버지 기남에
게 결국 덜미를 잡혀 집으로 끌려오게 되고, 기남에게 '시키는 건 뭐든 할 테니
돈을 달라'는 승부수를 날려 이송에 드는 비용을 얻게 되지만, 대신 맞선에 끌
려나가게 된다. 아버지가 사준 맞선용 양복을 입고 심드렁하게 나서던 희태는
미처 알지 못했다. 평생 '경계'로 살아남은 자신이 한 여자 앞에서 무장해제되
리란 것을⋯ 그 여자와 인생에서 가장 찬란한 5월을 보내게 되리란 것을.

● 김명희 / 金明喜, 1955년 11월 1일생

광주 평화병원 응급실에 근무하는 3년 차 간호사.

우는 환자를 상냥하게 달래는 건 못해도, 다섯 살배기도 울지 않게 단번에 혈관
을 잡아낸다. '백의의 천사'보다는 '백의의 전사'에 가깝다. 누군가의 아련한 첫
사랑일 것만 같은 말간 외모와는 달리 관계에 엄격한 거리와 선이 있어, 절대
쉽게 곁을 내주지 않아 동료들에겐 악바리, 독종, 돌명희 등으로 불린다.

명희도 처음부터 '돌'처럼 차가운 사람은 아니었다. '그 사건' 전까지는 오히
려 불처럼 뜨겁게 주변을 덥혀주는 사람이었다. 고교 시절, 존경하는 조 신부가
구국선언을 하다 구속을 당하게 되자 함께 만든 대자보를 붙이고 유인물을 학
교에 배포한 여고생 수련과 명희는 학생운동 주동 혐의로 보안대로 동시에 잡
혀들어가게 된다. 모든 혐의가 명희의 단독 계획으로 사건이 종결되는 부조리
한 상황에서 아버지 현철의 강요로 다니던 학교에 자퇴서를 내고 '죽은 듯' 살
겠단 각서를 쓰고나서야 풀려날 수 있었다.

가장 존경하고 믿어온 아버지에게 깊은 배신감을 느낀 명희는 그길로 고향집
을 나와, 신부님과 야학의 도움으로 검정고시를 보고 간호학교에 진학해 간호

사가 되었다. 아버지와는 연을 끊다시피 해, 고향 나주에는 발도 들이지 않았지만, 이제 막 열두 살이 된 늦둥이 동생 명수가 마음에 밟혀 얼마 되지 않는 간호사 봉급을 쪼개고 쪼개 꾸준히 어머니 편에 부쳤다.

지난날을 잊기 위해 더욱더 바쁘고 악착같이 살아온 명희가 그나마 하루하루를 버텨낼 수 있었던 건 유학의 꿈 덕분이었다. 그러던 어느 날 허황된 꿈만 같았던 유학의 기회가 명희 앞에 찾아오지만, 장학 혜택을 받기 위해선 한 달 안에 비행기 푯값을 구해야만 했다. 자유롭게 해외여행도 할 수 없었던 시대에 유럽행 비행기 표는 간호사 봉급 몇 푼으론 절대 한 달 안에 마련할 수 없었기에 고민에 빠진다. 그러던 차에 단짝 친구 수련이 본인 대신 '끔찍한' 맞선에 세 번만 자리해주면 그 대가로 독일행 비행기 표를 구해주겠다는 제안을 해온다. 고민 끝에 이를 수락한 명희는 오로지 '퇴짜'가 목적인 맞선에 나가게 된다.

수련의 구두를 신고 삐그덕 맞선 장소로 향하던 명희는 미처 알지 못했다. 평생 마음을 억누르고 욕망을 유예하던 삶을 살아온 자신이 한 남자 때문에 난생처음 용기를 내게 될 거라는 것을… 그 남자와 인생에서 가장 찬란한 5월을 보내게 될 것이란 것을.

● 이수련 / 李秀蓮, 1955년 8월 31일생

전남대학교에 재학 중인 '법학과 잔 다르크'

대대로 광주지역을 주름잡고 있는 유지 집안의 외동딸로, 사업체와 공장을 운영하시는 아버지 밑에서 유복하게 자랐다. 마음 깊숙한 곳에 풍족한 집안에서 편히 자랐다는 부끄러움이 있어, 어릴 적 아버지 차로 등교할 때면 보는 눈 없는 곳에 세워달라고 하곤 했다. 그런 수련을 보고 누군가는 말한다. 수련이라는 그 이름처럼, 더러운 자본가 집안에 핀 '연꽃' 같다고. 혹은 자본가 아버지 품에서 노동자의 권리를 부르짖는 위선자라고. 수련 역시 자신 안에서 부딪히는 양면성에 혼란스러울 때가 많지만, 노동자를 착취하는 현실에 분노하며 노동운동과 민주화운동에 더욱 앞장선다.

그런 수련을 아무런 비난 없이 바라봐주는 유일한 존재가 바로 명희다. 고등학교 때 만나 벌써 10년을 바라보는 오래된 친구 사이로, 동갑이지만 자신보다 어른스러운 명희를 '쌍둥이 언니'라고 소개할 정도로 수련은 친자매처럼 명희를 마음 깊이 의지하고 있다. 번갈아 1, 2등을 다투며 선의의 경쟁을 벌이던 고교 시절, 교내 학생운동을 주도한 일로 두 사람은 완전히 다른 인생을 걷게 된다. 무슨 이유에선지 모든 혐의를 뒤집어쓴 명희는 고교 자퇴 후 간호사가 됐고, 아무런 처벌을 받지 않은 수련은 '법학과 잔 다르크'가 됐다. 이후 두 사람은 금기어라도 되는 듯 그 사건을 서로 언급하지 않고 수련은 우리 사이에 달라진 게 없다는 듯 부러 더 편안하게, 명희는 혹여나 수련이 죄책감을 느낄까 더 맞춰주면서, 터놓지 못한 묵은 감정들을 지뢰처럼 묻어두고 우정을 이어나갔다.

유치장에 갇힐 만한 '망나니짓'을 한 번 할 때마다 처벌처럼 맞선을 봤다. 맞선에 나갈 때면, 명희에게 '보석금 내러 간다'라며 너스레를 떨곤 했다. 그러다 딱 한 번, 정말 나가기 싫은 맞선 자리에 명희를 대신 내보냈다. 정권의 개 노릇을 하는 집안과 엮이기 싫었던 게 가장 큰 이유였지만, 한편으로는 명희의 자존심을 최대한 다치게 하지 않으면서 독일행 비행기 푯값을 마련해주고 싶어 떠올린 묘책이었다.

대신 맞선에 나가는 명희에게 '부적'을 둘러주던 수련은 미처 알지 못했다. 이 장난스러운 맞선이 나비효과처럼 커다란 파문을 가져오게 될 거란 것을⋯ 평생 가족과 신념 사이에 갈등하던 자신이 선택을 내리게 될 거란 것을.

● **이수찬** / 李秀澯, 1952년 3월 12일생

수련의 세 살 터울 친오빠.

아버지의 회사를 함께 운영하고 있다. 프랑스 대학에서 경영학을 전공해, 실질적으로 가업을 물려받을 후계자다. 무역만이 살길이라고 온 나라가 부르짖던

당시 사회 분위기와 유학 경험에 힘입어 고향 광주에서 제약회사를 차리려는 '산업역군'이다. 훤칠한 외모와 점잖은 성격으로 뚜쟁이들의 러브콜이 끊임없이 밀려오지만, 결혼만큼은 비즈니스처럼 해치우기 싫단 신념으로 몇 년째 싱글 상태를 유지 중이다. 옛 세대의 전형적인 '남자다운 남성상'으로, 가족에 헌신하고 책임감 있는 스타일.

명희와는 수련의 고교 시절 동생의 친구로 처음 만났다. 매일 광주로 통학하며 열심히 공부하는 모습이 그저 기특하기만 했는데 몇 년 후 다시 만난 명희는 어엿한 숙녀가 되어있었다. 고학으로 간호사가 되어 아등바등 어려운 집안 살림까지 도우면서도 꿋꿋이 유학의 꿈을 품고서 삶을 헤쳐 나아가고, 유학 생활을 물으며 호기심으로 반짝이던 명희의 눈빛에 서서히 매료되기 시작한 수찬은, 언제부터인가 거친 풍파에서 명희를 안락하게 지켜주고 싶단 마음을 몰래 품는다.

사업가답게 매사에 수완이 좋고 융통성이 있는 편이라, 바위에 돌진하는 달걀처럼 무모하게 구는 수련을 이해할 수 없었다. 유학 생활을 하며 약소국 출신이라 온갖 수모를 당했던 수찬이었기에 그에게 민주주의보다 더 간절한 것은 바로 '힘 있는 나라'였다. "굶어 죽는 사람이 투표하러 갈 힘은 있겠냐? 일단 밥은 묵고 살아야제." 나라가 부유해지면 민주주의는 자연스레 따라올 것이라 수찬은 믿고 있었다. 그러다 5월 중순, 믿기 힘든 일이 그의 고향 한복판에서 벌어지며 자신이 믿어왔던 세상이 며칠 만에 무너지는 경험을 하게 된다.

● 김경수 / 金炅秀, 1955년 7월 1일생

공수부대 이등병. 광주에 투입된 계엄군이자 희태의 대학 친구.

서울대 국어교육과에 재학 중 체포되어 강제입대를 당했다. 버려진 동물 하나, 길가에 핀 꽃 하나 함부로 대하지 못하는 선한 성품. 늘 궂은 일을 떠맡고 손해 보고 사는 성격 때문에 희태가 악역을 자처해 경수를 챙기고, 옆에서 잔소리해

댔다. 희태와는 대학 동아리인 '시상연구회'에서 만났다. 희태는 자신의 곡에 가사를 붙여줄 만한 사람을 찾으러, 어릴 적 꿈이 시인이던 경수가 시를 쓰고 싶어 가입한 그곳은 '사상연구회'에서 점 하나만 뺀 거라는 우스갯소리가 있을 정도로 문학보다는 학생운동에 더 치중된 동아리였다. 우리끼리는 정말로 '시상'을 연구하자는 희태의 제안으로 하루 이틀 따로 만나다가 정이 들어 듀오까지 결성한다.

'시상연구회'에서 늘 환영받지 못하는 존재였던 희태와 달리 '사상'에도 열심이라 학생운동에 앞장서 환영받는 존재였던 경수는 작사에 영 꽝인 희태 대신에 가사를 써 붙이다가, 가끔 몰래 민중가요 가사를 붙여 희태 몰래 배포하기도 했다. 교사의 꿈을 살려 열정적으로 야학 활동을 하던 경수는 여공들의 노동운동을 부추겼다는 이유로 모진 문초를 겪는다. 그 과정에서 의도치 않게 희태에게 지울 수 없는 상처를 남기고 강제로 군대에 입대하게 된 경수는 '고문관' 취급을 받으며 선임들의 괴롭힘과 강도 높은 충성훈련 속에 하루하루를 견디고 있다.

● 장석철 / 張石鐵, 1957년 12월 11일생

YA 방직 공장의 노동자이자 경수의 야학 학생.

1남 3녀 중 장녀로 중학교를 졸업하자마자 서울로 상경해 돈을 벌었다. 잠 못 자고 다쳐가며 번 돈은 대학생인 남동생을 위해 쓰였다. 그렇게 잠 깨는 약을 들이붓던 여공 생활 5년 차, 고교 검정고시 공부를 무료로 가르쳐준다는 공장 친구의 말에 한 달에 하루 쉬는 날 나들이하듯 나갔던 야학에서 자분자분 시를 읊던 대학생 교사 경수에게 마음을 뺏겨 개근 학생이 되었다. 짓궂은 작업 멘트로 경수의 얼굴 붉히는 재미에 나가기 시작한 야학에서 석철은 비로소 자신을 둘러싼 세상의 부조리에 대해 눈뜨기 시작했고, 다른 동료들을 설득해 노조를 설립하고 대대적인 파업농성을 이끈다. 어느새 사회면을 장식할 정도로 커져

버린 파업의 선봉에 선 석철은 잔혹한 진압 과정 중 크게 다쳐 의식을 잃게 된다. 수배자 신분이던 경수가 그런 석철을 업고 희태에게 향했고, 늦은 처치로 인한 후유증으로 코마 상태에 빠진 석철은 그동안 밀린 잠을 몰아 자기라도 하듯 몇 달째 깨어나지 못하고 있다.

● 황기남 / 黃起南, 1934년 9월 9일생

희태의 아버지. 보안부대 대공수사과 과장.

우아한 가면 뒤에 잔인한 민낯을 숨긴 통제와 조정의 대가. 단번에 가장 연약한 목덜미를 물어뜯는 육식동물처럼 상대의 약점을 꿰뚫어 집요하게 파고드는 능력이 있다. 일찌감치 부모를 여의고 고아로 살아남은 기남은 같잖은 집에서 태어나 같잖은 부모 밑에서 자라는 놈들보단 오히려 혈혈단신인 자신이 낫다고 믿었다. 날 때부터 정해진 가족의 굴레에 얽매이는 게 아니라, 원하는 대로 가족을 꾸릴 수 있는 '선택권'이 있으니까. 그런 기남에게 결혼은 일생일대의 거래이자 철저한 설계였다. 난생처음 진실한 사랑으로 자신을 대해준 희태의 친모를 만나 슬하에 태어난 아이에게 이름까지 지어줬지만, 끝까지 혼인만은 피했던 이유도 그 때문이었다. 일생일대의 거래를 '그저 그런 가족'으로 마치고 싶지 않아서. 출세와 '그럴듯한 가족'에 대한 기남의 강한 욕망은 결국 호남 최대 양조회사의 딸 해령의 결혼으로 이뤄낸다. 장성해 찾아온 희태를 받아준 것도 같은 이유였다. 서울의대 수석합격의 수재… '그럴듯한 가족'의 구성원으론 괜찮았으니까.

　기남은 자신이 전라도 출신이라는 이유로 차별받으며 지내온지라, 희태를 비롯한 집안사람들에게 표준어를 쓰도록 강요하고 희태가 상경할 때는 '고향을 물으면 서울이라 하라'고 신신당부하기도 했다. 한 마을에서 나고 자란 현철을 '빨갱이'로 몰아 실적을 채우는 등 특유의 집요함과 잔악함으로 중앙정보부의 요직까지 올라갔다가, 장인이 정치 자금 문제에 얽여 고초를 치르게 되자, 전에 자신이 하던 방식 그대로 돌려받아 좌천을 당한다. 그렇지만 아직 권력욕을 잃지 않고 재기의 발판을 마련하기 위해 열을 올리고 있다.

● 김현철 / 金顯哲, 1931년 3월 12일생

명희의 아버지. 고문 후유증으로 다리를 저는 시계수리공.

모르는 이에겐 그저 장터를 찾아다니는 장돌뱅이처럼 보이겠지만 거칠고 투박했던 삶도 해치지 못한 성품이 말과 행동에서 묻어나, 시장 안에서는 정신적 지주처럼 통한다. 피난길에 아버지를 여의고, 형마저 빨치산이 되어 소식이 끊기자 어린 나이에 가장이 되어 생계에 뛰어들어야만 했던 젊은 시절, 아버지의 유품인 회중시계를 늘 보물처럼 품다 시계에 관심이 생겨, 공장일 틈틈이 공부해 시계수리공이 됐다.

명희가 국민학교 들어가기 전에 시계방을 내는 것만이 목표였던 순조로운 나날을 보내던 중 청천벽력 같은 사건이 벌어진다. 생사도 모르는 형이 빨치산이었단 이유만으로 간첩이라는 누명을 뒤집어쓰게 된 것. 이 터무니없는 판을 기획한 것은 다름 아닌 보안대의 황기남. 같은 고향에서 나고 자란 동생으로, 현철네 사정을 뻔히 알고 있는 이였다. 엉터리 죄목으로 억울한 옥살이를 1년 정도 하고 풀려난 현철은 정든 고향을 떠나와 다시 0부터 시작해야만 했고, 괜히 자식들까지 '빨갱이의 자식'이라는 낙인이 찍힐까 봐 어릴 적에 앓은 소아마비로 다리를 전다고 거짓말을 해왔다.

그러다 고등학생이 된 명희가 학생운동 선동 혐의로 조사를 받게 되면서, 현철은 악몽과도 같았던 보안대로 다시 향하게 된다. 사실상 명희의 행동은 교내 징계 정도로 끝날 수 있는 사안이었지만, '빨갱이 아버지'와 엮으면 충분히 사건을 키울 수 있다는 협박에 현철은 선택의 갈림길에 서게 된다. 전도유망한 명희의 날개를 꺾어 '병신의 딸'로 살게 할 것인지, '빨갱이의 딸'로 자신과 같은 고초를 겪으며 살게 할 것인지…

현철은 결국 딸이 자신과 같은 고통은 겪어서는 안 된다는 생각에 명희를 자퇴시키고, 대학 진학까지 막는 결정을 내린다. 그 사건 후 명희와는 남보다 못한 사이로 지내고 있지만 그간 명희가 엄마를 통해 부친 돈을 차곡차곡 통장에 모아두며, 언젠가 아버지의 유일한 유품인 회중시계를 함께 건네주면서 명희와 화해하고 싶은 소박한 바람이 있다.

● 정혜건 / 鄭惠建, 1955년 4월 19일생

희태의 유일한 고향 친구이자, 명희의 성당 친구.

전남대 정치외교학과에 재학 중으로, 수련과 같은 학내 써클 소속이다. 작은 사진관을 운영하시는 아버지 밑에서 온화하게 자라 모난 데 없이 두루두루 누구와도 잘 지내는 타입. 언제 누구에게나 하하허허, 황희 정승 같은 둥근 성격이기에, 고교 시절 극도로 예민했던 희태의 마음을 열고 친해질 수 있었다. 어머니 치료비를 구하러 기남을 찾아가고, 그 집에 들어가기까지의 희태의 모든 선택을 아무런 말도 없지 않고 지켜봐줬다. 주변에서 따뜻한 '성당 오빠'로 통해, 모두가 신부님이 될 것이라 예상했으나 의외로 열성적으로 학생운동을 하는 '강경파'의 삶을 살아가고 있다.

● 박선민 / 朴善民, 1956년 1월 1일생

명희의 성당 친구.

조선대 국어국문학과에 재학 중이다. 짧게 자른 머리와 중성적인 차림 때문에 언뜻 보면 미소년 같다. 고교 시절 명희가 체포되고 자퇴하기까지의 모든 과정을 지켜봤기에, 명희의 친구인 수련을 경계하고 탐탁지 않게 생각한다. 사진 찍기가 취미로, 꾸준히 혜건의 아버지에게 사진을 배워왔다. 훗날 신문사에 사진기자로 취업하는 것이 목표.

● 최정행 / 崔正行, 1956년 10월 4일생

매사 실수투성이지만 의욕은 충만한 열혈 병아리 순경.

운동선수였던 경력을 살려 군 전역 후 순경이 되었으나, 매사가 서툴다. 어찌어찌 순경 유니폼은 입었지만, 하루하루가 사고의 연속. 교통 통제 중에 지인에게 손 인사를 하다가 삼중추돌 사고를 일으키고, 싸움 뜯어말리러 나갔다가 본인 머리채가 잡히는 경우가 허다한 허당이다. 어느 날, 공장에 전단 제작을 위해 불법 침입한 대학생 수련에게 한눈에 반한다. '그녀는 현행범, 나는 민중의 지팡이…' 어쩌다 보니 사랑엔 빠졌지만, 다시 수련을 만날 방법이 없어서 그 히스테리를 통금 직전 연인들에게 푸는 중이다. 횃불 시위나 거리 시위 때 무엇보다 '시민 경호'에 앞장서는, 경찰이기 이전에 그저 한 명의 시민인 광주 토박이.

● 이창근 / 李昌根, 1926년 2월 6일생

수련과 수찬의 아버지이자 성공한 사업가.

방직 공장과 옷 공장, 자동차 부품 공장까지 공장만 세 개를 운영하고 있고 선친에게 물려받은 노른자위 땅을 전남 곳곳에 소유한 지역 유지. 지병으로 아내가 죽고, 홀로 수련과 수찬을 정성으로 키워냈다. 천성이 아부나 뇌물, 굽신거림과는 거리가 멀었던지라 한 자리씩 차지하신 분들의 타겟이 되어 여러 차례 세무조사를 당하고 영업정지 처분을 당하는 등 억울한 일을 겪었던 창근은 그 '한 자리'가 더러워서 내가 한다는 마음으로 정계 도전도 해보려 했으나, 데모한다고 싸돌아다니는 사고뭉치 대학생 딸 수련이 걸림돌이라 '수신제가 치국평천하'란 말로 수모만 당하고 포기했다. 유학을 갔던 장남 수찬이 든든한 사업 파트너가 되어 돌아오자, '제약회사'를 세워 사업 규모를 대폭 키워보려는 결심을 세운다.

• 김명수 / 金明秀, 1969년 4월 23일생

명희의 남동생. 늦둥이로 태어나 사랑받으며 자란 천진난만 철부지.

전남 대표 1,000m 달리기 선수로 소년체전에 출전하게 됐다. 어릴 적부터 달리기를 잘해, 운동회만 열리면 늘 반 대표로 계주를 뛰었다. 몇 번 들어도 익숙해지지 않는 출발 신호 총소리에 매번 놀라서 스타트가 느리다는 지적을 꾸준히 받고 있다. 똘똘한데다 특히 길눈이 밝아, 지도만 있으면 어디든 찾아간다. 관계가 좋지 않은 아버지와 누나 사이에서 중재자 역할을 하려는 속이 깊은 아이지만 운동화 끈도 아직 잘 못 묶는 앳된 열두 살 소년.

• 황정태 / 黃正太, 1969년 10월 6일생

희태의 이복동생이자 명수의 라이벌.

또래보다 머리 하나는 훌쩍 큰 키와 어린이 같지 않은 피지컬로 중등부 선수들과 함께 훈련하기도 하는 광주시 대표 달리기 유망주. 엄마가 늘 아버지의 눈치를 보며 사는 것을 보면서 자라서 그런지 또래보다 철이 일찍 들었다. 어린이 주제에 굉장히 냉소적인 편. 어느 날 집으로 쳐들어온 의붓형 희태 때문에 그동안 자신을 시기하던 아이들에게 '첩년의 자식'이란 소릴 들어야 했다. 진짜 '첩년의 자식'은 본인이면서, 눈치 따윈 보지 않고 박힌 돌처럼 구는 희태가 얄미워 늘 괴롭히고 텃세를 부린다. 다르게 말하면, 집에서 편하게 막대할 수 있는 유일한 존재가 희태인 셈. 여러 사건으로 희태에게 미운 정이 쌓이고, 결국 진정한 형제로 거듭나게 된다.

• 송해령 / 宋海寧, 1942년 12월 1일생

희태의 새어머니이자 정태의 친모.

고운 자태와 차분한 말씨로 앞에선 어딜 가나 사모님 대접을 받지만, 장성해서 제 발로 찾아온 기남의 혼외자식인 희태 때문에 뒤에선 어느새 '첩'으로 기정사실화된 억울한 정실부인. 가부장적인 남편 기남과 의붓아들 희태에게 신경을 곤두세우며 살다 보니, 정작 친아들 정태는 응석 한 번 제대로 받아주지 못하며 키웠다. 호남지역에서 유명한 양조회사의 외동딸로, 사업 확장을 위해서 정략적으로 중앙정보부에 근무하는 기남과 부부의 연을 맺었다. 처음에는 상대적으로 부유했던 해령이 기남보다 관계의 우위를 점하는 듯했으나, 친정아버지가 야권 의원에게 몰래 정치 자금을 조달하고 있다는 사실이 드러나자 세무조사 등 갖은 고초를 겪고 회사가 문을 닫게 되고, 승승장구하던 남편 기남까지 전남지부로 좌천당하는 일을 겪었다. 아버지가 돌아가시며 남겨주신 재산으로 비교적 풍족하게 지내고 있지만 기남의 출세에 발목을 잡았다는 생각으로 위축되어 있다.

● **최순녀** / 명희의 어머니.

치매인 시어머니와 몸이 불편한 남편, 아이까지 돌보는 살림꾼. 처녀 시절 여공으로 일하다 같은 공장의 현철을 만나 결혼했다. 명희를 서울에 있는 대학에 보내주지 못한 것이 평생의 한이다. 남편 현철의 결정에 크게 반대하지 않고 묵묵히 따르는 편이지만, 막내 명수라도 원하는 꿈을 따라 살기를 속으로 응원하고 있다.

● **현상월** / 명희의 할머니. 이하 현철모.

치매를 앓고 있다. 피난길에 남편을 잃고 닥치는 대로 일하고 받는 품삯으로 두 아들을 키우다가, 첫째 아들이 빨치산을 하겠다고 집을 나가 화병으로 얼마간 앓아누웠다. 하나 있는 피붙이 현철을 위해 다시 자리에서 일어나 악착같이 살아갔으나, 현철이 '빨갱이' 누명으로 끌려가는 일로 또 한 번 일상의 무너짐을 겪었다. 젊은 시절 가슴앓이가 잦았던 탓일까. 비교적 일찍 치매를 앓기 시작해 가장 힘들었던 시절의 트라우마에 시달리며 살아가고 있다.

• 이광규

상병. 경수의 선임으로, '고문관' 경수를 챙기는 유일한 사람이다. 재수에 도전했다가 입시에 실패하자 삼수 대신 홧김에 입대했다. 원체 운동신경도 좋은데다가 눈치까지 빨라, 윗사람들에게 그냥 말뚝 박으라는 제안도 종종 받는 에이스. 경상도 아버지와 전라도 어머니 사이에서 태어난 '인간 화개장터'로 두 방언 모두 능숙한데, 유독 전라도에 발작하는 선임 병장 때문에 몇 년간 경상도 출신인 척하며 복무해왔다.

• 홍상표

이하 홍병장. 경수를 쥐잡듯이 잡는 내무반의 폭군. 평소 악랄한 행실로 모두가 빠른 전역을 기도하고 있는 인물이지만, 중간중간 가혹 행위로 영창에 다녀와 전역 날짜가 점점 미뤄지고 있다. 주변 어른들에게 주입받은 사상으로 전라도 출신을 유난히 싫어하고 학력에 대한 열등감도 심해서, 고학력자를 유난히 괴롭힌다. 어리바리한 서울대생 경수는 그야말로 홍병장의 놀잇거리.

• 이진아

하숙집 주인 딸. 독서실보다는 음악다방에서 팝송 듣는 걸 좋아하는 명랑소녀. 언젠가는 서울로 상경해 즐겨듣는 라디오 PD가 되는 게 꿈이다. 우연히 음악다방에서 만난 의대생 희태를 보고 뿅 반해버려, 과외까지 받게 되는 발랄한 여고생. 열심히 하면 여름방학 때 서울 구경을 시켜주겠다는 희태의 약속에 영 체질이 아닌 공부를 꾸역꾸역하는 중이다.

• 이경필

진아의 아버지이자 하숙집 주인아저씨. 본래 진주 출신으로 광주에서 20년 넘게 처가살이를 하다가 광주 토박이 아내와 사별한 후에도 광주에 터를 잡고 사는 경상도 사나이. 하숙집 주인이라는 타이틀로 어디 가서는 '임대업'을 한다며 빼기지만, 사실상 온갖 집안일을 담당하는 살림꾼으로, 얼룩 빨래와 국물 요리가 특기. 등록금 내가며 데모나 할 바엔 그냥 고졸로 살라는 둥 '가시나'면 그냥 명희처럼 기술을 배워 간호사나 하라는 둥 틈만 나면 가부장적인 막말을 일삼는 꼬장꼬장한 아저씨지만…

사실 재수까지 실패한 아들놈보다는 야무진 딸 진아에게 거는 기대가 유독 커, 명희에게 월세를 깎아주며 진아의 과외를 부탁하곤 했다. 주변인과 자식들 모두 전라도 사투리를 쓰는데 혼자만 경상도 사투리를 써 '난 외지 것이라 이거지' 하며 때때로 피해 의식을 표출하기도 한다.

평화병원 사람들

• 유병철

평화병원 응급실의 레지던트. 뺀질이 선배들이 떠넘긴 업무로 과로에 시달리며, 매일 밤 전공 선택을 후회한다. 성격이 자상하지는 않아도 공과 사가 확실하고 선을 넘지 않는 성격 덕에 다른 의사들에 비해 간호사들과 가장 소통이 잘 되는 편이다.

• 오인영

평화병원 응급실의 신규 간호사. 명희의 직속 후배(프리셉티)다. 갓 간호대학을 나온 병아리 간호사라 아직은 눈치 살피기와 실수가 일상의 반. 아직 피 보는 것을 두려워하는 여린 성정으로, 명희의 도움을 받아 어찌어찌 응급실 1년 차 생활을 이어나가고 있다.

• 김민주

평화병원 응급실의 간호사. 명희의 1년 선배이자 군기반장. 과중한 응급실 업무 스트레스로 위에다 꾸준히 인원 충원을 요구하고 있다. 신규 시절 둥글둥글했던 성격도 몇 년간의 진상 환자, 돌발상황으로 까칠해져 현재는 응급실의 군기반장으로 군림하고 있다.

• 최병걸

평화병원 부원장. 감투만 쓴 로열패밀리 병원장을 대신해서 병원의 각종 실무를 도맡고 결정하는 실권자이다. 광주 시내의 대형병원 중 가장 수익률이 떨어져 골머리를 앓고 의료진을 쪼아댄다. 젊을 적 의료 소송에 휘말린 전적이 있어, 귀찮은 환자를 제일 꺼린다.

그외

• 박철범

이하 박 코치. 육상 대표팀의 코치로 훈련받는 아이들을 인솔한다. 입에서 떨어질 생각을 않는 호루라기는 이미 제2의 언어가 되어버렸다. 명수의 가능성을 알아보고 '다크호스'라는 별명을 붙여주며 격려해준 스승님이자, 때로는 엄한 호랑이 코치로, 때로는 삼촌 같은 친근함으로 아이들을 이끈다.

● 조문철

이하 조 신부. 광주의 한 성당을 꾸려가는 주임신부. 사제이지만 사회문제를 외면하지 않고 앞장서서 목소리를 내는 인물로 시국선언으로 체포가 되기도 해, 명희 자퇴의 시발점이 되기도 했다. 명희가 아버지 현철과 관계가 틀어져 집을 나오게 됐을 때, 헌신적인 도움으로 명희를 다시 일어나게 만들어줬던 아버지 같은 존재다.

● 김부용

수련의 학내 써클 동료. 전남대 사회학과에 재학 중이다. 여느 동기들처럼 위장 취업과 야학 활동으로 학업을 미루다 보니 졸업하지 못했다. 공장에 위장 취업했던 경험으로 자본가인 공장장들에 대한 분노가 쌓인지라, 공장장의 딸이면서 학생운동의 선봉에 서는 수련을 내심 위선자라고 생각한다.

● 유진수

혜건의 학과 동기이자 학내 써클 동료. 전남대 정치외교학과 재학 중이다. 매사에 원리원칙을 중시하는 정의로운 성격으로, 그 누구보다 민주화운동에 몸을 아끼지 않고 앞장서지만 근처 기수에 수련을 비롯한 '스타성' 있는 동료들이 많아서 한 번도 우두머리가 되지 못했다는 남모를 콤플렉스가 있다.

• 송유진

희태의 전 여자친구이자, 음대생. 장성급 군인 아버지를 둔 아들 부잣집의 고명 딸이다. 군부 독재 시대에 군인 아버지를 뒀다는 이유로 '악당의 딸'이라도 된 듯 같은 대학생들 사이에서 은근한 멸시를 받았다. 유진은 그래서 희태가 좋았다. 여느 대학생들처럼 유진을 계몽하거나 가르치려 들지도 않았고, 정치적 견해인 척 빙 돌려 유진을 비난하는 말도 하지 않으며, 운동권 선배들이 쌍욕을 해도 꿋꿋하게 음악다방을 찾는 생각 없음이, 무엇보다도 자신을 있는 그대로 봐주는 희태의 편견 없음이 좋았다. 자신의 적극적인 대시로 1년 조금 안 되게 만나다 이별을 통보했다. 영 자기에게 마음 없어 보이는 희태와 결혼하기 위한 유진의 초강수였으나, 헤어진 사이 많은 일을 겪은 희태는 어딘지 달라져 있었고… '전략적 후퇴'는 정말로 돌이킬 수 없는 이별로 이어지게 된다.

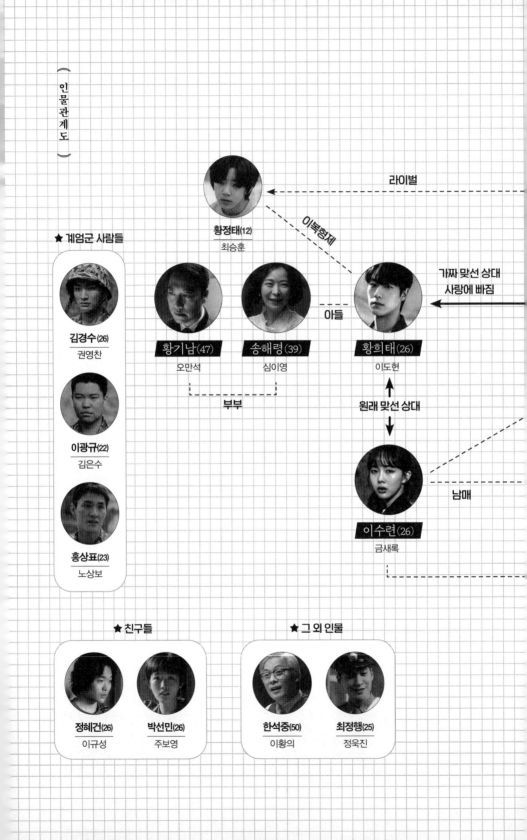

인물관계도

황정태(12)
최승훈

★ 계엄군 사람들

김경수(26)
권영찬

이광규(22)
김은수

홍상표(23)
노상보

황기남(47)
오만석

송해령(39)
심이영

황희태(26)
이도현

이수련(26)
금새록

라이벌

이복형제

아들

부부

가짜 맞선 상대
사랑에 빠짐

원래 맞선 상대

남매

★ 친구들

정혜건(26)
이규성

박선민(26)
주보영

★ 그 외 인물

한석중(50)
이황의

최정행(25)
정욱진

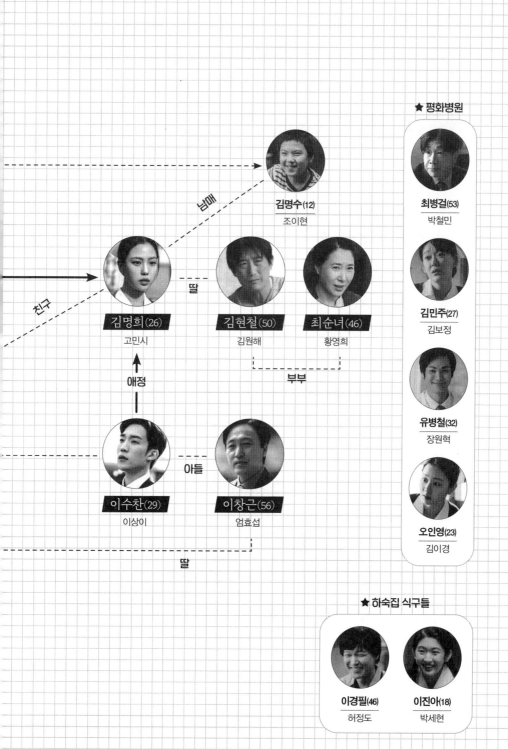

★ 평화병원

최병걸(53)
박철민

김민주(27)
김보정

유병철(32)
장원혁

오인영(23)
김이경

김명수(12)
조이현

남매

친구

딸

김명희(26)
고민시

김현철(50)
김원해

최순녀(46)
황영희

부부

애정

이수찬(29)
이상이

아들

이창근(56)
엄효섭

딸

★ 하숙집 식구들

이경필(46)
허정도

이진아(18)
박세현

광주행 진술서

황희태

지난주 일요일 11시경, 서울대학병원에서 수련 근무 중 광주 출신 26세 환자가 탈장으로 입원하였고, 진료 과정 중 간단한 대화를 통해 해당 환자가 저의 고교 동창의 지인이라는 사실을 알게 되었습니다. 대학 진학 이후로 고교 동창생들과는 딱히 연락을 취하면 모처럼 연락이 소원했던지라, 근무를 마치면 모처럼 연락해봐야겠다고 다짐을 했습니다. 일요일 22시경, 인턴 근무를 마치고 고교 동창에게 전화를 걸었습니다. 간단히 안부를 주고받던 중, 친하게 지내던 동창생 중 하나가 결혼한다는 소식을 듣게 되었습니다. 친구 무리 중에 첫 결혼이니 바쁘더라도 꼭 결혼식에 참석하라는 말을 들었으나, 빽빽한 수련 일정에 광주까지 내려갈 여력이 없어 확답은 주지 못하고 전화를 끊었습니다.

금주 월요일 08시경, 과중 업무를 저울없이하라는 담당 교수님의 권고로 대대적인 근무 일정 조정이 있었고, 그 결과 인턴들도 적어도 2주에 이틀은 무조건 쉬는 날은 가지게 되었습니다. 월요일 21시경, 퇴근 전에 근무일 조정 회의가 있었고 선호하는 날짜가 있냐는 물음에 저는 지난 친구에게 들었던 결혼 소식이 떠올랐습니다. 아쉽게도 결혼식 당일에는 이미 다른 사람이 휴식을 취하기로 결정되어 있었고, 적어도 결혼식 전에는 직접 축하는 전해야겠다는 생각에 이제 일자의 휴일을 결정해 광주행을 계획했습니다. 이에 대해 미리 아버지께 알려드리지 않은 이유는, 휴일이 이틀이 채되지 않는 기간이라 친구와 가족 모두와 함께 시간을 보내기에는 너무나 한정적이었기에 어쩔 수 없이 선택을 내려야만 했고, 가족과 친구 사이에서 친구를 택한 저의 철없고 불효막심한 행동에 혹여 아버지가 서운함을 느끼신가 봐 우려됐기 때문입니다.

그리하여 휴일 첫날이었던 어제 오전 10시경 서울역에서 광주행 기차에 탑승하였고 14시 30분경 광주역에 도착했습니다. 광주역 앞에서 택시를 탑승해 금남으로 이동, 15시경에 그린 동창 중 하나를 만나 '전나국수'에서 잔치국수로 간단하게 늦은 점심을 해결한 후, 17시경 전남대 근처로 이동해 결혼 예정인 친구까지 저나의 합류해 '뮌헨호프'으로 이동하여 술자리를 가졌습니다. 19시경 '항신식당'으로 자리를 한 번 더 옮겨 저녁 식사와 함께 술을 마셨고 21시경에 자리를 파했습니다. 원래 광주역 근처 여인숙에서 자고 새벽 일찍 서울로 돌아갈 계획이었으나 함께 자리를 가졌던 친구 중 하나가 너무 취한 나머지 집으로 바래다줘야만 했고, 인사불성인 성인 남성을 옮기는 것이 여간 어려운 일이 아니라 22시가 조금 넘어서야 도착할 수 있었습니다. 친구를 자리에 눕히고 나오려 보니 시간은 22시 30분이 조금 지나 있었고, 결국 통금으로 인해 여인숙으로 이동하지 못하고 그 집에서 잠깐 눈을 붙여야만 했습니다.

대망의 금일 05시경, 설 찾아 직접 걸은 하신 아버지 손에 이 저나에 이르렀습니다.

희태에게

    희태야. 나 경수야. 걱정할까 봐 편지 쓴다. 나는 잘 지내.

    왜 이제야 보내냐고 홧김에 편지를 찢어버리는 건 아니겠지? 첫 편지가 늦은 점 진심

으로 사과할게. 그간 편지와 전화를 금지당해 바깥과 완전히 단절된 몇 달을 보냈어. 선임

들의 감시 속에 가끔 부모님께 생존 신고한 것 말고는 누구와도 연락 못 했으니, 혹시라

도 희태 너에게만 무소식이었다는 오해는 부디 말아주길.

    난 요새 총정훈련으로 몸도 마음도 정신이 없어. 고된 훈련에 종종 먹은 걸 게워내곤

하지만, 그 덕에 어지러운 생각들도 함께 게워낼 수 있어 다행스럽단 생각까지 든다. 이

말을 들으면 희태 넌 분명히 군부의 하수인이 다 되었다며 나를 놀려대겠지?

    희태야! 모든 생념이 사라지고 본능만 남게 되는 고된 순간에도, 너와의 마지막 순간

은 마치 총탄처럼 박혀 내 머릿속을 떠나질 않는다. 미안하다는 말 외에 너게 무슨 말을

할 수 있을까.

전원(이송)확인서

등록번호		환자성명	장석철	성별		연령	24
주소	서울시 구로구 구로1동 260-54						
진단명	두부외상						
	다발성 두개골절						
	기타두개내 손상						
	무의식						
환자의식상태	coma						
기구/삽관상태	O₂ mask apply						
주호소	두부외상 과다출혈로 인한 신경학적 상태 악화로 인한 metal:coma로 bed ridden stat						
현병력	1979년 9월 18일 두부외상으로 본원으로 이송되었으며 심한 두부외상과 다발성 두개골절로 응급수술 시행하였고 두부외상으로 인한 과다출혈과 심정지 발생하여 심폐소생술 시행하였으나 현재 활력징후는 정상범위를 유지하고 있지만 의식은 회복하지 못하여 coma 상태로 bed ridden 하고 있음.						

진단병원	이송병원
병 원 명 : 서울한생병원	병 원 명 : 광주 평화 병원
주 소 : 서울시 중구 저동 9	주 소 : 광주시 동구 학동 9
전 화 : 02-863-4736	전 화 : 062-2-9631
담당의사 : 최성현 (인)	담당의사 : 김용훈 (인)

발 급 일 자 : 1980년 5월 17일

보호자 :   (인)

인수자 :   (인)

학내잔재세력 심판에 대해 민주 학우들에게 고함

조국의 민주주의와 민족통일에의 의지에 뜨겁게 가슴 마주하고 몸부림쳐야 할 이 시점에, 우리 대학 안에서 척결되어야 할 것이 척결되지 못하고 있습니다.

우리 총학생회는 학내 구 잔재세력인 어용교수의 명예로운 퇴진과 상담지도관실 직원의 교육권 외 추방에 대해서 학교 당국의 책임 있는 태도 표명을 수차 요구하였으나, 이에 학교 당국은 미봉적이고 회피적인 언행을 이어가며 우리의 충정을 여지없이 묵살하고야 말았습니다.

그간 수차례에 걸쳐 양심에 호소한 우리 대학인의 간곡한 충정이, 독재체제에 빌붙어 온 어용교수들의 작태로 말미암아 급기야 교수실에 어용의 팻말을 달아놓고 망치로 못을 박기에 이르렀습니다. 학생들의 등불이 되어야 할 스승의 사명을 저버리고 오로지 개인의 영달을 위해 유신독재체제에 기생해온 어용교수들의 작태에 통탄을 금할 수 없습니다.

모든 문제의 해결을 자신의 결단이 아닌 어수선한 시국과 동정론에 의지하려고만 드는 이른바 어용교수들에게서 더 무엇을 배우겠습니까. 그래도 같은 대학 식구라는 얄팍한 인정주의, 친일 반민족 세력을 옹호했던 이승만 시대의 발걸음을 뒤따라선 안 됩니다.

이 시점에서 대학이 자진해서 받아야 할 임무가 무엇입니까? 그것은 첫째로 제도적 장치를 개혁함은 물론 그에 따라 옛 시대의 독재 하수인이었던 자들을 말끔히 대학 밖으로 몰아냄으로써 사회정화의 횃불이 되고 새로운 민주질서 수립의 지침을 보여주는 것입니다.

학우여! 조국의 장래를 걱정하고 진실 때문에 괴로워 외쳐왔던 민주 학우들이여!

학내잔재세력 심판은 결코 편의주의로 흘러선 안 됩니다. 우리 대학인 모두가 역사의 단두대가 되어야 합니다. 조국의 운명은 지금 백척간두에 놓여 있습니다. 우리가 만약 슬기로운 눈과 굳센 의지로 오늘의 민주화를 기필코 이룩한다면 조국과 학원은 탄탄한 번영의 대로에 놓일 것이요, 그렇지 않으면 다시 저 암흑과 굴욕의 치하로 끌려갈지 모를 일입니다.

학우들이여. 모두가 하나가 되어 학원의 민주화를 달성합시다! 밝아오는 새 조국의 나침반이 됩시다! 민주주의여 만세!

법학 74 이수련

애청곡
리스트

희태 | John Denver – Annie's song
Led Zeppelin – Babe I'm gonna leave you
Bee Gees – More than a woman
Toto– Georgy Porgy
Wallace Collection – Daydream
Queen – Love of my life

명희 | 여진 – 그리움만 쌓이네
노고지리 – 찻잔
배인숙 – 누구라도 그러하듯이
혜은이 – 당신은 모르실 거야
김정미 – 간다고 하지마오
김추자 – 나를 버리지 말아요

수찬 | Yves Montand – Sous le ciel de Paris
Frank Sinatra – My way
Kansas – Dust in the wind
Edith Piaf – LA VIE EN ROSE
Sam Cooke – You send me
나훈아 – 머나먼 고향

수련 | 양희은 – 거치른 들판에 푸르른 솔잎처럼
Donna Summer – Bad girls
ABBA – I have a dream
산울림 – 불꽃놀이
Bee Gees – Stayin' alive
Blondie – One way or another

☆ 출국 전에 할 것

1. 서울 ~~1박2일 나들어~~ 비자 신청하러 가기

2. 이민 가방 사기 (희태 들어갈 정도로 큰 거)

3. 둘이서 사진 찍기

4. 자작곡 가사 완성하기

5. 나주 집 가기 (희태랑 같이)

6. 조조 영화 보기

7. 독일어 속성 과외 Ich Liebe Dich

8. 기타 배우기

9. 신부님한테 인사하기

10. 서로에게 편지 써주기

○ **인서트 Insert** 화면의 특정 동작이나 상황을 강조하기 위해 삽입한 화면. 없어도
장면을 이해하는 데에는 별다른 지장이 없으나 삽입함으로써 상황
이 명확해지는 한편, 스토리가 강조된다.

○ **몽타주 Montage** 따로따로 편집된 장면들을 짧게 끊어서 붙인 화면.

○ **컷 투 cut to** 장면전환 기법으로, 같은 장소에서 시간 경과를 나타내는 데 사용
한다. 하나의 장면에서 다른 장면으로 아무런 효과 없이 넘어갈 때
도 쓰며, 두 장소를 번갈아 보여줄 때도 쓴다.

○ **내레이션 (Na)** 등장인물이 직접적으로 대사를 하지 않고, 화면 밖에서 속마음을
나타낼 때 사용한다.

○ **이펙트 (E)** 대사와 음악을 제외한 효과음(Effect)을 뜻하며, 보통 등장인물은
보이지 않고 소리만 나는 경우에 사용한다.

○ **필터 (F)** 전화 통화를 하는 장면에서 수화기를 통해 들려오는 상대방의 목
소리를 나타낼 때 사용한다.

○ **오버랩 (O.L)** 한 장면에 다음 장면이 겹치는 기법으로, 장면전환까지는 이루어
지지 않는다.

○ **페이드아웃 (F.O)** 장면이 천천히 암전되는 것을 뜻하며 하루가 저물 때, 사건이 마무
리되었을 때 등 장면이 끝나는 것을 분명히 하기 위해 쓰인다.

제7화

끊어낼 수 없는

S#1　　**명희 하숙집 앞 (밤/6화 엔딩)**

귀가하는 명희, 대문 열려는 순간… 뒤에서 휙! 복면을 뒤집어씌우는 괴한.

S#2　　**보안대 조사실 (밤)**

의자에 앉혀진 명희, 두려움에 떠는데… 복면을 거칠게 휙 벗겨내는 괴한의 손.

겁에 질린 명희의 불안한 눈빛에서 타이틀 오른다.

[Track 07. 끊어낼 수 없는]

S#3   **수돗가 (낮/과거 29년 전)**

교복을 입은 학생 기남, 수돗가에서 얼굴 곳곳에 난 상처의 피를 씻어내고.
그러고는 수도꼭지에 입 가져다 대고 꿀꺽꿀꺽… 허기 채우려고 물 마셔댄다.

청년현철(E) 거, 물배 채우믄 허기만 더 진다잉.

학생 기남, 경계하며 돌아보면… 보자기 따위를 든 청년 현철, 기남에게 다가온다.

청년현철 아따. 함평 아재도 거, 아 얼굴을… (상처 살피며, 쯧) 약은 있냐?
학생기남 (탁 손길 쳐내고) 뭔 상관이요?
청년현철 (보자기 풀며) 보리쌀하고 밑반찬 쪼까 챙겨왔다. 밥 짓는 법은 알제? 혹시 몰라가꼬 연고도 넣어 놨응께 수시로 발라. 이쁜 얼굴 숭질라.
학생기남 긍께… 형님이 뭔 상관이냐고요.
청년현철 (안쓰럽게 보다가) 꼭 어릴 때 나 보는 거 같아 그란다.
학생기남 (보면)
청년현철 (다시 보자기 싸며) 피난길에 아부지 잃어, 하나 있는 형님은 빨치산 한다고 사라져. 엄니는 화병으로 앓아누웠는디 동네는 낯설고. (쓸쓸) 고땐 어느 집 다 쓴 연탄 하나만 사라져도 의심받고 그랬어, 나도.

청년 현철, 학생 기남 손에 보자기 쥐여주고. 기남, 불쾌하게 그런 현철 노려보면.

청년현철　긍께, 니가 뭣을 훔쳤다는 둥, 집에 불을 싸질렀다는 둥… 다 쉬운 핑곗거리 찾을라는 어른들 못된 버릇인께, 너무 신경 쓰지 말라고. 나처럼 기남이 너 믿는 사람들도 있응께, 잉.

학생기남　(보다가 픽, 작게) 지보다 약한 놈 생겼다고 신나부렀네.

청년현철　(못 듣고) 뭐?

학생기남　불, 나가 질렀소. 사람을 도둑 취급하잖애, 열 받게.

현철, 놀란 눈으로 보면… 기남, 보자기 툭 던지고. 바닥에 보리쌀 와르르.

학생기남　긍께 현철 형님도, 사람 거지 취급마시라고. 집구석 불타불기 싫으믄.

말문 잃고 얼어붙은 현철을 남겨두고 걸어가는 기남의 살기 어린 눈빛에서…

S#4　희태 본가 주방 (아침)
식사하는 기남. 커다란 식탁 가득, 아침 식사로는 과하다 싶은 산해진미. 밥 먹던 기남 보면, 정태 깨작깨작 반찬 한 톨씩 집어 먹는 모습… 못마땅하고.

기남	넌, 밥 먹기가 싫으냐?
정태	(움찔 놀라) 예? 아뇨…
해령	(눈치) 잘 먹는데 왜… 일어난 지 얼마 안 돼 그래요.
기남	저게 다 삼시 세끼 뜨끈한 밥 먹으며 배곯아본 적이 없어서 그래. 며칠 굶으면서 물로 빈속 채워 봐, 저 깨작대는 버릇 싹 고치지.
희태	(식탁에 앉으며) 배곯아본 저도, 아침은 영 안 먹히던데. 아침부터 이런 진수성찬, 흔치 않잖아요.
기남	(보면)
희태	(정태에게) 그래도 아버지 말씀대로 그 밥알 세는 버릇은 좀 고쳐라. (기남 시선 느끼고, 뒤늦게 미소) 안녕히 주무셨어요, 아버지.

희태, 수저 들고 밥 복스럽게 먹기 시작하고. 기남 그런 희태 가만히 보다가…

기남	넌 어디 나가냐?
희태	약속이 있어서요.
기남	누구, 수련이랑?
희태	(대답 없이, 대충 그렇다는 듯 먹다가 미소 지어 보이면)
기남	번거롭게 약속 잡고 그럴 거 뭐 있어? 결혼해, 이번 달 안으로.
희태	(보다가) 제가 번거로운 걸 좀 좋아해서. 아직은 괜찮습니다.
기남	아직은 괜찮다… (끄덕) 뭐, 때 되면 하게 되겠지, 시키지 않아도.

그런 기남의 의미심장한 말에 희태 보면, 미소 짓고는 태연히 밥 먹는 기남.

희태, 잠깐 찜찜하게 보다가 다시 대수롭지 않게 밥 먹는다.

S#5 명희 하숙집 마당 (낮)

두꺼운 수학 서적 허리춤에 들고 서있는 희태, 온 신경 명희 방 쪽으로 쏠렸고.

진아부, 집 안에서 급히 슬리퍼 끌고 마당으로 나오면서 반긴다.

진아부　아이고, 쌤. 이 시간엔 무슨 일로…

희태　아, 아버님. 진아 보면 도움 될만한 책이 있어서요.

진아부　하이고마… (보면, 너무 전문 서적) 이거 진아가 읽을 수는 있습니까?

희태　그럼요. 진아 실력이 나날이 향상되고 있습니다.

진아부　진아 오늘 중간고사라 일찍 마치는데, 식사라도 하시면서 기다리시죠.

희태　어… (안쪽 마당 쪽 힐끗) 그럼 명희 씨도 불러올까요?

진아부　명희 지금 없는데. 밤번 근무 아직 안 끝났을 겁니다.

희태　밤 근무요? 어제 근무 없었는데.

진아부　그렇습니까? 간밤에 안 들어오길래 근문가 했는데…

희태　간밤에… 안 들어왔다고요?

진아부　예. 아님 뭐, 통금 지나서 늦게 들어왔다 저 깨기 전에 나간 걸 수도 있고요.

희태　통금 지나서요? (그것도 아닌데… 혼자 생각 많아지면)

진아부　근데 쌤께서 우째 명희 근무를 다 꿰고 계시고…

희태　아버님, 저 그럼 다음 과외 때 뵙겠습니다! (급히 가면)

진아부   에, 가시게요? (가는 희태에게) 식사 안 하고 가십니까?

S#6   **광주병원 응급실 (낮)**
            응급실 안으로 조심스레 들어오는 희태, 중간중간 바삐 지나가는
            의료진에 비켜서며 명희 찾으려 응급실 곳곳을 살피고 있는데…
            명희 모습 보이지 않는다.

민주   (희태에게 길 막혀 짜증) 뭐요? 환자 보호자시요?
희태   (화들짝 뒤돌아) 아, 아닙니다. 죄송합니다. (물러서면)
민주   (지나치며) 아야, 인영아. 요것들 바로바로 이거 안 치우냐!
인영   예에…! (허둥지둥 치우며) 근디 선생님, 오늘 비번 아니셨어요?
민주   (승질) 몰라! 하여튼 김명희 고년 땜시… (툴툴)

            응급실 나가려던 희태, 명희 이름에 우뚝 돌아보고… 잠시 인영
            눈여겨보다가.

S#7   **광주병원 응급실 앞 (낮)**
            큰 물품 상자 든 인영 응급실 밖으로 나오면, 재빨리 다가가 대신
            상자 드는 희태.

희태   인영 씨?
인영   (어리둥절 보고) 누구…

희태   혹시 오늘 김명희 선생님, 출근했나요?

S#8   병원 로비 (낮)

인영의 말 떠올리며 생각에 잠겨 걷는 희태, 표정 점점 불안해지고.

인영(E) 오늘 무단결근하셨어요. 평소에는 반차도 안 쓰시는 분인디, 연락도 없이 뭔 일이신지…

S#9   수련 거실 + 병원 일각 (낮)

수련, 거실 전화기로 희태와 통화한다. 혹여 가족들 들을까, 목소리 낮추고.

수련(E) 뭔 소리여, 명희가 없어지다니?

병원 공중전화로 통화하는 희태. 초조하게 공중전화에 동전 몇 개 더 넣으면서,

희태   집에도 없고, 병원도 무단결근했대. 너한텐 연락 없었어?
수련(E) 없었어. 뭐 밤사이에 급한 일이라도 생겼는갑제.
희태   그랬으면 병원에 연락했겠지. (한숨) 혹시 뭐 짚이는 덴 없어?
수련(E) 걸 왜 나한테 묻냐? 인자 나보다 황희태 니가 더 잘 알겠제.

| 희태 | 니가 나보다 명희 씨 오래 알았잖아. 제일 친한 친구라며. |

수련, 희태 말에 표정 복잡해지는데… 순간 불쑥! 뒤에서 나타나는 수찬의 손.
수련이 들고 있던 수화기를 가로채서 전화 끊어버리고.
같은 시각 병원의 희태, 뚝 끊긴 전화에 당황해 돈 떨어졌나? 공중전화 보고…

| 희태 | 여보세요? 여보세요. (수화기 보고) 뭐야. |

S#10 수련 주방 (낮)

출근하는 차림의 수찬, 주방으로 들어가면 항의하듯 따라 들어가는 수련.

수련(E)	오빠!
수찬	이번 일 다 정리되기 전까지는 황희태 거 연락받지 마.
수련(E)	아따, 글타고 그라고 끊어불믄…
수찬	(멈춰 서며, 다시 강조) 받지 마잉.

단호한 수찬 태도에 입 다무는 수련. 수찬, 가정부가 건네는 도시락 꾸러미 받으면…

| 수련(E) | 웬 도시락… 밥 안 먹고 가게? |

수찬	볼 일이 많아가꼬, 이따 회사서 묵게. 입맛 없어도 끼니 꼭 챙기고. (약통 꺼내며) 밥 먹고 아버지 약도 좀 챙겨드려라잉.
수련(E)	(보다가) 오빠. 혹시… 어제오늘 명희랑 연락해봤어?
수찬	(멈칫, 보고) …아니, 왜?
수련(E)	아니, 그냥. (애써 태연하게) 갔다 와.

수찬, 잠시 의아하게 보다가 끄덕이며 나가면… 홀로 남아 찜찜한 수련.

S#11 파출소 (낮)

희태 들어와서 보면, 시위 지원 나갈 준비로 분주하고 어수선한 파출소 분위기.
휘 둘러보고는, 가장 어리고 만만해 보이는 최 순경에게로 걸어가는 희태.

희태	저 실종신고 좀 하려는데요.
최순경	(근무복 따위 입다가 앉으며) 애기 잃어버리셨소? 몇 살인디?
희태	아뇨. 성인 여자요. 26살.
최순경	(적으려다가 멈칫) 실종자랑 뭔 관계요?
희태	…애인이요.
최순경	(심드렁하게 턱 괴고) 실종된 지 얼마나 됐는디요?
희태	(시계 보면 12시) 열…다섯 시간 정도?
최순경	열다섯 시간이믄… 대충 어젯밤까지 봤는디, 간밤에 실종됐구

마잉?

희태 (이해해줘 반가운) 네! 분명히 집 앞에서 헤어졌거든요. 근데…

S#12 파출소 앞 (낮)

최 순경 손길에 이끌려 쫓겨나는 희태, 억울하게 최 순경에게 항
의하며

희태 아니, 잠깐, 잠깐만요! 왜 사람 말을 듣다 말고…

최순경 실종이 아니라, 그짝을 피하는 거라곤 생각 안 해보셨소?

희태 (미치겠네) 사랑싸움 그런 거 아니라니까요. 집에도 없고 직장도
무단결근했어요. 출근길에 사고가 났을지도 모르고…

최순경 아따, 접수된 사고가 없당께 그라네. 글고 무단결근이 뭐 별거요?
나도, 이, 매일 아침마다 무단결근의 충동과 싸우면서… (하는데)

희태 (뿌리치며) 지금 이게 장난 같아요? 사람이 없어졌다고요, 사람이.

최순경 사람이란 것이, 그라고 쉽게 막, 없어질 수 있는 것이 아니에요,
잉? 아따 글고 15시간은 실종으로도 안 쳐. 외출이여, 외출.

희태 (답답) 말도 없이 그럴 사람이 아니니까 지금…

최순경 (O.L) 긍께, 그럴 사람인지 아닌지 그짝이 어찌 단정하냐고. 막말
로다가, 간밤에 조상 꿈꿔서 성묘하러 갔을란지, 부모님 쓰러져가
꼬 급히 고향 내려갔을란지, 어찌 아냐고.

희태 (말문 막혀 보면)

최순경 일단 갈만한 데 다 뒤져보시고, 하루 아니, 사흘은 기다렸다 다시
오쇼잉? 그때 가서 정식 사건 접수해줄랑께. (쯧, 가며) 바빠죽겄

구만…

파출소 들어가는 최 순경을 허탈하게 보는 희태, 미치겠고…
'갈만한 데, 갈만한 데…' 초조히 중얼거리던 희태의 뇌리를 스치
는 기억.

인서트　　**음악다방** (저녁/회상-6회 씬56)

명희　　아, 나주 가야 해요. 그간 전화만 하고, 집에 못 간 지가 좀 돼서…

멈칫하는 희태, 설마…? 생각하다가 바쁘게 발걸음 옮긴다.

S#13　　**운동장** (낮)

타 종목 선수들 지도하던 박 코치에게 여인숙 주인아줌마 다가와
뭐라 속삭이면.
박 코치, 멀리서 몸 풀며 스트레칭 중이던 명수와 정태를 향해 소
리친다.

박코치　　어이, 활명수! 합숙소 앞에 느그 형님 왔단다!

명수　　형님이요? 형님 없는디… (어리둥절, 정태와 눈 마주치는)

S#14   합숙소 앞 (낮)

의구심 가득한 표정으로 걸어오는 명수, 경계로 합숙소 앞을 보면…

합숙소 입구에 초조하게 서있던 희태, 명수 향해 어색한 미소로 손들어 보이고.

명수   희태 형?!

S#15   합숙소 로비 (낮)

전화기 다이얼 차르르, 여인숙 접수대에서 전화를 거는 명수.

희태, 초조하게 전화 거는 명수 지켜보는데… 명수, 갸웃하더니 전화 끊고는

명수   전화선 뽑아놨나 본디요.

희태   (당황) 전화선을 왜?

명수   가끔 뽑아놓고 그라요, 할머니 땜시. (화색) 근디 누나 나주 갔대
        요?

희태   그걸 전화로 알아보려고 했는데, 전화선이 뽑혔다네.

명수   (흐음 보다가) 혹시 둘이 싸웠어요? 누나 아부지랑 싸웠을 때도 거
        의 1년 넘게 연락 안 됐었는디.

희태   안 싸웠어. (명수 빤히 보면) 진짜로! 사이좋아, 우리.

명수   (작게) 울 아부지도 안 싸웠다곤 하셨는디…

희태   전화선은 보통 언제쯤 다시 연결하셔?

명수	고거는 할머니 상태 따라서… 반나절? 한나절? 대중없어요.
희태	(잠시 생각하다 결심) 혹시 나주 집 주소가 어떻게 되니?

S#16 나주 길 (낮)

주소 적힌 메모지를 손에 든 희태, 바삐 걷던 발걸음 멈춰 주변 휘둘러보고.

논밭 따위 보이는 목가적인 풍경에 급 자괴감 몰려오는지… 작게 혼잣말한다.

희태	연락 몇 시간 안 됐다고 고향 집을 찾아가…? (쓰읍) 소름 끼치는데. 그럼 멀리서 명희 씨 있는지만… (잠시 생각) 아냐… 더 소름 끼쳐. 차라리 뭐라도 좀 사서 아예 인사를…

희태, 번뇌의 독백 중얼거리며 고민하는데… 맞은편에서 분주하게 오는 현철모.

희태를 발견하고는, 다가가 희태 손 덥석 잡으며 간절하게 말한다.

현철모	총각. 거시기 저, 의사, 의사 쪼까 불러주씨요.
희태	(당황) 예?
현철모	(울먹) 우리 아들이, 시방 반병신이 다 됐어라. 주변선 다 피하기 바쁘고, 동네 의원은 겨우 델꼬 왔드만 상 치를 준비나 하라 그라고…
희태	아드님이… 어디가 어떻게 안 좋으신데요?

현철모	(놀라) 오메, 의사 선생님이씨요?
희태	아뇨, 그… 일단, 가시죠. 제가 보고, 구급차라도 불러드릴게요.

S#17 나주집 마당 (낮)

삐걱, 수척해진 모습의 현철 방에서 나와 마당으로 나오려면…
마침 정성스레 끓인 약사발 들고 조심조심 걸어오던 순녀, 그런
현철 보고서

순녀	아따, 어찌 벌써 나오고 그라요. 좀 더 누워있잖고.
현철	뭘 더 얼마나 누워, 고깟 감기 가지고.
순녀	하이고… 고깟 소리 하는 거 본께 인자 좀 살만한가 보넹잉. (약사 발 내밀고) 이거나 쭉 들이키씨요.
현철	(받아서 마시려다가) …엄니는?
순녀	엄니야 꼭두새벽부터 당신 머리맡에… (하다가 쎄한) 방에 없소?
현철	(불길해 약 내려놓고, 집 안으로 들어가며) 엄니. 엄니!
순녀	오메, 쫌 전까지 방에 계셨는디, 약 끓이는 사이에…
현철	(겉옷 입고 다시 나오며) 한바꾸 돌아보고 올랑께, 당신은 저, 이장한 테 방송해달라고 전화 좀 해.
순녀	어짜쓰까… (다급히 뽑아놓은 전화선 연결하는데)
희태(E)	계십니까?

현철과 순녀 우뚝 멈춰 보면, 희태와 함께 마당 안으로 들어오는
현철모.

현철모	(현철 보고 얌전해져서) 현철아!
순녀	엄니! 어딜 그라고 함부로 나다니씨요! 참말로, 십 년 감수했네.
희태	(눈치) 저어, 아드님은…?
현철	예, 제가 아들이요.
희태	(잠시 어리둥절) 아… 제 또래라고 하셔서. 어디가 편찮으세요?
현철	예?
순녀	(상황 파악) 오메, 엄니가 또 아들 다 죽어간다고 끌고 오셨구마잉.
현철	아. 즈이 엄니가 오락가락하셔서 가꼬… 죄송하게 됐습니다.
희태	(손사래) 아, 아닙니다. 괜찮으시다니 다행이네요. 그럼. (꾸벅, 돌아서려다) 아, 혹시 여긴 어느 방향으로 가면 되나요? 제가 초행길이라.

희태가 내미는 메모지를 받아서 보는 현철, 눈 가늘게 뜨고 보다… 응? 희태 보면.
뭐지? 어리둥절하게 대답 기다리며, 미소 지어 보이는 희태.
시간 경과. 평상에 무릎 꿇고 안절부절 앉은 희태, 앞과 대조되는 긴장한 표정이고.
왜 일이 이렇게… 미치겠는데, 그런 희태에게 불쑥 사탕 따위 내미는 현철모.

| 희태 | (받고서, 작게) 할머니이, 미리 힌트 좀 주시지 않고… |

희태 찡얼거리는 말투에 아이처럼 웃음 터트리는 현철모, 사탕 하나 더 건네고.
한숨으로 사탕 받던 희태, 순녀와 현철이 밥상 들고 오면 화들짝!

일어나며

희태   주십쇼, 제가…!
순녀   잉, 아녀. 앉어요, 앉어.

주춤주춤, 어색하게 앉는 희태… 현철모에게만 몰래 '어떡해' 표
정 지어 보이면 현철모 또 까르르 웃고.
(cut to) 소박한 반찬들로 가득 채워진 밥상.
희태, 억지로 더 꾸역꾸역 맛있게 먹고. 그런 희태 관찰하듯 보는
순녀와 현철.

순녀   (호기심 가득) 기껏 여까지 왔는디, 명희랑 엇갈려서 어짠대.
현철   (보다가) 평일인디 일하러 안 가는 거 본께… 대학생인가?
희태   아… (잠시 생각하다가) 그렇죠. 졸업을 앞둔, 대학생입니다. 예.
현철   명희랑 동갑인디 여즉 졸업 못 했으믄… 휴학이 잦았나 보네.
희태   휴학…은 아니고요. (고민하다 작게) 그, 학과가 6년제라…
순녀   6년제? 오메오메… 의대생인갑네, 의대생. 어디, 전대? 조대?
희태   아뇨, 그… (어쩐지 자랑 같아 소심하게) 서울…
순녀   (괜히 현철 때리며) 오메오메…
현철   (한참 가만히 보다가, 심상히) 명희 만나는 거, 댁에서도 아시는가?
희태   …네?
순녀   (눈치) 아따, 뭘 그런 거까정 묻고 그라요. 주책맞게. 요즘 애들이
        우리 때랑 같나… 신경 쓰지 말고, 요거나 좀 더 먹어봐요잉.

가만히 희태를 바라보던 현철, 더는 말 않고 묵묵히 밥 먹으면.
그런 현철이 어려운지 힐끗 보다가, 다시 꾸역꾸역 열심히 밥 먹
는 희태.
시간 경과. 마당에 서서 가족들에게 인사하는 희태.

희태 오늘 정말 감사합니다. 갑자기 찾아와서 밥까지 얻어먹고…

순녀 차린 것도 없는디. 담에 미리 얘기하고 오믄 그때 실력 발휘할 텐
    께, 명희랑 또 와요잉. 아, 명희는 원체 말 않고 여저기 잘 돌아다
    니는 안께, 너무 걱정일랑 말고잉.

희태 네. 그럼, 또 뵙겠습니다. (더 살갑게) 할머니, 다음에 또 올게요.

마지막으로 현철에게 미소로 꾸벅 인사하고서 돌아서는 희태.
희태 가는 모습 싱글벙글 보는 순녀, 무덤덤한 표정으로 보다가
돌아서는 현철.

S#18 나주 길 (낮)
왔던 길을 되돌아가는 희태, 애써 밝은 척하던 표정 금세 어두워
지며 한숨짓는다.

희태 여기도 아니면 대체… (불안감에 애써 자기최면) 아냐. 어머님도 걱
    정 말라시잖아. 괜찮아. 괜찮을 거야.

다시 마음 다잡고 걷는 희태, 밥 얹혔는지 중간중간 가슴 치다가

보면… 어?

멀리 길 반대쪽 끝에서 걸어오는 명희의 모습!

희태   명희 씨!

초점 없는 눈으로 걸어오던 명희, 희태 목소리에 놀라 우뚝 서서 바라본다.

명희에게 달려온 희태, 걱정으로 명희 얼굴이며 다친 곳 없는지 살피면서…

희태   어딜 갔다 온 거예요, 연락도 없이! 내가 진짜 얼마나… 무슨 생각까지 했는지 알기나 해요?

명희   희태 씨가… 여까진 무슨 일이요?

희태   뭐 나주까지 놀러 왔겠어요? 집에도 없고, 병원에도 없대서 혹시 고향 왔나 해서… (무표정한 명희 보고) 아, 소름 끼칠 수 있어. 그럴 순 있는데. 명희 씨도 내 입장 돼 봐요. 사람이 제정신일 수가…

명희   (O.L) 집 주소는… 어찌 아셨소?

희태   명수한테… (장난스레) 아, 예. 이것도 좀 소름 끼칠 수는 있는데…

떠들던 희태, 뭔가 심상치 않은 명희 분위기 감지하고 하던 말 멈추고 본다.

어딘지 겁에 질린 듯, 경계로 자신을 보는 명희의 표정에 당황스러운 희태.

희태	명희 씨… 왜 그래요. (다가서며) 내가 맘대로 찾아와서 화났어요?
명희	(한걸음 피하듯 물러서며, 경계로 보면)
희태	(그런 명희 낯설고, 애써 밝게) 왜 그래요, 갑자기. 다른 사람처럼. (당황스러움으로 보다가, 손잡으며) 명희 씨.

명희, 탁 손 빼내고. 흔들리는 희태 눈동자. 희태 보는 명희 무표정한 얼굴에서…

인서트 복면 쓴 명희 시점 (밤)

머리에 복면 뒤집어쓴 채 훅훅, 불안에 떠는 명희의 거친 호흡.

S#19 보안대 조사실 (밤/씬2의 장면)

의자에 앉혀진 명희, 두려움에 떠는데… 복면을 거칠게 휙 벗겨내는 괴한의 손.
식은땀으로 젖은 명희, 자신을 비추는 조명 눈부셔 고개 돌렸다가… 불안하게 보면 자신을 둘러싸듯 서있는 두어 명의 덩치 큰 남자들(조사관).
명희, 몸 덜덜 떨면서도 애써 두려움 누르며 조사관들을 향해 말한다.

명희	당신들… 누구요? 대체 나한테 왜 이러씨요?
조사관2	(이죽거리며) 글쎄, 우리가 누굴까? 니가 한번 맞혀 봐.

| 명희 | (두려움에) 도, 돈 때문에 그라시요? 가진 거 다 드릴 텐게… |
| 조사관3 | 이게 우릴 잡범 취급하네? 푼돈 필요 없어. 니 몸뚱이면 돼. (겁주려 가까이 속삭이는) 얼마나 쳐 줄라나? 섬에다 팔긴 아까운데… |

명희 더 겁에 질려서 바라보면, 그 모습에 조사관들 동시에 푸하 핫 웃음 터지고 저들끼리 낄낄대고 있는 사이, 명희 재빨리 눈동자를 굴려 방 안을 살핀다.

어디서 본 듯 익숙한 철문과 음침한 욕조, 구석에 놓인 사무용 책상…

보안대구나. 상황 판단한 명희, 조금 더 침착해진 태도로 조사관들을 향해 말한다.

명희	저, 죄지은 거 없소.
조사관2	(김새서 웃는) 에이, 뭐야. 기집애가 눈치가 빨라.
명희	풀어주씨요. 저 여기 끌려올 만한 짓, 추호도 한 적 없응게.
조사관3	(머리 툭 밀치며) 야 이년아. 그건 우리가 판단하는 거고.
명희	어찌 국가기관이, 죄명도 안 알리고 납치하듯 시민을 연행한단 말요?
조사관2	이것들은 하나같이 주둥이에 따발총을 달았나. (명희 턱 쥐며) 어떻게, 입 좀 다물게 만들어줘?
명희	(두려움으로 보다가, 용기 쥐어짜) 해볼라믄 해 봐. 시방 하는 짓들, 나가서 언론이며 천주교회에다가 다… (하는데)

그때 뒤에서 퍽! 명희 머리 세게 후려쳐지는 순간 블랙아웃 되고.

S#19-1 보안대 조사실 (새벽)

(cut to) 시간 경과. 조사실 안으로 뚜벅뚜벅 들어오는 기남의 구둣발.

의식 잃은 명희 얼굴에 흘러내린 머리카락들 무심히 옆으로 넘겨주는 기남 손길에 퍼뜩 정신을 차린 명희, 흠칫 기남의 손 피하려 고개 돌리고.

명희 경계로 보면… 뚜벅뚜벅, 책상 맞은편 자리로 가 앉는 기남.

명희, 뇌리에 약혼식장의 기남 모습(인서트:5화 씬56) 스치고…

잠시 말없이 서로를 바라보다가 기남, 심상하게 서류 봉투에서 사진들을 꺼낸다.

사진관, 성당 등에서 혜건, 선민과 어울리는 명희의 모습이 담긴 사진 몇 장을 명희 앞에 스윽 배열하는 기남. 명희, 무슨 의미인지 몰라 경계로 바라보는데.

곧이어 기남, 현수막 들고 시위에 앞장서고 전단 배포하는 혜건과 선민 사진을 앞에서 배열한 명희 사진들 사이사이에 둔다. 마치 시위 공모자 같아 보이고…

기남   독일 유학을 준비한다지? 다른 나라도 많은데, 굳이 독일을.

명희   (보면)

기남   독일 비자는 다른 국가보다 심사가 훨씬 까다로워. 동독 넘어가서 북한으로 가려는 공산주의자들이 종종 있거든. 그러니 시위 전력은 없는지, 평소 사상은 어떤지… (사진 톡톡) 더 면밀히 살필 수밖에.

명희   (보다가) 시방 지금… 희태 씨 때문에… 이러시는 거요?

그 말에 기남, 의미심장한 미소 지어 보이고. 이를 바라보는 명희 불안한 시선에서.

S#20　　수찬의 차 안 (낮)

끼이익! 브레이크 밟아 급정거하는 수찬. '아잇, 저잇…' 화나서 앞 유리 보면,

피켓 따위 든 대학생들, 수찬에게 '죄송합니다!' 손짓하며 우르르 지나가고.

S#21　　수찬 사무실 앞 (낮)

앞 장면(씬10)의 도시락 들고 출근하는 수찬, 손목시계 보면 12시 좀 넘은 시각.

수찬　　(거리 쪽 보며 툴툴) 대낮부터 뭔 시위들을…

수찬, 주머니에서 열쇠 꾸러미 꺼내 사무실 열쇠 찾다가 무심코 보면…

넋 나간 채 사무실 건물 앞에 쪼그리고 앉아있는 명희의 초췌한 모습.

수찬　　(멈칫, 놀라 보다가) 명희야.

명희　　(보고, 비틀 일어나는) 오빠… 저, 염치없지만, 여쭤볼 게 있어서…

헝클어진 머리와 붉은 눈가. 평소와 다른 명희 모습을 불안한 눈으로 보는 수찬.

S#22   수찬 사무실 (낮)

맞은 편에서 심각한 표정으로 통화하는 수찬을 초조하게 지켜보는 명희.

수찬   근데 영구적인 건 아닐 거 아냐. (듣고 한숨) 암튼 알겠어. 고맙다.

수찬 전화 끊고. 명희, 이미 수찬 표정에서 안 좋은 상황 읽어내 절망스럽다.

명희   여권… 안 나온다죠?
수찬   (끄덕) 일단은, 처리가 정지된 상태라네. 다 발급된 상태에서 뭔 다른 기관 승인이 필요하단디…
명희   (체념으로 작게) 보안대예요.
수찬   뭐…? 보안대?
명희   …희태 씨 아버지요.

수찬, 가슴이 쿵 내려앉는다. 기남을 향한 분노와 명희에 대한 죄책감으로 흔들리는 수찬의 시선. 수찬, 최대한 차분하려 애쓰며 명희에게 말한다.

수찬	그냥 겁주려는 걸 거여. 아무리 보안대래도 명분도 없이 개인 유학을 막을 순 없어. 명희 니가 무슨 국보법을 어긴 것도 아니고…
명희	(국보법 얘기에 울컥, 고개 떨구면)
수찬	명희 넌 걱정 말고 있어. 나가 어떻게든, 어떻게든 방법을 찾을랑께.
명희	(고개 젓고, 애써 태연히) 괜한 고생 하지 마세요. 가보께요.

눈물 참는 명희, 말없이 꾸벅 인사하고 돌아서면… 수찬, 그런 명희 아프게 보고

S#23 　나주 길 (낮/씬18 명희 시점)

넋 나가 터덜터덜 걸어오던 명희, '명희 씨!' 하는 소리에 고개 들어 보면… 희태다.
순간 희태 얼굴 보자 명희 울컥해 눈물 터질 것 같지만… 주먹 꽉, 참으려 애쓰고.

희태	명희 씨… 왜 그래요. (다가서며) 내가 맘대로 찾아와서 화났어요?
명희	(한걸음 피하듯 물러서면)
희태	왜 그래요, 갑자기. 다른 사람처럼. (손잡으며) 명희 씨.

마음 굳게 먹는 명희, 탁 손 빼내고… 당황한 표정의 희태를 향해 입을 뗀다.

명희	그만 가세요. 희태 씨 이러시는 거, 부담스럽고 불편해요.
희태	명희 씨. 난…
명희	그냥 좀, 가요. 가시라고요!

희태, 이 상황 이해되지 않아 상처로 바라보지만…
차가운 명희의 표정. 작은 한숨을 내쉬며, 어쩔 수 없이 고개 끄덕이는 희태.

희태	먼저 광주 가 있을게요. 다시 얘기해요, 우리.
명희	(대꾸 없이, 희태 지나쳐 걸어가면)
희태	(뒤에 대고) 터미널에서 봐요. 기다릴게요.

애써 감정을 누르는 명희, 희태 돌아보지 않고 계속 발걸음을 옮긴다.

S#24   나주집 마당 (낮)

평상에 앉은 현철모, 아이처럼 사탕 까먹으며 현철이 손수레 정리하는 모습 보고.
순녀, 빨랫감 걷기 같은 소일거리 하다가 멈춰서 흐뭇하게 웃는다.

순녀	명희 고거, 절간 지키는 비구니맹키로 병원에 붙어살더니, 의사 선생님을 다 만나불고잉. 사람이 사근사근하니, 인물도 탤런트 같

드만.

현철   김칫국 마시지 말어.

순녀   (찌릿) 아따, 뭐 나만 마시나? 첫 만남에 부모 얘기까지 꺼낸 양반이.

현철   고거는 김칫국이 아니라… (한숨, 그냥 입 다물면)

샐쭉한 순녀, 인기척에 고개 돌려 보면… 집 마당으로 걸어 들어
오는 명희.

순녀   (반갑게) 오메, 명희야! 요것이 얼마 만이대. (하고는) 혹시 오는 길
에 쩌기, 못 만났어? 여즉 기다리다 아까 막 나갔는디.

명희   …….

순녀   못 봤어? 오메, 엇갈렸는갑네잉. (다가가며) 밥은? 밥은 먹었어?

명희   (말없이 현철만 바라보면)

순녀   (의아한) 야가 왜 이런대, 귀신 본 사람맹키로. 아야. 명희야.

현철, 하던 일 멈추고 그런 명희 의아하게 보면… 명희, 기남과의
대화 떠올린다.

인서트   **보안대 조사실 (회상/새벽–씬19에 이어)**

명희   지금 시방… 희태 씨 때문에… 이러시는 거요?

기남, 의미심장한 미소로 책상의 늘어놓은 사진들 싹 거둬가더니
찌익– 찢는다.

그 행동에 놀라 명희 바라보면… 기남, 조각낸 사진들 바닥에 심상히 휙 버리고.

기남　　이유 찾을 거 없이, 어차피 넌 못 가.

기남, 서류 봉투 하나 책상 위에 두고서 명희 쪽으로 슥 내민다.
명희, 불안히 봉투 보다가 내용물 꺼내 보면… 현철의 신상정보 담긴 서류.
서류 읽어내려가던 명희 시선, '국가보안법 위반' 부분에서 혼란스럽게 흔들리고.

기남　　다른 사람도 아니고, 빨갱이 딸을 독일로 보낼 순 없지.
명희　　(고개 젓고) 말도 안 돼요. 우리 아버지는…
기남　　수십 년 일한 아버지가 가게 자리 하나 못 얻고 장바닥 전전하는 게, 이상하지 않았나? 같이 시위한 친구들 다 풀려나는데, 왜 본인은 자퇴까지 해야 했는지… 이상하지 않았어?
명희　　(충격으로 작게) 그럼, 그게…
기남　　그래. 네 아버지가 빨갱이라서. 네가… (하는데)

다시 현재. 분노와 슬픔, 원망이 뒤섞인 붉은 눈시울로 현철을 보며 입 떼는 명희.

명희　　나가… 빨갱이 딸이란 것이, 참말이요?

명희 말에 얼어붙는 현철. 순녀도 충격으로 보다가, 수습하려 나서며

순녀   (당황) 아야, 명희야. 어서 뭔 소릴 들었는진 몰라도…
명희   (O.L) 아버지가 대답하씨요. 사실이요, 아니요?

말없이 명희를 보던 현철, 참담하게 고개 떨구면… 명희 눈에서 눈물 흐르고.

명희   왜 말 안 했소? 나는, 그것도 모르고, 평생을… 내 잘못으로만 알고, 나가 왜 그랬을까 후회하면서 살았는데. 한 번쯤은, 내 잘못 아니라고 말해줄 수 있었잖아요.
현철   명희야.
명희   말해줬으믄! 나가 왜 숨죽이고 살아야 하는지 이유를 얘기해줬으믄, 이라고 헛된 희망은 안 품었을 거 아니요. 왜 사람을 바보로 만들어. 왜 영문도 모르고 자꾸 바닥에 처박히게 해요, 왜!

명희 울부짖으며 소리치는 사이, 마루에서 전화벨 소리 시끄럽게 울려대기 시작하고.
평상에 앉아있던 현철모, 버선발로 마당으로 내려와 명희에게 필사적으로 달려든다.

현철모   (살기 어린) 이 썩을 년. 니도, 니도 황기남이가 보냈제?
명희   (황기남…? 먹살 잡힌 채 충격으로 보면)

| 현철 | (떼어놓으려) 엄니! (순녀에게) 시방 뭐대, 전화선 안 뽑고! |
| 현철모 | 이 찢어 죽일 놈들. 차라리 날 데려가 죽여라! 우리 현철인 안 돼야! |

절박한 현철모 몸부림에 아수라장이 된 나주집, 전화벨 소리 계속 울려대는데…

S#25 옛날집 마당 (낮/과거 26년 전)

젊은 현철 부부와 현철모 살던 옛날 집. 마찬가지로 전화벨 따르릉 울리는 와중에
형사 두어 명, 현철 양쪽 팔 잡아 연행해 가려면 매달리듯 애원하는 현철모.

| 현철모 | 아니, 죄도 없는 아들을 갑자기 왜 잡아간단 말이요! |
| 현철 | (안심시키며) 아따, 엄니. 그냥 조사만 받고 오는 거라 안 하요. 엄니 말대로 난 아무 죄도 없응께, 걱정 마씨요. (순녀에게) 다녀올게잉. |

끌려나가는 현철 보며 망연자실 주저앉는 현철모와 이를 부축하는 임신 중인 순녀.

S#26 보안대 조사실 (밤/과거 26년 전)

끼익, 철문 여닫히는 소리 들리고… 뚜벅뚜벅 구둣발 소리. 젊은

기남이 들어온다.

모진 고문으로 피떡이 되어 심문 테이블 앞에 앉은 현철, 기남 얼굴 보고 놀라며

현철   기남이…? 니 황기남이 맞제?

기남   (앉으며) 오랜만입니다, 형님.

현철   (울먹이며) 기남아. 나는, 나는 아무 죄도 없어. 니는 알잖애. 아부진 돌아가셨고, 형은 연락 끊겨분 지… (하는데)

기남   (O.L) 아버지는 피난길에 북으로 넘어가셨고, 형은 빨치산으로 활동하면서 주기적으로 연락하고 있다고… 그렇게 아는데, 저는. 직접 말씀하셨잖아요? 형님이 굳이, 저한테.

현철   (보다가 배신감으로) 너… 황기남이 너…

기남   (인주 슥) 그만 인정하세요. 형님 몸 더 상하면, 홀어머니 또 화병 앓아누우시겠네.

현철, 자신 앞에 놓인 인주와 진술서 보다가… 모든 걸 체념한 듯 기남 본다.

현철   왜 하필… 나여?

기남   보면 꼭 이유들 찾으려 들더라. 사냥에 이유가 있습니까?

현철   (보면)

기남   굳이 꼭 이유를 찾자면… 양을 제물로 바치는 이유랑 같겠죠. 호랑이 잡아 바치는 것보단, 양이 쉬우니까. 쉽잖아요, 형님은.

현철, 두려움으로 기남을 보면… 여유롭게 씨익 웃어 보이는 기남.

S#27   나주집 안방 (저녁)

지쳐 잠든 현철모에게 이불을 덮어주는 현철, 아이 재우듯 다독
이는 모습 위로.

순녀(E)   그게 다여. 그땐 그런 시절이었응께.

S#28   나주집 일각 (저녁)

집 뒤편, 구석진 곳에 걸터앉아 순녀에게 모든 사정을 들은 명희.

명희   진짜로 그거뿐이면… 끝까지 항소해야 하는 거 아니요?

순녀   고작 죄 없는 거 증명하자고 그 모진 걸 더 겪을 순 없응께…

명희   고작? 그게 어찌 고작이요?

순녀   (보다가) 아버지 다리… 소아마비 아녀. 금방 풀려났을 땐, (그 기억
       에 울컥) 사람이 안 망가진 데가 없어가꼬… 나더러 수의 준비하라
       그랬다. 그거를 또 겪을 바에는, 그냥 없는 죄 안고 사는 게 백번
       낫제.

명희   그러니까 그게 다… 황기남, 그 사람 짓이란 거요?

순녀   (끄덕이다) 근디 그 이름을 니가 어찌 아냐? 그 인간이 설마…

명희   (O.L, 말 막듯) 할머니가, 아까 말했잖애.

순녀   (한숨) 니 독일 가믄, 그때 말해줄라 했는디… 대체 이 얘길 어디

서… (문득 불안) 혹시, 아버지 땜시 유학에 뭔 문제 생겼냐?

명희   (쓴웃음으로 힘없이 고개 젓고) 갈게요. (일어나는)

S#29   나주 길 (저녁)

왔던 길을 홀로 되돌아가는 명희, 복잡한 심경에 금방이라도 주저앉을 거 같은데…

현철   나만 침묵하믄 되는 줄 알았다.

명희 목소리에 멈칫, 걸음 멈추고 뒤돌아보면… 길 끝에 현철이 서있다.

현철   넌 낙인 같은 거 모르고 살도록… 내 대에서 끊어낼라고 한 거였어.

명희   (보다가) 근데… 안 끊어졌네요.

슬픔을 누르는 시선으로 서로를 보는 명희와 현철. 명희, 덤덤히 돌아서고…
현철을 뒤에 남겨두고 걸어가는 명희, 한줄기 눈물이 흐른다.
자리에 못 박힌 듯 서있는 현철, 떠나는 명희 뒷모습을 하염없이 바라본다.

S#30   명희 하숙집 앞 (저녁)

하숙집에 명희를 찾아온 수련, 대문 사이에 두고 진아부와 대화
한다.

수련(E)   아직도 안 들어왔다고요?

진아부   (성가신) 어! 뭐 초과근무하는 거 아니겠나.

수련(E)   (걱정스러운) 병원 전화 해본께 없다던디. 나주 집도 연락 안 되
고…

진아부   아 그럼 어디 놀러라도 갔는갑지! 명희가 아도 아니고… 왜들 죄
다 명희 찾는다고 이 난리고.

진아부 툴툴대며 대문 닫으면. 수련, 순간 전날 기남의 말이 뇌리
를 스친다.

인서트   수련 거실 (회상/저녁)

기남   한 번만 기회를 주시면 제가 책임지고… 다 바로 잡겠습니다.

설마… 불안한 마음이 드는 수련, 바삐 걸음을 옮기는데.

S#31   수찬 사무실 (저녁)

사무실 안으로 급히 들어오는 수련. 사람 없이 비어 있는 사무실.

수련(E)	오빠.

대답 없자, 사장실 쪽으로 다가가던 수련. 무심코 사무실 안 응접 소파 쪽 보면,
깔끔했던 평소 모습과 달리 응접 테이블 위에 어지럽게 흩어진 서류들…
의아하게 보던 수련, 사장실로 다가가 문 여는데…

S#32　수찬 사무실 사장실 (저녁)

수련 문 열면, 온갖 서류들과 연락명부 따위 책상에 잔뜩 어지럽게 펼쳐놓은 채 심각하게 통화하고 있는 수찬, 몇 시간 만에 초췌해진 모습이고.

수찬	그럼 행정소송은… 몇 개월이요? (한숨, 머리 감싸며) 네. 그럼 아까 그 부분만 확인되는 대로 연락 부탁드립니다. (끊고)
수련(E)	오빠… 이게 다 뭔…
수찬	(다시 명부 뒤지며) 수련아. 시방은 정신 없응께, 집 가서 얘기하자잉.
수련(E)	(서류들 훑으며) 뭐여 이게. 여권, 비자… (순간 철렁해서 보는) 명희 일이여? 뭔디… 아, 오빠!
수찬	(하는 수 없이) 보안대에서 명희 여권이랑 비자 발급을 막았어.
수련(E)	뭐…?
수찬	…내 탓이여. (수화기 들며) 니까지 신경 쓸 일 아닌께, 집에 가 있어.

수련, 명부 보며 급히 다이얼 누르는 수찬을 불안한 시선으로 바라보다가…

손 뻗어 철컥… 수화 버튼 눌러 전화를 끊는 수련. 수찬, 그런 수련 황당하게 보면

수련(E)   오빠한테 할 얘기 있어. 명희랑… 황희태 얘기여.

수찬   (복잡하게 보다가, 타이르듯) 그 두 사람 만나는 거를 니가 어찌 알았는지 모르겠지만…

수련(E)   (O.L) 처음부터 거짓말했어, 내가.

수찬, 이해할 수 없다는 표정으로 수련을 보면…

(cut to) 모든 이야기를 들은 수찬, 분노와 배신감으로 굳은 표정으로.

수찬   (말없이 보다가) 그라니까… 애초에, 맞선부터 다, 거짓말이었다고?

수련(E)   (눈물 글썽이며 끄덕이면)

수찬   그라믄, 황 과장이 물었을 땐… 왜 아무것도 모른다겠어?

수련(E)   …무서워서. 그땐 일이 이리고 커질 줄 모르고…

수찬   (감정 겨우 누르며) 이수련. 니들이 시방… 뭔 짓을 벌인 줄은 아냐?

수련(E)   (눈물로) 오빠. 나는, 나 땜시 우리 가족 잘못될까 봐…

수찬   (O.L) 느그들 그 철없는 짓으로 지금…! (분노로 보다가) …가.

수련(E)   오빠…

수찬   나가. 험한 소리 하고 싶지 않응께.

수련, 수찬의 본 적 없는 차가운 눈빛에 눈물로 시선 떨구며 돌아
선다.

문 닫히면, 홀로 남은 수찬⋯ 이 일을 어떻게 해결하면 좋을까, 머
리 터질 거 같은데.

S#33   광주 시내 (저녁)

'민족 민주화 聖會(성회)'라는 현수막을 선두로, 대형 태극기와
'민주회복', '계엄령 즉각 해제하라' 현수막을 들고서 거리를 행진
하는 사람들.

혜건과 선민 등의 학생들, 선두에서 '계엄령을 해제하라!' 구호
외치며 행진하고,

질서 유지에 투입된 최 순경, 행진 구경 나온 어린애들 '쏙' 인도
쪽으로 밀어내고.

S#34   버스터미널 대합실 (밤)

대합실 의자에 초조히 앉은 희태, 낮의 차가웠던 명희 얼굴 떠올
리고.

희태, 잡념 씻어내려는 듯 마른세수하는데, 마침 버스 하나 새로
도착하고.

버스에서 내린 승객들 하나둘 대합실 쪽으로 들어오면⋯ 명희도
그중에 껴 있다.

명희, 멀리 앉아있는 희태 모습 발견하고서 멈칫⋯ 섰다가, 재빨

리 걸음 옮기고.

희태, 뒤늦게 터미널 밖으로 나가는 명희 보고서 '어' 벌떡 일어
난다.

희태   명희 씨! (따라 뛰어가는)

S#35   시내 도로 (밤)

'명희 씨!' 하는 희태 부름 뒤로 하고 몸 숨기듯 시위 인파 속으로
들어가는 명희.

그런 명희를 뒤따라 나온 희태, 시위 행렬에 잠시 가로막히고.

그 안으로 들어가, 툭툭 부딪히는 인파를 거스르며 명희를 따라
가는 희태.

그때 슬쩍 뒤돌아보는 명희, 사람들 사이로 희태와 순간 눈 마주
치면…

다시 휙 뒤돌아 더욱 걸음을 재촉한다.

희태   명희 씨! (애타서 쫓아가며) 잠깐 얘기 좀 해요. 명희 씨!

S#36   막다른 길 (밤)

발길이 닿는 대로 걷던 명희, 뒤 살피며 골목 들어섰다가 앞을 보
면… 막다른 길.

곧이어 희태, 숨차서 골목으로 따라 들어오고. 잠시 멀찍이 바라

보는 두 사람.

희태　뭐예요? 명희 씨 저 봤잖아요. 왜 도망을 쳐요?

명희　…따라오니까요.

희태　(보다가) 말해요. 무슨 일인지. 하룻밤 사이에 따라오면 도망쳐야 하는 존재가 된 거면… 무슨 이유가 있을 거 아니에요.

명희　굳이 그거를… 들어야겠어요?

희태　네. 들어야겠어요. 아무리 생각해봐도, 전 도저히 모르겠어요. 명희 씨가 갑자기 왜 이러는지.

명희　(보다가) 희태 씨 옆에 있는 게… 싫어요. 남의 남자 뺏은 나쁜 년 취급받기도 싫고, 주변 사람 상처 주는 짓도 더는 못 하겠어요.

희태　…이수런이랑 무슨 일 있었어요? 아님, 이수찬 씨예요?

명희　그냥 내가, 싫다고요. 인자 들으셨응께 됐죠? (가려면)

희태　(붙잡고) 지금 그걸 나더러 믿으라고요? 후회 안 한다면서요. 서로 숨김없이 말하자면서요. 바로 어제 명희 씨가 그렇게 말해놓고, 갑자기 사라져서 사람 속 다 태워놓고는, 대체 뭘 숨기려고 이러는 건데요!

명희　그짝 아버지한테 물어보씨요!

희태　(충격으로 보며) …아버지요?

명희　나 유학 못 간대요. 희태 씨 만나서. 왜 도망치냐고요? 무서워서요. 같이 있음 또 뭔 일을 당할지 몰라서, 여서 얼마나 더 내 인생이 망가질지 몰라서, 무서워서 도망쳤어요. 저 인자 희태 씨, 무서워요.

자신을 보는 붉은 눈시울의 명희를 얼어붙어 바라보던 희태,
명희를 붙잡고 있던 손 떼어내고… 명희, 잠시 희태 보다가 돌아
서서 골목을 떠나면.
그 자리를 떠나지 못하고 충격과 절망으로 서있는 희태.

S#37   몽타주 – 집으로 향하는 명희 (밤)

막다른 길에서 나와 다시 사람들로 북적이는 시내 도로를 걸어가
는 명희.
인적 드문 길거리와 가로등만 켜져 있는 하숙집 근처 골목길을
지나쳐, 어둑한 하숙집 앞까지… 뒤돌아보지 않고 계속해서 걷는
명희의 모습.

S#38   명희 하숙집 마당 (밤)

대문 여닫히는 소리에 나와보는 진아부, 명희 들어오는 모습 보
고서

진아부   명희 니 뭐하다 이제 들어오노. 종일 너 찾는 사람만…

명희, 대꾸하지 않고 방쪽으로 들어가 버리자 진아부, '뭐고?' 의
아하게 툴툴.

S#39   명희 하숙집 명희 (밤)

컴컴한 방 안. 명희, 문 열고 들어오자마자 그 자리에 털썩 주저앉는다.

무릎에 얼굴 묻은 채, 조용히 소리 삼키며 우는 명희. 웅크린 작은 몸이 떨리고.

S#40   나주집 마당 (밤)

마당으로 걸어 나오는 현철, 평상에 걸터앉아 긴 한숨으로 밤하늘 바라본다.

밝게 떠 있는 달을 보며 과거 기억에 잠기는 현철.

S#41   보안대 앞 (밤/회상-8년 전)

보안대 앞에서 조사관1과 실랑이하는 현철.

현철   어찌 요런 일로 미성년자를 잡아 가둔단 말이요? 당장 풀어주씨요!

조사관1   이 양반이 여기가 어디라고… (하는데)

그때 끽 문 열리고… 기남 나오면, 군기 바짝 들어 벌떡 일어나는 조사관1.

조사관 안으로 들어가고, 기남 느물거리는 웃음으로 현철의 맞은편에 다가온다.

기남	오랜만입니다, 형님.
현철	(보다가) 황기남. 또… 니 짓이었냐?
기남	섭섭하네. 옛정으로 달려온 사람을 이리 의심하시고. 따님은, 자퇴 정도로 마무리 짓게 밑에 애들 타일러 놨어요.
현철	뭔 소리여? 자퇴라니. 이깟 일로 자퇴라니!
기남	이깟 일이 아니죠. 형님 딸인데. 보니까 애는 아직 모르던데, 형님이 선택하세요. 빨갱이 딸로 사는 게 나을지, 병신 딸로 사는 게 나을지.
현철	(분하게 보는 눈빛에서)
현철(E)	무조건 예, 혀라.

S#42   보안대 조사실 (밤/회상 8년 전)

5화 씬49의 인서트로 삽입되었던 보안대 조사실 장면, 현철의 시선으로.

명희	아버지, 저 참말로 잘못 없어요! 어찌 나가 안 한 짓까정…
현철	(O.L) 그냥 다 맞다고, 무조건 잘못했다고 해!
명희	아버지…?
현철	처벌은 학교 자퇴로 대신하기로 혔응께, 앞으로 감사한 마음으로… 숨소리도 내지 말고 조용히 살어.

명희 등지고 돌아서는 현철, 울컥 올라오는 울음 겨우 삼키면서 문 열고.

S#43 **보안대 복도 (밤/회상 8년 전)**

현철, 조사실 문을 닫고 복도를 절뚝이며 걸어가는데…

기남 잘 결정했어요.

현철 돌아보면, 복도 끝에서 멀찍이 지켜보던 기남 씨익 미소 지어 보인다. 그런 기남을 분하게 바라보는 현철, 다시 돌아서서 묵묵히 걸어가고.

S#44 **나주집 마당 (밤)**

달 보며 과거를 떠올리던 현철, 붉은 눈시울로 고개 떨구고… 초라한 현철 뒷모습.

S#45 **보안대 기남 사무실 (밤)**

사무실 책상에 앉은 기남, '민족민주화대성회'에서 배포된 전단을 읽고.
조사관1, 책상 앞에 각 잡고 서서 기남에게 상황 보고한다.

조사관1 시위대 추정 인원은 만 명 정도로, 18시까지 도청 앞 광장에 있다가 현재는 철수 후 교내에서 철야농성 중입니다.

조사관1, 무표정한 기남 눈치 살피다가 준비해뒀던 파일을 기남 향해 내밀고…

기남, 파일 열어보면 '요주의장소 출입자 명단'과 혜건 비롯한 학생들 신상 자료.

조사관1   이번 데모 주동자 명단을 추려봤습니다. 이것들 먼저 신병 확보하고, 조치 취하시죠.

기남   (잠시 생각하다, 파일 덮으며) 아직 아니야.

조사관1   과장님. 이렇게 두다가 더 극렬화되면 그땐…

기남   어중간하게 들쑤셨다간 불만 더 번진다. 일단은 기다려. 위에서 신호 주면, 그때 제대로 잡는다.

S#46   희태 본가 정원 (밤)

늦은 밤. 귀가한 기남, 대문 닫고 정원으로 걸어 들어가는데…

희태(E)   (밝게) 오셨어요, 아버지?

희태 목소리에 기남 보면, 평소 기남이 앉던 자리에 앉아있던 희태. 미소로 일어나 최대한 태연하고 장난기 어린 표정으로 기남에게 다가간다.

희태   아버지 헛발질하셨던데… 따로 만나셨다면서요. 그 여자요.

기남   (말없이 보고)

희태   그냥 재미로 만나던 애 중에 하난데, 왜 굳이 그런 수고를 하셨어요. 아버지가 그러셨잖아요. 남잔 이 여자 저 여자 다 만나봐야 한다고.

기남   (미소로 보다가) 그래서.

희태   아이, 잠깐 출국 전에 재미 보려던 건데 괜히 아버지께서 친히 반대까지 해주시니까, 얘가 무슨 세기의 사랑으로 착각해서 신파 찍고 난리를 치는데… 이러다 영영 들러붙을까 봐 아주 골치라니까요? 걔 그냥, 보내버리세요, 아버지.

묵묵히 듣던 기남, 그런 희태 보다가 풋 웃음 터지더니 소리 내 한참 웃는다.

기남   살다 살다, 희태 네가 이런 멍청한 수까지 쓰는 걸 다 보고. 이렇게 절박한 널 보니, 싹을 제대로 잘라야겠다는 생각은 드네. (가려면)

희태   (붙잡으며) 그 사람, 보내주세요. 외국을 가버려야, 아버지도 오히려 안심되실 거 아니에요.

기남   글쎄. 안심되는 방법이야 많이 알아서.

희태   (다급히) 제가 만나자고 억지 부렸어요! 계속 싫댔는데 제가, 그냥, 저랑 엮인 잘못 밖에 없는 사람이에요. 이러실 필요까진 없잖아요.

기남, 희태 손 뿌리쳐 들어가려면… 바닥에 무릎을 꿇는 희태.
그런 희태를 가소로운 듯 내려보는 기남.

희태   결혼할게요. 아버지 시키시면 당장이라도…!

| 기남 | 결혼은 당연히 하는 거고. 설마 그게 거래가 될 거라 생각했어? |

말문 막힌 희태에게 다가가는 기남, 쭈그려 앉아 무릎 꿇은 희태
와 눈을 맞춘다.
기남, 아이 어루만지듯 눈물 그렁한 희태의 머리칼을 다정히 쓸
어주며 말한다.

기남	희태야. 이래서 무릎은 자주 쓰면 안 되는 거야. 정작 중요할 때 값어치가 없잖아.
희태	(보면)
기남	내가 말했지. (손으로 희태 뺨 톡톡) 네가 막을 수 있는 건 요 손 하나고… 넌 내 손바닥 안이라고. 벌써부터 겁먹지 마. 난 아직 시작도 안 했으니까.

기남 다시 자리에서 일어나 떠나려면 희태, 그런 기남 향해 절박
하게 말한다.

| 희태 | 아버지. 뭘 원하세요? 아버지 원하시는 거 뭐든 할게요. 앞으로 까불지 않고, 아버지 뜻대로 살게요. 시키시는 거 뭐든 다 할 테니까… 그 사람, 그냥 본인 인생 살게만 해주세요. 네? |

간절히 호소하는 희태 얼굴에 눈물 흐르고… 이를 무표정하게 보
던 기남.

기남   당장 서울 올라갈 준비해. 가면, 내가 부르기 전엔 돌아올 생각 말
       고. 그 기집애는… 너 하는 거 보고, 차차 결정하지.

       기남, 희태를 남겨두고 들어가고. 그대로 무릎 꿇은 채 눈물 흘리
       는 희태.

S#47   호텔 커피숍 (낮)

       달각, 마시던 찻잔을 받침에 내려놓는 창근… 황당하게 기남을
       보면서

창근   고거이 시방… 뭔 소립니까? 아들을 서울로 보내자뇨?
기남   어차피 신혼집은 서울 병원 근처에 차려야 하니까요. 애들 먼저
       올려보내서 신접살림 꾸리게 하고, 식은 날 잡히는 대로 진행하
       시죠.
창근   (기차서 하) 다 바로 잡겠다고 그리고 호언장담을 하시드만… 이리
       막무가내로 밀어붙이시려는 생각이셨소?
기남   아, 여자 문제라면 다 해결됐습니다. 더는 걱정 않으셔도 됩니다.
창근   해결됐습니다, 하믄 그렇습니까, 하고 딸내미 시집 보내야 됩니
       까? 해결이 됐는지 안 됐는지 고거를 제가 어찌 믿는단 말이요?
기남   사장님 앞에 그 여자를 무릎 꿇리면 되겠습니까? 아니면, 각서라
       도 쓸까요? 그러면 좀 믿음이 가시겠어요?
창근   (못마땅한) 깨진 그릇 붙이기가 어디 하루아침에 되는 일이요? 아
       들 결혼은 사업 합병하듯 밀어붙일 일이 아니라고 봅니다. 일단

은, 천천히 상황 보믄서… (하는데)

기남 (보다가) 혹시, 이 혼사가 이대로 깨지길 바라십니까?

창근 (차 마시려다 뜨끔, 보면)

기남 최대한 이어붙이는 쪽이, 양 집안에 다 이로울 겁니다. 깨진 그릇
     은… 흉기가 될 수도 있으니까요.

창근 시방… 저 협박하시는 거요?

기남 조언해 드리는 겁니다. 올바른 결정을 내리실 수 있도록.

S#48 수련 주방 (낮)

벌컥벌컥, 얼음 띄운 냉수 마시고 탁! 잔 내려놓는 창근. 열이 가
시지 않는지 씩씩.

창근 어디, 되먹지 못한. 쌩 양아치 같은… (어휴, 잔 내밀며) 한 잔 더.

수련(E) (잔 받으며, 걱정스레) 아따, 천천히 드시랑께… 뭔 일인디.

창근 황기남! 다짜고짜 해결됐담서, 니를 그 아들놈 따라 서울로 보내
     란다.

수련(E) 서울요…? 그래서요?

창근 절대 안 된다 혔제. (치를 떠는) 나가 미쳤지. 춥다고 호랑이굴에 들
     어간 꼴인께… 고 바람났단 여자가 우리 집안엔 귀인이제. 그나
     마 고거 방패 삼아 잡아 묵히는 건 면하게 됐응께.

아버지 말 듣는 내내 심란한 수련, 일단 따른 냉수 잔을 창근에게
건네려는데…

마침 주방으로 들어온 수찬, 냉수 잔을 빼앗아 싱크대에 휙 부어
버리고.

수찬   아버지 얼음물 드리지 말어.

창근   아따, 고 몇 잔 갖고 유난은… (하는데)

수찬   아버지. 드릴 말씀 있습니다.

창근   (분위기 심상찮아) 뭔디. 일 얘기여?

수련(E)   (잠시 수찬과 시선 교환하고, 수찬 향해 끄덕이면)

수찬   아버지가… 아셔야 할 얘기예요.

S#49   수련 거실 (낮)

소파 앉은 셋. 수련 죄인처럼 고개 숙이고 있고. 수찬, 굳게 다문
입으로 창근 보면

창근   (충격으로) 글믄, 애초에 모두 다… (수련 보며) 너… 이수련, 너…

분노에 찬 창근, 주변 물건 손에 꽉 쥐었다가 감정 꾹 누르며… 한
숨 푹.

창근   됐다. 이제 와가꼬 잘잘못 따져봤자, 내 속 터지기밖에 더 하겠
        냐. 인생사 새옹지마라고, 결과적으론 우리 집안엔 유리한 상황
        인께…

수찬   (보다가) 사실대로 밝혀야 합니다, 아버지.

창근	(귀를 의심) 뭔 소리여? 니 설마, 요거를 황기남이한테 말하자고?
수찬	아니 말씀드렸잖아요. 이대로믄, 명희 하나만 희생양 되는 겁니다.
창근	(타이르듯) 아야, 수찬아. 명희, 그래. 안타까운 일이제. 근데 고거는, 일단 우리 가족부터 살고, 어떻게든 보상하믄 되지 않겠냐?
수찬	수련이도, 딱 그 생각으로 일 저질렀습니다. 우리 가족 살자고 벌어진 일, 우리 가족이 바로 잡아야지라.
창근	(보다가 단호히) 안 돼. 절대로 안 된다잉. 이제 와가꼬 고거를 밝히는 건, 집안을 통째로 황기남이 입속에 던져주는 거나 마찬가지여!
수찬	긍께 그 입속에 명희 던져주고 끝내자 이거 아니요, 아버지 말씀은.
창근	고거이 뭐 어쨌다고! 막말로 명희 가는 가족도 아니잖애!
수찬	아버지!

부딪히는 두 사람 눈빛. 수찬, 실망으로 창근을 말없이 보다가 일어난다.

수찬	죄송합니다. 이번엔 아버지 뜻 못 따라드리겠습니다. (돌아서면)
창근	(따라 일어나는) 이수찬!

잔뜩 흥분해 소리치던 창근, 순간 윽… 가슴팍 잡고 비틀하고.
그 모습에 사색이 되는 수련과 수찬, '아버지!' 하며 쓰러지는 창근을 부축한다.

S#50 병실 (낮)

침상에 누워 수액 맞고 잠든 창근의 모습 위로.

주치의(E) 이번엔 운이 좋았습니다. 누누이 말씀드리지만, 협심증엔 스트레
스가 가장 치명적입니다. 심근경색 위험이 있으니, 절대안정 취하
시도록 애써주세요.

S#51 수련 거실 (낮)

무거운 표정의 수찬 먼저 집 안으로 들어오면, 수련 뒤따라 들어
오며

수련(E) 아버지, 언제부터 안 좋았던 거여? 왜 나한텐 말 안 했어?

수찬 (보다가) 말했으믄, 뭐 달라졌겠냐?

수련, 수찬의 차가운 표정에 상처로 보다가… 수찬, 침실 쪽 향해
걸어가면

수련(E) 황기남이한테… 말하지 마.

수찬 (기막혀 돌아보며) 이수련, 니 참말로 끝까지…

수련(E) 나가, 서울 갈게.

수찬 (놀라 보면)

수련(E) 나가 벌인 일인께… 나가 책임진다고. 명희도, 아버지도 잘못 없
잖애.

눈물 그렁한 수련, 굳게 마음먹은 표정이고. 수찬, 놀라서 그런 수련 바라보다가…

S#52   희태 본가 기남 서재 (낮)

책상 앞에 앉아 전화를 받는 기남, 만족스러운 미소가 얼굴에 퍼지고.

기남   잘 결정하셨습니다. 서울에 아들 살던 집이 있으니, 신혼집 구할 때까진 거기서 지내면 됩니다. 그럼 바로 떠날 수 있게 채비시키겠습니다.

S#53   희태 본가 희태 (낮)

옷가지 따위를 챙기는 희태, 넣을 게 별로 없어 짐가방이 단출하고. 또 넣을 게 없는지 휘 둘러보던 희태, 책상으로 가 참고서 몇 권을 골라 꺼낸다.
책들 사이에 꽂아뒀던 친어머니 사진도 꺼내 챙기다가,
문득 책상 한쪽에 희태 시선 닿아 보면… 클립 부분 고장 난 명희의 귀걸이.
귀걸이를 집어 바라보는 희태, 손끝으로 망가진 부분을 가슴 아프게 매만지는데.

S#54   간호사 휴게실 (낮)

간호복 입은 명희, 휴게실 한쪽에서 민주에게 혼나고 있다.

민주   (기차서) 별일이 아녀? 별일도 아닌디 나는 쉬는 날 약속까정 취소
       해가며 니 땜빵한 거네잉. 야 김명희. 니 인자 그만둔다고 막 나
       가냐?

명희   (그 말에 생각 많아지는) 아닙니다.

민주   니 병원은 왜 나오냐? 이미 맘은 외국으로 뜬 거 같은디. 이따위
       로 무단결근이나 할 거믄 아예 나오지 말어야!

명희   죄송합니다.

       민주, 씩씩… 분 안 풀리는 듯 명희 노려보다가 쾅 문 닫고 나가고.
       구석에서 숨죽여 지켜보던 인영, 사물함 여는 명희에게 슬쩍 다
       가가 말 건다.

인영   어젠, 진짜로 별일 없으셨어요?

명희   (끄덕이고) 미안. 나 땜시 어제 고생 많았다잉.

인영   아녜요. (하고서 눈치) 거시기 저, 황희태 씨랑도 연락하셨어요?

명희   (그 이름에 놀라 멈칫, 보면)

인영   어제 병원에 선생님 찾으러 오셨어요. 제가 괜히 마음 쓰이는 소
       릴 해가꼬… 그분이 걱정 많이 하셨거든요.

       명희, 희태 얘기에 마음이 일렁이지만… 대충 미소 지어 보이고
       사물함 닫는다.

S#55 **명희 하숙집 광규방 (저녁)**

짠! 수학 시험지 자랑스럽게 내미는 진아, 빨간 색연필로 80점이라 쓰여 있고.

진아   아니, 딱 시험지 받아 펼쳤는디! 진짜로 오빠가 나온다간 문제들이 쫙! 50점 올라붓써요! 우리 수학쌤이랑 아는 사이는 아니시죠잉?

희태   역시, 진아 넌 수학을 잘할 수밖에 없는 운명이야.

진아   (히히! 수줍게 뭔가 꺼내는) 아따, 원래는 내일 과외 때 드릴라캤는디.

희태 받아 보면, 표지 아기자기하게 진아가 직접 꾸민 작곡 노트다.

진아   스승의 날 선물이요! 대학가요제 대상곡 쓰시라고!

희태   (뭉클해서 보다가) 나도… 진아 줄 선물 있는데.

진아   예?! 진짜요?

희태   (한 권씩, 아련히) 이건 이번 기말 때 볼 거, 이거랑 이거는 내년에 볼 거. 이거는 내가 직접 정리한 개념 노트. 참고서보단 나을 거야.

진아   (실망) 아니, 저, 내년 진도를 왜 벌써… 내년에 주셔도 되는디.

희태   내년엔 줄 수가 없어서. (미소) 오늘이 마지막 수업이거든.

S#56 **명희 하숙집 근처 골목길 (밤)**

퇴근하고 지친 발걸음으로 걸어오는 명희, 땅 보며 힘없이 걷다가 앞을 보면…

매번 명희를 기다리던 그 자리에 희태 서 있다. 명희, 멈칫 서서 희태 보면.

희태	(부러 밝게) 어, 그냥 거기서 들으셔도 돼요. 잠깐 인사하러 왔어요.
명희	(말없이 서서 보면)
희태	저, 내일 서울 가요. 아마… 앞으로 내려올 일 없을 거예요.
명희	…네.
희태	가기 전에, 고맙단 말 하고 싶어서요. 명희 씨랑 같이 보낸 몇 주가 제 인생 통틀어 제일, 행복했던 시간이었거든요. 고마워요, 진심으로.
명희	(보다가 끄덕이고) 네.
희태	(주머니에서 뭐 꺼내려다, 머뭇) 잠깐… 그쪽으로 가도 돼요?

명희, 그런 희태 행동에 가슴 아프지만, 애써 무심한 척 끄덕여 보이고.

희태, 명희 끄덕이고 나서야 조심스럽게 명희에게 다가가서 뭔가를 건넨다.

명희 손 펼쳐서 받아 보면… 클립 부분 망가져 있는 명희 귀걸이.

희태	미안해요. 나름 조심한다고 했는데도… 망가트렸어요. 제가 이래요. 저한테만 오면 자꾸 망가져 버려요, 다.
명희	(꾹 할 말 삼키며, 보면)
희태	명희 씨 가시려던 길… 계속 씩씩하게 걸어갔으면 좋겠어요. 저

때문에 잠깐 넘어지긴 했지만, 명희 씬 누가 망가트릴 수 없는 강한 사람이잖아요.

명희 　(겨우 감정 누르며) 황희태 씨도, 씩씩하게, 잘 사세요.

눈물 글썽이는 희태, 밝은 미소로 끄덕이고. 명희, 희태 보다가 지나쳐 걸어간다.
걸어가는 명희 뒷모습 보며 희태, 입 모양으로 '돌아봐라, 돌아봐라, 돌아봐라…'
하지만, 끝내 돌아보지 않고 대문 안으로 들어가는 명희.
대문 닫히는 소리 들리고 나서야, 희태의 눈에서 참았던 눈물 뚝 떨어진다.

S#57　명희 하숙집 안쪽 마당 (밤)

겨우 안쪽 마당까지 들어오는 명희, 도착하자마자 풀썩 다리 풀리고. 자리에 주저앉은 명희, 그제야 참았던 숨 몰아 내쉬며 울음이 터져 나온다.

기남(E) 　망가지게 될 거야.

S#58　보안대 조사실 (새벽/회상)

기남, 마주 앉은 명희에게 무표정하게 말한다.

기남	네 아버지가 네 삶을 망친 것처럼, 네 옆에 있으면 결국 희태 인
	생도 그리되겠지.
명희	(두려움으로 보며) 희태 씬… 아들이잖아요.
기남	(냉소) 아들? 쓸모가 있을 때나 아들이지. 네 옆에선 그냥, 더럽혀
	진 불순분자일 뿐이야. (자리에서 일어나며) 궁금하면 계속 옆에 붙
	어서 지켜봐. 내가 어디까지 할 수 있는지.
명희	(뒤에 대고) 희태 씨는…! 그냥 두세요. 제가… 정리할게요.

S#59 명희 하숙집 안쪽 마당 + 명희 하숙집 근처 골목길 (밤)

무너지듯이 서글프게 우는 명희의 모습 그리고…

하염없이 명희 간 쪽 바라보며 애처로운 눈물 흘리는 희태.

두 사람 모습에서…

7화 END

제8화

그 문이 닫히고

S#1   **광주역 (낮)**

가라앉은 상태로 수찬, 창근과 함께 광주역으로 들어서는 수련.

보면, 조금 떨어진 곳에 가족들과 미리 와 있던 희태와 눈 마주

치고.

뒤이어 수련네 발견하는 기남, 인사하려는 듯 멀리서 다가오면…

수련(E)   나 화장실 좀. (자리 피하고)

S#2   **광주역 화장실 (낮)**

쏴아… 세면대 물 트는 수련, 회상에 잠긴다.

인서트　　**명희 하숙집 앞 (새벽/회상)**

동트기 전 어슴푸레한 새벽, 대문을 두드리는 수련의 손길.

끼익, 대문 열리며 명희 내다보면… 통금 풀리자마자 달려왔는지 숨차 있는 수련.

대문을 사이에 두고 잠시 말없이 서로를 보다가, 먼저 입을 떼는 수련.

수련(E)　　나, 서울 가. 황희태랑.

명희　　(보다가, 미소로 끄덕) 들었어.

수련(E)　　(울컥, 눈물 맺히는) 웃어? 김명희. 니 시방 나한테, 웃음이 나와?

명희　　…수련아.

다시 현재. 멍하니 물 틀어놓고서 생각에 잠겨 있던 수련,

화장실로 들어온 해령이 세면대로 다가오면, 퍼뜩 다시 정신 차려 손을 씻는다.

해령　　(다가가며) 막상 가려니까, 머리가 많이 복잡하죠?

수련(E)　　(형식적으로) 아뇨…

해령　　수련 씨 보면, 젊었을 적 내가 떠올라요. 그땐 왜 그렇게 무서운 게 많았는지… 지나서 보면 거의 다 부질없는 것들인데, 지나기 전엔 알 수가 없거든요.

수련, 무슨 의미지? 의아하게 보면. 해령, 핸드백에서 손수건 꺼내면서 말한다.

해령 두려움으로 살면, 할 수 있는 게 점점 없어져요. 할 수 있는 게 없 어지면, 두려운 게 더 많아지고요. (손수건 건네며) 그냥… 그 말을 해주고 싶었어요.

수련, 의미심장한 말에 보다가 손수건 받으면… 옅은 미소 짓고 는 나가는 해령.
닫히는 문을 복잡하게 바라보는 수련의 모습에서 타이틀 오른다.

[Track 08. 그 문이 닫히고]

S#3 **광주역 대합실 (낮)**
가족들 자리 비운 잠깐의 틈을 타 대합실 의자에 단둘이 앉은 정 태와 희태.

정태 (힐끗 보다가) 이번에 가면 이제 안 내려와?
희태 왜, 막상 간다니 서운해?
정태 미쳤냐? 속이 시원하거든?

희태, 정태 말에 별 반응 없이 옅은 미소만 지어 보이고.
그런 희태 반응 영 평소 같지 않아 마음이 이상한 정태, 잠깐 눈치 보다가

정태	…명수네 누나는?
희태	(그 말에 한참 보다가 픽) 우리 정태가 이제 형님 걱정을 다 해주네.
정태	(부끄러움에 발끈) 니 걱정 아니거든?

픽 웃는 희태, 정태 머리 헝클면서 일어나고.
뒤늦게 희태 손 처내는 정태, 희태 뒷모습 찝찝하게 보다가 따라
일어난다.

S#4 광주역 플랫폼 (낮)

출발 직전인 서울행 열차에 승객들 분주히 오르고.
기차 오르기 전 각각 가족들과 서서 작별 인사 나누는 희태와
수련.

기남	도착하면 시끄러운 데 휘말리지 말고 집으로 곧장 가.
희태	네. (해령에게) 그동안 저 때문에 불편하셨을 텐데, 죄송해요.
해령	불편은 무슨… 수련 씨 잘 챙겨주고.

다른 한편에서 수련과 마주 선 창근과 수찬, 참담한 표정으로 걱
정스레 보면…

수련(E)	(부러 태연) 아따, 죽으러 가는 것도 아닌디 표정들이 왜 이런대?
창근	수련이 니… 참말로 괜찮겄냐?
수련(E)	괜찮지 그럼. (다가가 창근 껴안고) 인자 속 썩이는 딸내미도 없응께,

아프지 말아요, 아부지.

수련 포옹 풀면 울컥하는 창근, 몰래 눈물 훔치고.
짐가방 든 수찬, 죄책감과 걱정으로 수련 바라보면… 수련, 일부러 장난스럽게

수련(E) 징그러운께 우리는 포옹 생략하자잉? (짐가방 가져가며) 갈게.

수찬 …수련아. (할 말들 많지만 삼키고) 안 되겠다 싶음, 언제든 내려와.

수련, 수찬의 말에 보다가 애써 미소로 끄덕이고.
기차표 손에 든 희태가 수련네 쪽으로 다가오면, 잠시 눈 마주치는 수찬과 희태.
희태, 복잡한 감정으로 보다가… 수찬에게 말없이 가볍게 눈인사한다.
(cut to) 기차 출발하기 시작하면, 먼저 돌아서서 가는 기남네.
그리고 떠나는 기차를 끝까지 바라보는 수찬과 창근의 모습.

S#5 **기차 안 (낮)**

수련, 창에 기대 가족들 멀어지는 모습 하염없이 보다가 문득 앞을 보면
맞은편 자리의 희태, 가라앉은 모습으로 말없이 창밖 보며 생각에 잠겨 있고.
그 모습에 덩달아 가라앉는 수련, 괜히 따라 창밖 본다. 침묵을 채

우는 기차 소리.

S#6　　**명희 하숙집 거실 (낮)**

가방 싸던 진아부, 흑흑… 희태가 준 노트 안고 곡소리 하는 진아
를 한심하게 보며

진아부　　가씨나가 밤새도록… 초상났나? 뚝 안 할래!

진아　　　시방 뚝 하게 생겼어?! 이것이 뭔 생이별이냐고. (흐엉) 희태 오
　　　　　빠…

진아부　　아, 서울 사는 사람이 서울로 돌아가지, 뭐 영원히 살 줄 알았나?
　　　　　(꼴사납고, 가방 잠그며) 니 진짜 아빠랑은 같이 안 갈끼가?

진아　　　아따, 어디 갈 기분 아니랑께!

진아부　　(버럭) 뭐하노 그라모, 학교 안 가고! 몇 신데 아직 교복도 안 입
　　　　　고. (쓱, 효자손 따위로 위협) 퍼뜩 안 챙길래?!

진아, 힝 울면서 꿈지럭 챙기기 시작하면 진아부, 그 모습 영 미덥
지 않게 보다가…

S#7　　**명희 하숙집 안쪽 마당 (낮)**

안쪽 마당으로 걸어가는 진아부, 무심코 '명희야' 하다가 보면
큰 고무대야에서 발로 밟으며 한창 이불 빨래하고 있는 명희의
모습.

진아부	(당황) 명희 니 뭐하노? 아침부터 뭔 이불 빨래를…
명희	(열심히 밟으며) 뭔 일이씨요?
진아부	어어, 내가 고향에 일이 있어가 며칠 갔다 올라는데…
명희	글믄 가시기 전에 아저씨 이불도 꺼내 노씨요. 같이 빨아볼게.
진아부	(얼떨떨) 어? 어… 고맙다. 그카믄, 그, 나 없을 때 우리 진아 좀…
명희	(O.L) 예! 걱정 말고 다녀오씨요.

진아부, 평소보다 더 씩씩한 명희 모습에 묘하게 이질감 느끼는데.
왜 저런대? 빨래 열중하는 명희 걱정스레 보다가 갸웃, 돌아서는
진아부.

S#8 수련 집 거실 (낮)

집으로 들어오던 수찬 부자. 앞서 들어오던 창근 비틀하면, 재빨
리 부축하는 수찬.

수찬	아버지! (한숨으로) 그라게, 저 혼자 다녀와도 된당께요.
창근	애비 노릇도 제대로 못 해주는디, 딸내미 가는 모습은 봐야제…
수찬	(속상한) 건 또 뭔 말씀이요… 일단 쉬어요. 안색이 안 좋으셔요.
창근	아녀. 오늘 대출 건으로 은행도 가 봐야 허고…
수찬	그 건은 제가 해결할랑께, 좀 누워 계셔요.
창근	그걸 다 어찌 혼자 해. 시방 제약 쪽 일로도 정신없을 거인디.
수찬	이대로 아버지 몸져누우믄 그땐 진짜 저 혼자 아니요. 급한 건 제 가 어떻게든 수습할랑께… 몸부터 챙기씨요, 제발.

며칠 사이에 부쩍 몸도 마음도 약해진 창근, 자괴감에 눈물 훔치고… 걱정 가득한 시선으로 그런 아버지 보다가, 방으로 부축해 이끄는 수찬.

S#9　　**서울역 전경 (낮)**

S#10　　**서울역 안 (낮)**

서울에 막 도착한 수련과 희태, 역사 안으로 걸어 들어온다.

희태 먼저 한 걸음 앞장서 걸어가면, 짐가방 들고 뒤따라 걸어 나가는 수련.

역사 밖에서 멀리 시위 소리 들려오고, 출구 다가갈수록 소리 점점 커지다가…

앞서 걷던 희태 문 열자, 쏟아지는 군중들의 함성과 구호 소리에 수련 놀라고.

S#11　　**서울역 근처 거리 (낮)**

인파를 피해 걸어가는 두 사람. 수련, 희태 뒤따라 걸으면서 넋 놓고 보면…

대학교 학과 피켓과 깃발, 현수막 들고 행진하는 시위 인파들로 혼잡하고.

달아오른 시위 분위기에 수련, 압도당해 잠시 서서 보다가 아차… 희태 놓치고.

수련, 길 잃은 아이처럼 인파 속에 서서 두리번 희태를 찾고 있
으면

희태	(불쑥 나타나) 뭐해?
수련(E)	어, 아니…
희태	(인파 보고) 택시는 더 가서 잡아야겠다. 붙어서 따라와.

수련 들고 있던 짐가방 무심히 가져가는 희태, 다시 먼저 앞장서
걸어가면

그런 희태 뒤에 붙어 따라가는 수련, 중간중간 힐끗 시위 풍경
보고.

S#12 택시 안 (낮)

탁, 문 닫으며 겨우겨우 택시 뒷좌석에 오르는 수련과 희태.

희태	혜화동으로 가주세요.
택시기사1	혜화동? 시위 때문에 빙 돌아가야 하는데, 괜찮아요?
희태	네. 괜찮습니다.
택시기사1	(출발하며) 서울역에서 오셨죠? 어떻게 오셔도 하필 오늘 올라오셨
	대. 서울역 가는 길목마다 데모하러 오는 학생들로 꽉 막혔어요.
수련(E)	(차창 밖 시위대 바라보고)

S#13   **서울 희태 자췻집 거실 (낮)**

철컥, 열쇠로 현관문 열어 들어오는 희태, 손에는 그간 쌓인 우편
물들 들고 있다.

주춤주춤 따라 들어오는 수련, 그대로 신발 신고 서서 낯선 공간
살피면…

희태, 살펴보던 우편물들 대충 아무 데나 내려놓다가 그런 수련
보고.

희태   들어와.

수련(E)   어… (어색히 들어오며, 애써 밝게) 야, 뭔 집에 살림살이가 이렇고 없
         냐. 뭐 빈집이라 해도 믿겠네.

희태   다 팔아서. (대충 문들 가리키며) 저기가 욕실이고, 저기는 창고.

S#14   **서울 희태 자췻집 방 (낮)**

희태 방문 열고. 수련, 짐가방 들고 따라 들어가면서 작은 방 안
둘러본다.

희태   여기가 침실.

수련(E)   어… 글믄 뭐, 짐은 여따 풀면 돼?

희태 끄덕이고. 애써 태연히 끄덕이던 수련, 작은 싱글침대 잠시
당황스레 보면…

희태	난 거실에서 지낼 거니까 편하게 있어.
수련(E)	어, 아니, 그, 나가 거실 써도 되는디…
희태	아냐. 쉬어.

희태, 나가며 방문 닫고… 혼자 남은 수련, 생경하게 방 안을 보다가 작게 한숨.

S#15 간호사 휴게실 (낮)

휴게실로 들어오던 민주 멈칫 보면, 혼자 밀대로 휴게실 대청소하고 있는 명희.

민주	니 오늘 밤번 근무 아니냐? 왜 벌써 와붓대?
명희	뭐 할 것도 없고, 쩌번에 근무 빵꾸 낸 것도 죄송해서요.
민주	(얼떨떨, 둘러보며) 여기를 다… 니 혼자 치웠냐?
명희	예, 뭐… 아, 물품 창고 아직 정리 안 됐죠잉?
민주	어… 글킨 한디, 거긴 혼자서는…

명희, 말 끝나기도 전에 밀대 들고 나가고… 왜 저래? 의아하게 보는 민주.

S#16 서울 희태 자췻집 거실 (낮)

옷 갈아입은 수련, 방에서 나오다가 보면… 희태 거실에서 상의 갈아입고 있고.

수련(E)   (화들짝, 시선 돌리며) 아, 미안.

그런 수련에게 별 반응하지 않고 마저 심상하게 옷 입는 희태.
뒤늦게 다시 희태 보는 수련, 어딘가 가려는 듯 채비하는 모습을
보고서

수련(E)   니 어디… 가?
희태   잠깐 갈 데 있어서. (시선 느껴 보고) 왜?
수련(E)   (애써 태연하게) 어… 아녀, 암것도.

순간 배에서 꼬르륵 소리 나는 수련, 민망해서 재빨리 배 감싸
쥐면.

희태   아… 집에 먹을 게 없어서. (지갑 꺼내며) 골목 내려가면 식당 있어.

지갑 꺼낸 희태, 얼마 꺼내야 할지 잠시 보다가… 가진 지폐 전부
꺼내 내밀며

희태   혼자 가기 그럼 시켜 먹어. 한 그릇 시키기 뭐하면 두 그릇 시키고.
수련(E)   (지폐 보다가, 씩씩하게) 나도 밥 먹을 돈은 있어야.
희태   …그래. (신발장 위에 지폐 두며) 여기 둘게, 그럼.
수련(E)   저… (할 말들 많지만, 삼키며) 그려, 갔다 와.

희태, 끄덕이고 나가면. 혼자 남은 수련, 지폐들 복잡한 감정으로 바라본다.

S#17   교수실 (저녁)

희태 앞에 차 한잔 놓아두고, 맞은편에 가 앉는 교수.

교수   아버님 연락받고 좀 놀랐다. 솔직히 너 졸업 안 하겠다고 생떼 부릴 땐 다시 안 돌아올 줄 알았는데.

희태   (미소로) 죄송합니다, 갑자기.

교수   그래서, 방황은 다 했고? (장난스레 비꼬는) 이제 히포크라테스 선서를 해도 양심의 가책이 없으시겠어?

희태   어차피 그거 따지면서 일하는 의사 없다면서요.

교수   짜식이… 거야 애제자 잡는다고 되는대로 했던 소리고. (부러 떠보는) 돌아오면, 맡는 환자들 다 살려낼 자신 있어?

희태, 교수의 짓궂은 말에 잠시 이전에 명희가 해준 말을 떠올린다.

인서트   사랑원 일각 (회상/4화 씬41)

명희   우리는 생사를 결정하는 사람들이 아녜요. 결정은 신이 하고, 우리는 신이 그어놓은 선 안에서 최선을 다할 뿐이에요.

희태	…신이 결정하는 사이에, 최선을 다할 자신은 있습니다.
교수	(대답에 흡족한) 방황하는 사이에 좋은 길잡이를 만났나 보네. 아님, 이 대답도 아버님이 준비해주신 건가?
희태	(대답 없이 씁쓸한 미소)
교수	돌아온다니 나야 좋다만… '그 황희태'가 어째, 김빠진 콜라가 됐네.

아쉬운 듯 차 마시는 교수에 형식적인 미소 지어 보이며, 따라 차 마시는 희태.

S#18　　**시상연구회 (밤)**

희태, 조심스레 문 열고 들어가면… 아무도 없는 동아리방 안.
시위 준비로 페인트통과 전지 따위 어수선하게 널려있는 풍경 둘러보는 희태.
그러다 아직 '김경수' 이름표 붙은 사물함 문 착잡히 보다가 열어 보면, 비어 있고.
그때, 동아리 방문 쾅 열리며 잔뜩 흥분한 선배 인재가 들어온다.

인재	(들어오며) 야, 니들 이게 대체…!

뒤늦게 아무도 없는 걸 안 인재, 씩씩 나가려다 멈칫… 희태와 눈이 딱 마주친다.

인재	(눈을 의심) 황희태…?
희태	오랜만이에요, 형. 지금 서울역에 계셔야 하는 거 아닌가요?
인재	여태 거기 있다가, (너랑 뭘 얘길 하겠냐) 됐고. 애들 아직 안 왔냐?
희태	글쎄요. 저도 방금 와서.
인재	(수상하게 보는) 근데 뭐하냐? 니가 여기 올 일은 없지 않아?
희태	경수랑 연락되는 사람 있나 물어보려고. 혹시 형은 연락하세요?
인재	(기차서) 니가 무슨 염치로 경수 안부를 묻냐?
희태	…안 하시나 보네요. 그럼, 취재 잘하세요. (나가려면)
인재	아직 애들한텐 말 안 했거든? 너희 아버지가 어떤 사람인지.
희태	(멈춰 보면)
인재	그래도 명색이 기잔데, 모를 줄 알았냐? 그니까… 그냥 날라리 의 대생 정도로 기억에 남고 싶으면, 여기 더는 알짱거리지 마.
희태	말하세요.
인재	…뭐?
희태	황희태랑 엮이면 김경수처럼 되는 거라고, 인생 망치기 싫으면 알아서 피해 다니라고… 널리 알려주세요, 형이.

인재, 평소처럼 비꼬는 투가 아닌 희태 차분한 모습에 잠시 당황
해서 보고…
인재에게 꾸벅 인사하고 나가는 희태. '왜 저래' 싶은 인재, 닫히
는 문 황당하게 보고.

S#19 **서울 희태 자췻집 거실 + 병영 일각 (밤)**

생각이 많은 수련, 홀로 거실 소파에 쭈그려 앉아 닫힌 현관문 보고 있고. TV도 라디오도 없어 시계 초침 소리만 들리던 고요한 거실에 전화벨 울린다.

계속 울려대는 전화기 보며 망설이던 수련, 수화기 들어 전화 받으면…

경수(F) 받았다! 여보세요?!

수련(E) …여보세요?

경수(F) (당황) 어… 거기 혹시, 황희태 씨 집 아닌가요?

수련(E) 예, 맞는데요.

그 시각 병영 일각. 광규가 망봐주는 사이에 공중전화로 몰래 전화하는 경수.

경수 (안도) 하, 다행이다. 계속 전활 안 받아서 이사 갔나 했어요. 희태 좀 바꿔주시겠어요?

수련(F) 지금 집에 없는데요.

경수 아, 정말요? 그럼 지금 어디 있어요?

수련(E) 잘… 모르겠는데.

경수(F) 어… 그럼 혹시 언제쯤 들어오나요?

수련(E) 것도… 잘 모르겠어요.

경수 (의아, 조심스레) 실례지만, 지금 전화 받으시는 분은 희태랑 어떤…

수련(E) (말문 막히고, 혼잣말로 작게) …모르겠네요.

그때 망보던 광규, 누군가 오는 기척 감지하고 경수 향해 '끊어! 끊어!' 사인 보내고.

경수   (다급히) 저, 그럼, 다시 전화할게요! (끊고)

수련, 끊긴 전화에 수화기 잠시 보는데… 그때 막 현관문 열리고 희태 들어온다.
희태, 수화기 제자리에 내려놓는 수련 보고서 묻는다.

희태   누구 전화야?
수련(E)   …몰라. 다시 걸겠대.
희태   (의아하게 보다가 끄덕이면)
수련(E)   밥은, 먹었어? 혹시 안 먹었으믄…
희태   먹었어. 나 좀 씻을게.
수련(E)   (머쓱) 어… 그래.

희태, 욕실 들어가 문 닫으면. 수련 잠시 싱숭생숭 보다가, 방으로 들어가 문 닫는다.

S#20   합숙소 세면실 (밤)
세면실에서 홀로 어푸어푸 세수하는 정태.
씻으러 온 명수, 정태를 보고는 반갑게 다가가 목에 걸쳤던 수건으로 탁!

명수	이거, 이거… 어디서 땡땡이치다 인자 들어오냐?
정태	집에 일 있어서.
명수	느그 집은 뭐 하루걸러 일이 생기냐. 인자 체전 한 달도 안 남았는디.

정태, 옆자리에서 씻으려 물 트는 명수 힐끗 보며 망설이다가

정태	우리 형, 오늘 서울 갔어.
명수	희태 형이? (헛다리) 우리 누나랑?!
정태	아니. 약혼한 누나랑.
명수	(우뚝 멈춰 보며) 글믄… 우리 누나는?
정태	(몰라, 고갯짓하고) 이제 광주 안 내려온대.

정태, 마저 씻기 시작하고… 명수, 누나 생각에 근심 어린 표정.

| 명수 | (작게 혼잣말) 둘이 싸운 거 맞구만, 뭘… (한숨 폭) |

S#21 동네 슈퍼 (아침)

이것저것 계산대에 올려놓는 희태, 무심히 계산대 앞 신문도 하나 꺼내 올리고.
슈퍼 주인이 비닐에 물건 담으며 계산하는 사이, 계산대 한구석에 놓인 통에 담긴 알록달록한 옥춘사탕이 희태 눈에 들어오고.
희태 멍하니 보면…

슈퍼주인	(희태 보고, 옥춘 가리키며) 요것도 같이 드릴까?
희태	…아뇨. 얼마예요?

S#22   서울 희태 자췻집 (아침)

어색하게 앉는 수련 보면, 계란프라이와 꽁치 김치찌개, 신문 놓여 있는 식탁.

희태, 수련 앞에 밥 놓아주며 식탁에 앉는다. 살짝 타서 눌은 부분이 있는 냄비 밥.

수련(E)	야, 요거를 다 혼자 했냐? 깨우지… 치우는 건 나가 할게!
희태	됐어. 내가 해. (먹고) 난 볼일이 있어서 나갔다 올 건데. 너는?
수련(E)	나…? (어색히 웃으며) 글쎄…
희태	(보다가) 볼일 마치면 최대한 빨리 들어올게. 너도… 너 할 거 해.
수련(E)	(부러 밝게) …응, 그래.

다시 침묵 속에 달그락 수저 소리만 나는 두 사람의 모습.

S#23   명희 하숙집 거실 (아침)

등교 준비하고 나오던 진아, 멈칫 보면… 명희, 마룻바닥 걸레로 정성껏 닦고 있다.

진아	(이상히 보며) 언니, 밤새고 들어온 거 아녀? 좀 자. 청소 못 해 뒤진

귀신이 붙었나 어제부터.

명희   (닦으며) 싸게 학교나 가. 니 시방 뛰어가도 지각이여.

진아   (흠… 가려다가) 아 맞다. 나 주말까정 보연이네서 잘라는디… 우리
        아빠 전화 오믄 언니가 어찌게 거시기 해줄 수 있제?

명희   알았어야. 대신 딴 디 새지 말고잉. (다시 걸레질하면)

진아   (찜찜하게 명희 살피며) 나 밖에서 자도… 언니 괜찮은 거제?

명희   (픽 웃으며) 나가 애기냐? 도시락이나 챙겨가. 부엌에 뒀응께.

진아   잉, 땡큐잉… (걸레질하는 명희 찜찜하게 보다 가는)

S#24   명희 하숙집 안쪽 마당 (아침)

대빗자루로 마당을 쓰는 명희, 땀 훔치며 후…

주변을 휘 둘러보면 널어놓은 이불이며, 온통 깔끔히 정리된 모
습. 그대로 멍하니 평상에 앉는 명희,

명희   (작게 혼잣말) 할 게 없네…

S#25   수찬 사무실 (낮)

여기저기 울리는 전화벨 소리. 바쁘게 일하는 수찬, 한 직원에게
서류철들 건네며

수찬   요거는 법무사, 요건 회계사한테 전달하고. 약정국 서류는요?

직원   여기요. 아 사장님, 작업반장이 오늘 현장 방문 가능하시냔디.

수찬   오늘은 저쪽 사무실 나가봐야 돼서. (한숨) 글픔 내일 오전 중으로…

그때 사무실 문 열리면, 하던 얘기 멈추며 문가를 보는 수찬… 표정 차갑게 굳는다.
보면… 사무실 안으로 앞서 들어오는 기남, 그리고 뒤따라 들어오는 남자.
이전에 사무실 앞에서 수찬과 스쳤던(인서트-6화 씬54) '공동경영자' 낙하산이다.

수찬   사돈어른께서… 여긴 어쩐 일이시오?
기남   걱정돼서 들렀습니다. 뭐라도 도울 게 없나 해서.

수찬, 경계의 눈빛으로 말없이 보면 기남 여유로운 미소 지어 보이며…

S#26   수찬 사무실 사장실 (낮)

사장실 문을 닫는 수찬, 단둘이 마주 선 기남을 항의의 시선으로 보면서

수찬   공동경영 건은, 이미 저번에 거절 의사를 밝혔을 텐데요.
기남   말 그대로 도우려는 겁니다. 그때랑 상황이 달라졌으니까. 아버님 없이 창화실업에 제약까지… 혼자 감당할 수 있겠어요?
수찬   (단호히) 도움 필요하믄, 그때 제가 도움 청하겠습니다.

기남	도움 청할 상황이 꼭 생겨야만 하겠어요?

묘하게 뼈 있는 기남의 말에 기가 차는 수찬, 분하게 기남을 바라 보다가…

수찬	수련이 부탁은, 어떻게 됐습니까?
기남	(잠시 생각하다) 아, 혹시 그 유학 얘긴가? (피식) 지금 사돈총각이 고작 여자 걱정할 때가 아닌 듯싶은데.
수찬	'고작' 그 여자 문제 하나 약속을 안 지키시는데, 제가 어찌 어르신을 믿고 따르겠습니까?
기남	글쎄… 그게, 생각하는 것만큼 단순한 문제가 아니라.
수찬	글믄 공동경영은, 단순한 문젭니까?
기남	(보면)
수찬	신뢰라는 건 서로 믿음을 줘야 생기는 법입니다. 근디 사돈어른께선 참… 일방적인 신뢰를 요구하시네요잉.

이것 봐라? 수찬을 보는 기남. 이에 피하지 않고 팽팽히 부딪히는 수찬의 눈빛에서.

S#27 **합숙소 앞 (낮)**

점심시간이라 신난 4호방 아이들, 삼삼오오 합숙소 향해 걸어가 면서 이야기한다.

진규   배고파 디지는 줄 알았네. 나 뱃가죽 붙은 것 좀 봐봐야.

명수   (진규 배 보면서) 오늘은 제발 고기 좀 나왔음 좋겠네.

진규   음마? 사람 배를 보면서 고기 먹고 싶단 소릴…

명수와 진규 실랑이에 정태, 피식 웃다가 앞을 보고 어…? 명수 팔로 툭 치면.

명수, 뭐지? 정태 시선 따라 앞을 보면… 합숙소 입구에 상자 들고서 선 명희 모습.

명수   어? 누나!!

명희   (보고 밝게) 명수야!

S#28   합숙소 방 (낮)

명희가 들고 온 상자 열면, 상자 가득히 담겨 있는 시장 닭튀김.

우와…! 정태 제외한 아이들, 당장이라도 달려들 기세로 황홀하게 보면

명희   (덜어낸 닭 명수에게 건네며) 아나. 코치님부터 갖다 드리고 와.

명수   (접시 진규에게 건네며) 니가 갔다 와. 우리 누나가 사왔잖애.

명희   (쓰읍) 김똥개. (갔다 와)

명수, 씨이… 주둥이 댓 발 나와서 닭튀김 담긴 접시 들고 방 밖으로 나가고.

| 명희 | (장난스레) 명수 오기 전에 많이들 묵어라잉. |
| 진규, 성일 | (동시에) 잘 묵겠습니다! |

진규, 성일 신나서 정신없이 닭튀김 잡고 먹는데… 정태, 힐끗 명희 눈치 보고.
그런 정태 보자 희태 생각에 복잡한 감정 드는 명희, 잠시 말없이 보다가 큼직한 닭튀김 하나 들어 정태 손에 쥐여주며 애써 씩씩하게 말한다.

| 명희 | 정태 니도 싸게 묵어. 키 더 클라믄 부지런히 묵어야제. |

정태, 어색하게 꾸벅, 먹기 시작하고.
명희 그 모습 옅은 미소로 본다.
명수, 뒤늦게 '먼저 먹는 게 어딨어!' 뛰어들어오면 까르르 웃는 아이들과 명희.

S#29   합숙소 앞 (낮)

돌아가는 명희를 배웅하러 함께 걸어 나오는 명수.

명희	뭘 또 따라 나와. 가서 훈련 준비나 허제.
명수	아따 약속대로 통닭도 사왔는디, 요정도 도리는 해야제.
명희	(피식, 보고는) 으이그, 우리 똥개 입가 번들번들한 거 봐라잉.

명희, 자상하게 소매로 명수 입가의 기름기 닦아주면… 눈치 살피던 명수.

명수   희태 형이랑은 왜 헤어진 거여?
명희   (멈칫, 태연하게) 뭔 소리여. 헤어지고 말고가 어디 있어? 친구끼리.
명수   (치… 주둥이 나오면)
명희   음마? (입술 쏙) 통닭 잘 처묵고 주둥이가 왜 뛰어나와?
명수   누나랑 희태 형이랑 결혼했으믄 했는디…
명희   (황당한 웃음 터지는) 뭐? 결혼?
명수   결혼이 약혼보다 쎄잖애. 글고 결혼하믄, 누나 유학도 안 갈 거고…

명희, 시무룩하게 중얼거리는 명수 찡하게 보다가… 짐짓 능청스레 말한다.

명희   아요… 까짓거, 가지 말아야겠다.
명수   뭣을?
명희   유학! 우리 똥개가 이라고 가지 말란디, 까짓거, 취소해불지 뭐.
명수   (의심) 시방 나 놀리는 거제?
명희   진짜로. 명수 뛰는 거 보러 체전이나 따라가야겠다. 언제랬지?
명수   (그제야 흥분) 장난 아니고 진짜로? 진짜 유학 안 가? 진짜?!

끄덕이는 명희에게 와! 명수 신나서 달려들면 웃는 명희, 미소 끝이 쓸쓸하고.

S#30   학생회실 (낮)

부용이 소리 내 신문 읽으면, 학생들 각목에 철사로 솜 묶어 횃불 만들며 듣는다.

부용   '이에 총학생회장단은 긴급회의를 열고 1시간 30분에 걸친 격론 끝에 해산을 결정, 서울역 일대 시위 학생들에게 대학별로 해산해 학교로 돌아갈 것을 설득했다.'

진수   아요, 쩌, 서울 쫄보 새끼들… 쇠뿔 빼는디 김 빼고 앉았네잉.

부용   (격정) 서울이 꼬리 내렸응께, 인자 다 흐지부지되는 거 아녀?

혜건(E)   광주는 변동 사항 없어.

혜건, 횃불에 쓰일 각목들과 휘발유 통 양손에 들고 들어온다.

혜건   관현이 형이 경찰국장이랑 얘기 끝냈단다. 오늘 횃불 시위, 경찰 쪽도 같이 협조해주기로.

학생들   (오오, 박수로 호응하면)

혜건   오늘은 참여하는 시민도 늘 거 같응께, 부지런히 준비하자잉.

학생들, 다 같이 '예' 대답하고. 구석에 가져온 각목과 휘발유 내려놓던 혜건,
멀리서 뚱한 표정의 선민, 완성된 횃불들 툭툭 던져 정리하는 모습 보고 다가간다.

혜건   다 뿌쉬라, 뿌쉬. (횃불 잘 정리하며) 왜, 니도 서울 땜시 그라냐?

선민   (뚱하게 보다가) 이수련 서울 간 거 아냐?

혜건   (놀라) 서울? 설마, 가도 어제 서울역 간 거여?

선민   (비웃는) 데모가 아니라, 니 친구 황희태 씨랑 결혼하러 갔단다.

혜건   뭐…? 누가 그래?

선민   이 쫍은 동네에 보는 눈이 좀 많냐? (치) 니한텐 말도 안 했나 보네.

혜건   (잠시 생각하다가, 조심스레) 명희는?

선민   (흘기며) 이수련 편든다고 그라고 명희를 잡드만, 인자 좀 걱정되냐? 몰라. 연락도 안 받고. 뭐 또 어디서 괜찮은 척하고 있겄제.

혜건   (선민 말 들으며, 생각이 많아지는데)

S#31   호텔 커피숍 (낮)

예전에 희태와 맞선 봤던 자리에 앉은 명희. 그때와 달리 맞은편 자리 비어 있고.
명희, 빈자리 가만히 보다가… 괜히 커피에 설탕이며 크림 따위 열심히 넣는데.

수찬   (숨차서 오는) 미안, 명희야. 기다렸제.

명희   아니에요. 저도 아까 금방 와 가꼬…

수찬   (서류 가방에서 문서들 바삐 꺼내며) 나가 보자고 해놓고, 급히 해결할 일이 생겨서 좀 늦었네잉. (점원 오기도 전에) 저도 같은 걸로요.

명희   (웃고) 아따, 누구 잡으러 오요? 숨 좀 돌리씨요.

수찬   어, 어…

수찬, 명희가 건넨 물 마시며 그제야 한숨 돌리고. 점원 커피 내 오면.

명희	그래서, 뭔 일로 보자 하셨어요?
수찬	명희 니 여권, 다시 진행되고 있단다. 외무부 친구한테 막 확인했어.
명희	(보다가 짐짓 태연히) 인자 제 유학 일은 신경 쓰지 마세요. 어차피 올해는 이미 텄고…
수찬	(서류들 건네며) 안 그래도 그래서 나가 좀 알아봤는데, 꼭 천주장학회 아녀도 방법들은 많아. 뭐 요것들 아니어도 방법은 있응께…
명희	아니에요. 여권 나와봤자, 비자 받는 데 또 한참이고…
수찬	독일 대사관도 알아본께, 한 다리 건너서 아는 사람이 있어. 일단 닌 신청 준비만 해. 비자 최대한 빨리 나오도록 나가…
명희	(O.L) 오빠.
수찬	유학이 싫으믄, 한국에서 해. 나가 지원할랑께. 입시 준비부터 해서,
명희	(진정시키듯) 수찬 오빠. 저 진짜로 괜찮애요.
수찬	(보다가) 나가 안 괜찮아.
명희	(보면)
수찬	나가 쓸데없이, 나 때문에… (울컥해 입 꾹 다물면)
명희	(마음 아프고, 애써 밝게) 몇 번을 말해요. 오빠 때문 아니라니깐… 자꾸 이라고 마음 쓰시믄, 제 마음이 더 안 좋아요. (서류들 정리해서 탁탁) 긍께 그만. 인자 이 이야긴 끝!

수찬	그냥… 돕게 해주믄 안 되냐?
명희	(보고)
수찬	나가 못 견디겠어서, 나 위해 하는 짓이니까… 돕게 해주믄 안 돼?
명희	(보다가 의연한 미소로) 오빠 이미 충분히 주셨어요. 더 주셔도 저 받을 손이 없어요. 인자 괜찮아요, 정말로.
수찬	(아프게 보다가 시선 떨구고)

S#32   서울 희태 자췻집 거실 (낮)

집에 홀로 있는 수련, 소파에 앉아 신문 읽다가 한숨으로 대충 접으며…

수련(E)	야는 사와도 하필 경제 신문을…

접은 신문 테이블에 툭 던지고. 무기력하게 닫힌 현관문 보며 고민하는 수련.

S#33   서울 버스정류장 (낮)

토큰들 만지작거리며 버스 기다리던 희태, '착착' 소리에 무심코 옆을 보면 한 아저씨 은단 손바닥에 털어먹고 있다.
은단 보자 명희 떠오르는 희태, 생각 떨치려는 듯 애써 도착하는 버스로 시선 돌리는데…

그 순간 버스 타려는 한 행인, 희태를 세게 툭 치고 지나간다.
그 바람에 희태 들고 있던 토큰 놓치고, 데구루루 굴러가 배수구
에 빠지는 토큰. 난감해하는 사이 버스도 문 닫히며 떠나고. 되는
일이 없다…
짜증 솟는 희태.

S#34   택시 안 (낮)

결국엔 택시 타는 희태. 택시 안에선 라디오 뉴스 흘러나오고
있다.

희태   혜화동이요.

라디오(E)   연일 이어지는 시위로 불안한 국내정세에 최 대통령은 애초 17
           일로 예정되어 있던 일정을 하루 앞당겨 금일 귀국할 것이라 전
           했습니다. 한편 국무총리는 담화를 통해 사회가 안정됐다고 판단
           되는 즉시 계엄령을 해제할 것이며, 학생들은 정부를 믿고 학교
           로 돌아가라 당부…

희태   (듣다가 뉴스 거슬리는지) 저, 기사님. 죄송한데 라디오 좀…

택시기사2   (불친절하게) 뭐, 꺼 달라고?

희태   (잠깐 보다가 꾹) 아뇨, 그냥… 뉴스 말고 아무거나 틀어주세요.

기사 툴툴대며 라디오 채널 돌리면, 희태 모든 게 피곤한지 눈 살
포시 감는다.

라디오DJ(E)　따사로운 오월의 햇살, 그 햇살처럼 다정한 사람에게 보내고 싶은 곡으로 오늘 첫 곡 띄워드리며 시작할게요.

차분한 디제이 멘트에 이어 〈Annie's song〉 흘러나오고, 익숙한 멜로디가 흐르면 조용히 감았던 눈을 뜨는 희태, 노래를 들으며 지난 추억을 회상한다.

인서트　희태와 명희의 추억 (회상)

명희와 희태, 음악다방에서 함께 이 노래 듣던 순간,

꽃나무 아래서 붕대를 감고, 함께 석양을 바라보던 순간,

봄밤에 두 사람, 하숙집 안쪽 마당의 평상에 앉아 봄바람을 느끼던 순간,

그리고 골목에서 입 맞추고, 애틋하게 서로의 눈을 바라보던 순간…

지난날 명희와의 따스했던 기억들이 노래에 맞춰 스쳐 지나간다.

다시 현재의 희태, 어느새 두 눈 가득 맺혀있는 그리움의 눈물…

투둑 떨어지고.

눈물과 함께 그간 꾹 눌러온 감정이 터지는 희태, 소리 죽여 울면… 뒤늦게 백미러로 그 모습 보고 놀란 택시 운전기사, 당황해서

택시기사2　학생, 왜. 라디오 꺼줘?

희태　(겨우 울음 참으며) 아니요. 더, 크게 듣고 싶어서…

당황한 기사, 볼륨 높이면⋯ 고개 숙여 우는 희태의 흐느낌, 노랫소리에 묻힌다.

S#35   서울 길거리 (낮)

가판대 앞에 놓인 신문들 훑어보다가, 하나를 골라 계산하는 수련.

S#36   학림다방 (낮)

조심스레 문 열고 들어오는 수련, 자리에 앉아 동경 어린 시선으로 안 훑는다.

(cut to) 점원, 메뉴 내오면⋯ 수련, 읽고 있던 신문 접어 옆으로 치우고.

한 모금 마시려면, 근처 자리에서 들려오는 학생들의 목소리.

학생1   십만 명이 거리로 나왔는데 학교로 돌아가라니! 대체 회장단은 무슨 생각인 거야?

학생2   군부에 구실 제공하지 말잔 거지. 실제로 장갑차 끌고 왔잖아. 넌 무섭지도 않았냐? 솔직히 난, 어제 해산 결정 났을 때 안심되더라.

학생1   누가 안 무섭대? 구더기가 무서워도 장은 담가야지!

수련, 생각 많아져서 그 대화 엿듣다가 학생1과 눈 마주치면, 휙 시선 피하고.

학생1, 뭐야? 멈칫해서 그런 수련 경계하듯 보면, 나머지 학생들 '왜, 왜?'

뒤돌아 수련 보는데… 그 학생 중 하나, 수련을 보고는 놀라 눈 커지고.

선배　　　이수련?! 니 수련이 아니냐?

수련(E)　　(놀라 보는) …상민이 형?

선배　　　(반갑게 다가오며) 왐마, 수련이 니를 여서 다 만나부네잉! 니도 어제 서울역 집회 땜시 올라왔냐?

수련(E)　　(당황해 말문 막히고) 어…

학생1　　　아는 사이야?

선배　　　고향 후배! 진짜 후배지만은, 나가 존경하는 후배! (감탄) 야, 광주에서 여까지 올라와불고… 어제 회장단에 이런 아가 있어야 했는디.

학생들 호의적인 시선 수련에게 집중되고… 수련, 뭐라 말 못 하고 얼어있는데

선배　　　혼자 온 거여? 일루 와. 같이 합석허자!

수련(E)　　(불안한 시선으로) 아뇨, 저는…

선배　　　왜, 일행 있어? (반갑게) 야, 혹시 원석이도 같이 왔냐?

수련(E)　　(이름에 철렁, 시선 떨구며) 아뇨… 죄송합니다.

수련, 죄지은 사람처럼 급히 자리 뜨면… 당황한 학생들, 어어?

가는 수련 보고.

S#37　거리 (낮)

다방에서 뛰쳐나온 수련, 무작정 길 건너려다가 끼익! 찢어지는
타이어 마찰음.

놀라는 수련, 보면… 한 뼘 차이로 겨우 멈춰 선 자동차, 하마터면
치일뻔했고.

운전자　(창문 너머로) 야!! 죽으려고 환장했어?!

얼어붙은 채 보던 수련, 운전자 욕지거리에 주춤주춤 물러나 다
시 자리 뜬다.

S#38　서울 희태 자췻집 거실 (저녁)

겉옷 든 채 소파에 앉아있는 희태, 시계 보며… 왜 안 와? 초조
한데.

그때 현관문 여닫히며 수련 집으로 들어오면, 기다렸다는 듯 일
어나는 희태.

희태, 현관 쪽으로 가며 보면, 어쩐지 넋이 나간 듯 흐트러져 있는
수련의 모습.

희태　늦었네. (신발 신으며) 난 잠깐 나갔다 올게.

수련(E)   …어디 가는디?

희태   볼일 있어서.

수련(E)   그라니까, 무슨 볼일.

희태   (왜 이래? 수련 의아하게 보다가) 개인적인 일이야. 갔다 올게.

수련(E)   야, 황희태… 니 시방 나 벌주냐?

희태   …뭐?

수련(E)   맞잖애. 시방 지금 이게 다 나 때문이라고… 이라고 사람 무시하
          고 피하면서 눈치 주는 거잖애.

희태   (보다가 한숨) 갔다 와서 얘기해.

수련(E)   (잡으며) 왜, 인자 난 싸울 가치도 없냐? 차라리 한 대 쳐야. 평소처
          럼 빈정거리든 소리를 지르든 화를 내라고.

희태   그러면, 뭐가 달라지는데?

수련(E)   (울컥) 뭐가 달라지냐고… 뭐가 달라지냐고. 글믄 니는, 이라고 피
          하기만 하믄, 없는 사람 취급하믄, 뭐가 달라지는데?

희태   내가 언제 피했다고…

수련(E)   (O.L) 니까지 이러지 않아도! 알어, 다 내 잘못인 거. 명희도 니도
          이 지경 된 거, 다 나 때문인 거 겁나 잘 알어서 나도 미치겄다고.
          (울며 때리는) 긍께 그냥 욕을 해. 차라리 탓을 하고 화를 내라고!

희태   (O.L) 수련아. (진정시키려 잡으며) 이수련!

수련(E)   (울며 보면)

희태   너 때문이라 생각한 적 없어. 한 번도.

진심 어린 희태의 말에 한 김 식는 수련, 손에 들어간 힘 빠지며
눈물 흐르고…

| 희태 | (보다가) 가자. 소개해줄 사람 있어. |

S#39   서울병원 중환자실 앞 (밤)

병실 문에 난 창문 너머로 병상의 석철을 보며 얘기 나누는 희태와 수련.

수련(E)	(놀라) 저 사람이, 그, YA 노조 파업 주동자라고?
희태	알아?
수련(E)	야. 운동하는 사람 중에 그 사건 모르는 사람도 있냐?
희태	(병실 안 보면서) 유명인이었네, 석철 씨.
수련(E)	글믄… 애초에 니가 광주 온 것도, 맞선 나온 것도 다…
희태	(끄덕) 내일이 이송일이야. 그래서 응급차며 뭐며 처리할 일이 많았던 거고, 그게 볼일이었어. (보더니) 근데 뭐, 내가 벌을 줘? (맞은 데 만지며, 부러 사투리) 하이튼간 힘은 디지게 쎄 가꼬…
수련(E)	(민망함에 살짝 흘기면)
간호사(E)	(스테이션 쪽에서) 장석철 환자 보호자님.

| 희태 | 잠깐 있어. 나 서류 처리 좀 하고 올게. |

끄덕이는 수련, 혼자 남아 다시 병실 안 들여다보다가…

S#40   **서울병원 중환자실 (밤)**

드륵, 조심스레 문 열고 들어가는 수련. 누워 있는 석철에게 다가
간다.

수련, 주사 꽂힌 석철 팔 내려다보는데⋯ 너무 작고, 마르고, 약해
보이는 손.

중환간호사(E)   꼭 아이 손 같죠?

수련 보면, 바이탈 체크 하러 들어온 중환자실 간호사. 차트에 이
것저것 적으며⋯

중환간호사   너무 가늘어서 가끔 주사 놓기도 힘들어요. 이렇게 한 줌도 안 되
는 사람이 어떻게 그런 큰일을 벌였는지⋯

수련(E)   (보면)

중환간호사   (수액 속도 조절하며) 참, 세상은 꿈쩍 않는데, 자기만 죽어나고. 이
게 다 세상 무서운 줄 몰라서⋯

수련(E)   (듣다가) 무서웠을 거예요.

중환간호사   네?

수련(E)   그래서 더 대단한 거잖아요. 무서워도, 한다는 게.

중환간호사   (당황, 머쓱) 뭐, 그죠⋯ 친구신가 봐요?

수련(E)   (잠시 생각하다가) 동향이에요.

아⋯ 간호사 대충 끄덕이고. 수련, 석철의 작은 손을 다정하게 잡

고 있다.

S#41   **서울병원 앞 (밤)**

병원 앞쪽에 세워진 사설 응급차에 올라타 내부의 의료 시설들
확인하는 희태.

이송원, 밑에서 그런 희태 피곤하게 지켜보면서

이송원   까탈은… 다 문제없다니까 그러네. 사설이라고 못 믿어요?

희태   믿어도 확인은 해야죠. 사람 목숨이 걸린 찬데. (내리며) 그럼 내일
       잘 부탁드립니다. 무사히 도착하면, 기름값 따로 챙겨 드릴게요.

이송원   (신나) 옙, 안전히 모시겠습니다. 아, 내일 그쪽도 같이 가죠?

희태   네?

이송원   어차피 전원처리 하러 광주 따라가지 않나? 같이 타고 가요. 보호
       자 한 명까지 동승 가능하니까.

희태   (마음 복잡하게 응급차 보다가) …아뇨. 전 안 갑니다.

이송원   안 가요? (의아하게 보다가) 타든 안 타든 금액은 똑같습니다?

이송원 응급차 문 닫는 모습을 복잡한 감정으로 지켜보는 희태의
모습.

그리고 조금 떨어진 곳에서 그런 희태를 보는 수련의 눈빛에서…

S#42 거리 (밤)

혜건, 선민, 진수 등 학생들 앞장서 행진하는 횃불 집회. 축제처럼 들뜬 분위기다.

사람들 사이에서 구경하던 진아와 보연도 '가자, 가자!' 하며 행진에 참여하고.

경찰들도 중간중간 서서 질서유지 하는데, 이전보다 훨씬 편안한 모습이다.

최순경　(학생에게) 거, 쫌 위로 들어 위로. 앞사람 대가리 다 태워불겠네.

근처 사람들 웃고. 최 순경, 시민들 구호 리듬에 맞춰 뒷짐 진 지시봉 까딱까딱.

S#43 보안대 기남 사무실 (밤)

기남, 앉아서 집회 보고자료 말없이 읽고. 보고를 위해 앞에 선 조사관들.

조사관1　(눈치) 집회는 오늘까지라지만, 재발을 방지하려면 일단 주동자를…
기남　(계속 자료 보며) 아직 아니야.

조사관들, 저들끼리 아쉽게 시선 교환하는데… 그때 전화 울리고, 손 뻗어 받는 기남.

기남   여보세요. (벌떡, 각 잡고) 충성! (듣고) 예. 즉시 출발하겠습니다.

조사관들, 군기 든 기남의 낯선 모습에 의아함과 두려움으로 지켜보고…

기남   (끊고) 사령부 긴급소집이다. 서울 다녀올 테니 대기들 하고 있어.

S#44   서울 희태 자췻집 거실 (아침)

이른 아침, 소파에서 곤히 잠들어 있는 희태를 흔들어 깨우는 수련의 손길.

수련(E)   야. 아야, 황희태. (툭) 야!

희태, 겨우 눈 떠 수련을 보면… 이미 차려입은 상태의 수련, 생기 가득한 모습.

희태   (부스스) 뭐야?

수련(E)   일어나. 나 가고 싶은 데 있어.

희태   (어리둥절) 가…

수련(E)   같이 가야 되거든? (이불 확) 싸게 씻고 옷 입어. (가며) 이쁘게 입어라잉!

그런 수련 보면서 어안이 벙벙한 희태, 뭔 상황이야… 비몽사몽 일어나고.

S#45 　덕수궁 돌담길 (낮)

덕수궁 돌담길을 함께 걷는 두 사람.

신난 수련, 한두 걸음 앞서 걸으면 희태, 주머니에 손 꽂고서 심드
렁하게 따라 걸어가면서

희태	가고 싶은 데래서 뭐 얼마나 대단한 곳인가 했더니… 상경한 촌놈들 레퍼토리가 뻔하지 뭐. 허구한 날 고궁, 명동…
수련(E)	니는 촌놈 아닌 것처럼 말한다?
희태	누가 아니래? (풍경 보며) 막상 오니까 좋은 거 보니 촌놈 맞네 아직.
수련(E)	(걸음 멈추고, 돌아서는) 야, 촌놈.
희태	왜.
수련(E)	니… 석철 씨 따라서 광주 가라.
희태	(한참 보다가) 나 아버지 부르기 전엔 광주 못 가.
수련(E)	못 가는 이유가 느그 아버지여, 아님… 명희여?
희태	(보다가 한숨) 슬슬 돌아가자.
수련(E)	혹시 명희 다치는 거 무서워서 그러는 거면, 가라고. 광주.
희태	(차갑게) 안 간다고.
수련(E)	그니까 왜. 대체 뭣이 그라고 무서워서…
희태	(O.L. 돌아서며) 간다.
수련(E)	(따라가 잡으며) 야, 황희태! 야…!
희태	(휙 뿌리치면서) 무섭다잖아.

수련(E)	(보고)
희태	명희 씨가 날 무서워한다고.

수련, 겨우 감정 억누르는 희태 표정 말없이 바라보다가… 마음 먹고 말한다.

수련(E)	바보냐? 그 말을 믿냐, 니는?
희태	뭐?
수련(E)	명희는 니가 무서운 것이 아니라, 니 다치는 게 찔로 무섭단다.
희태	(철렁해 보는)

S#46   명희 하숙집 앞 (새벽/회상–씬2 인서트에 이어지는 상황)
충격으로 얼어붙는 수련, 당혹스러움으로 명희를 바라보면서…

수련(E)	느그 아부지가, 뭐? 시방 그게 뭔… (말문 막히고)
명희	(미소로 보다) 그래서 안 그래도, 니 가기 전에 미안하단 말 하고 싶었는데. 마음이 통했네.
수련(E)	(울컥) 명희 니가, 나한테 미안할 것이 뭣이 있는데.
명희	예전 일. 니 때문이라고 생각한 거… 미안해. 니 잘못도 아닌디. 뭐라도 탓할 게 필요했나 봐. (미소로 글썽) 니 친구 참 못났다잉, 그제?
수련(E)	황희태는… 이거 다 알아? 말은 했어?
명희	(보다가 고개 저으면)

수련(E)	김명희. 니 또 혼자…!
명희	수련아. 내가 희태 씨 옆에 있으믄… 우리 두 사람 인생, 같이 망가질 거여. 그리고 희태 씬 그게, 자기 탓이라고 생각할 거고. 수련이 니가 예전에 나한테 그랬던 것처럼.
수련(E)	(눈물로 보면)
명희	(손잡고, 미소로) 긍께… 인자 나 대신 수련이 니가 희태 씨 옆에서 알려줘. 희태 씬, 누굴 망가트리는 사람이 아니라고…

S#47   덕수궁 돌담길 (낮)

수련에게 모든 사정을 들은 희태, 충격으로 바라보고…

수련(E)	그래서 니는, 명희가 니 인생 망가트릴까 봐 무섭냐?
희태	(말없이 보면)
수련(E)	아니제? 명희도 그래. 피차 괜찮단디, 뭐가 문제여?
희태	(마음 겨우 다잡고, 스스로에게도 말하듯) …안 돼. 결국 명희 씨가 다치게 될 거야.
수련(E)	(보다가) 하이튼, 아주 하는 짓 보믄 둘이 꼭 닮아가꼬 그냥…

수련, 감정 터지지 않게 꾹 버티는 희태 모습을 잠시 보다가… 옅게 미소 짓고는.

수련(E)	가든 말든, 니 알아서 하시고. 난 내 갈 길 갈란다.
희태	(보면)

수련(E) 여기서 작별하자고. 덕수궁 돌담길 같이 걸으믄 이별한다매. (씩씩한 미소) 황희태. 우리 다시 볼 땐 이렇게 엮이지 말고, 각자 잘 살자잉.

수련, 악수 청하듯 손 내밀고. 말없이 그 손 보다가 수련을 바라보는 희태.

S#48　서울병원 앞 (낮)

'하나둘셋' 하며 석철의 이송 침대 사설 응급차에 실어 옮기는 의료진들과 이송원.
분주한 가운데 희태, 그 옆에 서서 이송 관련 서류 읽고 있다.
하단 날짜 칸에 '5월 17일' 채우고서 잠시 머뭇거리다 서명 후 이송원에게 건넨다.

이송원 (서류 받으며) 다 됐네요. 어떻게, 진짜 같이 안 갈 거예요?
희태 (보다가, 미세하게 끄덕)
이송원 그래요, 그럼. 광주 도착하면 연락드리겠습니다.

마지막으로 의료진 차에 오르고, 이송원 응급차 문 닫는 모습을 묵묵히 보는 희태.

S#49   **나주집 마당 (낮)**

마루에 혼자 앉아 명수의 전화를 받는 순녀.

순녀   참말로 누나가 글케 말했냐, 유학 안 간다고? 그냥 한 소리 아니

여? (듣고, 근심으로) 누나는, 괜찮아 보이데? (한숨) 그려. 훈련 잘

받고.

현철   (불쑥 나타나는) 뭔 소리여, 그게?

순녀   (전화 끊다가 화들짝! 뒤돌며) 아따, 당신은 기척도 없이…

현철   뭔 소리냐고. 유학이라니.

순녀   (난감하게 보다가, 체념하는)

시간 경과. 마당에 혼자 있는 현철. 품속에서 꼬깃한 봉투 하나를

꺼낸다.

봉투에서 통장을 꺼내는 현철. 통장 한 장씩 넘겨보며,

명희 생각에 가슴이 먹먹해 보는 모습 위로…

순녀(E)   혼자서 몇 년을 죽어라 준비하다가 요번에 입학 허가도 받았다드

만… 아무래도 전번에 집에 왔던 날, 명희 가가 넋이 나가꼬 온

것이…

S#50   **광주병원 응급실 (낮)**

카트 끌고 가던 명희, 멈칫 멈춰 발 보면… 낡고 닳은 간호화, 실

밥이 터져 있고.

아, 이게 언제… 실밥 뜯어진 부분 손끝으로 만져보며 명희 착잡
해지는데.
그때, 스테이션에서 전화 받는 민주, 짜증스러운 한숨으로 듣다가
'예~'하고 끊는다.

민주   아주 그냥 응급실이 봉이제. (쯧, 간호사들에게) 서울서 코마 환자
         전원 온다고, 중환에서 보조 한 명 보내달란디. 누가 갈래?
명희   (심상하게) 제가 갈게요.
민주   김명희 넌 퇴근해. 쓰러져 가꼬 또 땜빵할 일 만들지 말고.
인영   (눈치, 자원하려) 어, 글믄 제가…
명희   환자만 받고, 바로 퇴근할게요.

S#51   광주병원 앞 (낮)
         전원 환자 받기 위해 의료진들과 대기하는 명희, 다가오는 사설
         응급차 바라보고.
         응급차 세워지면, 의료진들과 이동 침대 끌고 응급차 쪽으로 가
         는 명희. 이송원 내려서 응급차 문 여는데…
         문 열리면, 석철과 동승한 의료진만 타고 있고.
         이송원, 가장 가까이에 있는 명희에게 다가와 이송 관련 서류를
         건넨다.

이송원   여기 인수자 사인 좀요.

명희, 무심코 펜과 서류 받아서 보면… 하단에 희태 글씨로 '황희태' 적혀 있고.

그 세 글자 보자 심장이 내려앉는 명희, 우두커니 서류 바라보다가…

애써 감정 추스르며, 희태 이름 아래 인수자 서명란에 '김명희' 꾹꾹 눌러 써 건넨다.

S#52   성당 마당 (낮)

마당에 떨어진 꽃잎들 쓸던 조 신부, 허리 펴며 보면 꽃이 진 나무에 초록 잎들.

명희   신부님. (어색한 미소 지어 보이는)

S#53   성당 안 (낮)

빈 성당 안에 나란히 앉은 두 사람. 명희, 조 신부 향해서 최대한 태연하게

명희   이랬다저랬다 해서 죄송해요. 생각해서 제안해주셨는디…

조신부   맘 쓰지 말어. 장학회야 매년 있응께 내년에 신청하믄 되제.

명희   아뇨. 저 그냥… 유학 안 갈라고요.

조신부   (보다가) 뭔 일 있었냐?

명희   일은 아니고 그냥… 갈 맘이 사라져서요. 동생도 아직 다 클라믄

멀었고. 무작정 외국 나간다고 능사도 아니고… (말 없자) 그 유난
을 떨어놓고, 한심하죠잉? 죄송해요.

조신부   (묵묵히 보다가) 잘됐네.

명희   …예?

조신부   명희 니가 유학을 왜 가고 싶어 했냐? 요 나라에 있을 이유도, 미
련도 없어서라매. 근디 갈 맘이 사라졌다는 것은, 여기 있고 싶
은 이유가 생겼단 거 아녀. 고것이 입학 허가 때보다 더 기쁜디,
나는.

명희, 부드러운 조 신부의 말에 참아오던 눈물 차올라 툭 떨어지
고. 놀란 조 신부 말없이 지켜보면, 명희 눈물 흘리며 말한다.

명희   이유가, 겨우 하나 생겼었는디… 사라졌어요. 인자 떠날 수도 없
는디… 사라져버렸어요.

조신부   (아프게 보다가) 괜찮애. 유학이 됐든 뭐가 됐든… 문 하나가 닫히
면, 다른 문이 열리는 법이여.

명희   (울며) 안 열리면요? 저는 평생, 평생을 닫기만 했는데… 시방도
사방이 닫힌 곳에 갇혀서… 잠도 못 자고, 숨도 못 쉬겠는데…

그동안 참아왔던 감정 터져 서럽게 우는 명희를 보며 안타까운
조 신부, 덩달아 눈시울 붉어지지만, 애써 의연하게 명희 손 꽉 잡
아주며 위로한다.

조신부   당장은 깜깜해 보여도… 다시 문을 열어주실 거여. (안고 다독여주

는) 꼭 열린다, 명희야. 신부님이 약속할게.

S#54   의료기상사 (저녁)

기운 없이 들어오는 명희, 주인에게 메모지 건네고서 힘없이 가
게 안 훑는데…
문득 진열된 간호화 눈에 들어오고. 복잡한 심경으로 한 켤레 들
어 보는 명희.

S#55   시내 길거리 (저녁)

간호화 든 비닐봉지 든 채 힘없이 걷는 명희, 초점 없는 눈으로 멍
하니 걷다가
무심코 고개를 들어 앞을 보면…
명희 걸음 점점 느려지다 멈춘다.
보면, 거리에 지나는 사람들 사이로 보이는 숨찬 희태의 모습.
희태, 멈춰선 명희에게 천천히 걸어오다가… 어느 정도 거리에서
멈춰 선다.
두 사람 잠시 아무 말 없이 서로를 바라보다가, 희태 한 걸음 더
내딛으려면…
남아있는 이성을 간신히 쥐어짜는 명희, 다가오지 말라 경고하듯
말한다.

명희   …안 돼요.

희태	(보다가) 알아요. 명희 씨가 왜 안 된다고 하는지… 다 들었어요.
명희	(철렁해 보면)
희태	그래도 오면 안 되는 거 알아요. 진짜 명희 씨를 생각한다면… 결국 내가 명희 씨를 힘들게 할 거란 것도… 알아요. (눈시울 붉어지고) 다 아는데… 옆에 있고 싶어요. 같이 있고 싶어요.
명희	(희태를 보는 눈에 눈물 차오르고)
희태	명희 씨. 그쪽으로… 가도 돼요?

희태의 마지막 말에 명희, 참았던 눈물 흐르고…
손에 들었던 간호화 비닐봉지 떨구는 명희, 달려가 희태를 안는다.
지나는 사람들 사이에 두 사람만 시간 멈춘 듯, 눈물로 서로를 껴
안는 희태와 명희.

S#56 광주역 + 혜건네 사진관 (밤)

사람들 오가는 역의 풍경. 대합실로 걸어 나오는 수련의 발.
혜건네 사진관 전화벨 울리면, 달려가 전화 받는 혜건.

혜건	여보세요?
수련(F)	야, 정혜건. 나다. 이수련.
혜건	(놀라) 니…!

역 공중전화 앞에 단출한 짐가방 메고 선 수련, 생기 있는 표정으
로 전화한다.

수련(E)   느그 사진관, 가출한 놈들 수용소라매? 나도 신세 좀 지자.

S#57   명희 하숙집 근처 골목 (밤)

두 사람에게 익숙한 골목길에 다다르자, 익숙하게 발걸음 멈춰
서는 희태.

명희 손 잡은 채 마주 서면서 애틋하게 이야기한다.

희태   날 밝으면 바로 떠나요. 통금 풀리자마자 데리러 올게요.

명희   통금 풀릴 때까진… 어디 계시게요?

희태   저요? 뭐, 요 근처 여관이나… 여인숙도 있고.

명희   돈은, 서울서 택시 타고 오느라 다 쓴 거 아녜요?

희태   (웃고) 노숙이라도 할까 봐요? 갈 데 많으니까 걱정 마요.

명희   (보다가) 같이 있어요, 저랑.

희태   …네? (뒤늦게 이해) 아아! 아니에요. 진아랑 아버님 다 저 서울에
         있는 줄 아는데, 신세 지기엔 핑계도 애매하고.

명희   집에 아무도 없는디.

희태   네…?

명희   진아도 아저씨도, 내일 들어온다고요.

희태   아… (긴장해 횡설수설) 근데 그래도, 혹시 그, 아침 일찍 돌아올 수
         도 있으니까. 그러다 마주치면 그, 괜히 명희 씨 곤란해지고, 또…

명희   (O.L) 내 방에서 자요.

희태   (심장 쿵, 보면)

명희   난 인자 무서운 거 없는디. (새침) 뭐, 싫음 말고요.

명희, 빙글 돌아 먼저 걸어가면. 희태, 이 상황이 믿기지 않는 듯 보다가…

S#58 명희 하숙집 명희 방 (밤)

책상 위 스탠드 정도만 켜져 있는 명희의 방.

잠옷으로 빌린 티셔츠와 바지로 갈아입은 희태, 방에 홀로 어색하게 앉아있다.

괜히 앉은 자리도 바꿔보고, 앉은 자세도 바꿔보고… 어쩔 줄 모르던 희태, 명희의 앉은뱅이책상 한쪽에 놓인 라디오를 보고 저거다, 반갑게 다가가고.

희태 라디오 켜서, 레버 이리저리 돌려보지만… 응? 지직거리기만 하는 라디오.

(cut to) 씻고 옷 갈아입은 명희, 방으로 들어오면서 보면…

책상 앞에 앉아서 라디오 수리에 열을 올리고 있는 희태의 모습.

픽 웃는 명희.

명희   (다가가 앉고) 고장 난 거예요. 건드려봐도 소용없을 거인디.

희태   잠깐만. 거의 된 거 같아요. (다시 틀어보고)

희태, 다시 채널 레버 돌려보면… 희미하게 전파 잡히더니, 소리 나오기 시작한다.

헉! 놀라는 명희 향해서 봤지? 자신만만한 표정 지어 보이는 희태.

명희	(미소로) 쩌기 어디 산골 들어가서 전파사나 차리믄 되겠네.
희태	전파사, 좋은데? 저 어머니 아프기 전까진 공학박사가 꿈이었거든요.
명희	(픽 웃고) 글믄 전파사 차리기 전에 박사 먼저 따야겠네요.
희태	공사장을 나가든, 부산에서 밀항을 하든, 뭐든 상관없어요. 명희 씨만 같이 있으면.

잠시 서로를 애틋하게 보는 두 사람. 희태, 괜히 긴장해서 채널을 이리저리 돌리며.

희태	저 어렸을 땐요. 라디오 듣는 것보다 이렇게 채널 돌리는 걸 더 좋아했어요. 이렇게 천천히, 천천히 돌리다 보면 가끔 희미하게 낯선 전파가 잡히곤 했는데⋯ 그 잘 안 잡히는 전파가, 저 같았어요. 아무도 잡아주지 않아서 색깔도 소리도 없이 우주를 떠다니는⋯ 그런 전파요.

채널 돌리다가, 감미로운 곡이 흘러나오면⋯ 레버를 멈추는 희태.

희태	이렇게, 명희 씨가 저를 잡아주기 전까지는요.
명희	저도⋯ 희태 씨 만나기 전까진 아무 소리도 안 났어요.

조심스레 다가가는 두 사람, 짧게 입 맞추고. 가까이서 서로를 바라보다가⋯

희태	(작게 속삭이는) 이제 진짜… 무서운 거 없어요?

명희, 희태 말에 보다가 고개 끄덕이면… 두 사람, 다시금 길게 입 맞춘다.

S#59   병영 일각 (밤)

뚜루루… 공중전화에서 또다시 전화 거는 경수. 계속되는 신호음에 초조한데.

이에 근처에서 망보던 광규, 짜증 난 표정으로 경수에게 다가오며

광규	야, 니 친구 죽어분 거 아니냐? 전화를 그라고 안 받기도 힘들겄다.
경수	(난감) 분명히 어제 누가 받긴 했는데 말입니다…
광규	일단 끊고, 내일 다시… (하는데)

그 순간 갑자기 부대에 울려 퍼지는 사이렌 소리! 광규와 경수, 놀라서 두리번.

S#60   보안대 복도 (밤)

직원들 인사 무시하고 빠르게 걸어오는 기남.

복도에 모여 휴대용 라디오 듣던 조사관들, 걸어오는 기남 보고서 일어나면…

기남   (계속 걸으며) 됐다. 싹 다 잡아들여.

라디오(E) 비상계엄 선포 지역을 1980년 5월 17일 24시를 기해 전국 일원
         으로 변경 실시한다. 현재 북의 동태와 전국적으로 확대된 소요
         사태 등을 감안할 때 전국 일원이 비상사태로 판단돼…•

S#61   혜건네 사진관 (밤)

         짐가방 든 채, 밝은 표정으로 들어오는 수련. 아무도 안 보이자,
         사진관 안쪽을 향해

수련(E)   정혜건!

         대답 없이 썰렁한 사진관… 의자 따위 부서져 있고, 수련, 의아히
         보는 모습에서.

S#62   병영 일각 (밤)

         우르르 트럭에 올라타는 군인들. 완전군장을 한 경수와 광규도
         재빨리 올라타고.

중사   (퍽, 재촉하며) 새끼들아, 빨리빨리 안 움직여?!

• DBS동아방송 자정 임시뉴스

S#63 **외곽도로 (밤)**

달리는 군용트럭 안, 줄 맞춰 앉은 군인들 사이에 긴장감이 감
돈다.

광규, 품에서 나침반 꺼내서 보면… 남쪽을 가리키고 있고.

가장 바깥쪽에 앉은 경수, 곁눈질로 트럭 밖을 바라보는 불안한
눈빛에서…

군인들 태운 군용트럭들 지나간 자리 위로… 표지판에 '광주' 쓰
여있다.

8화 END

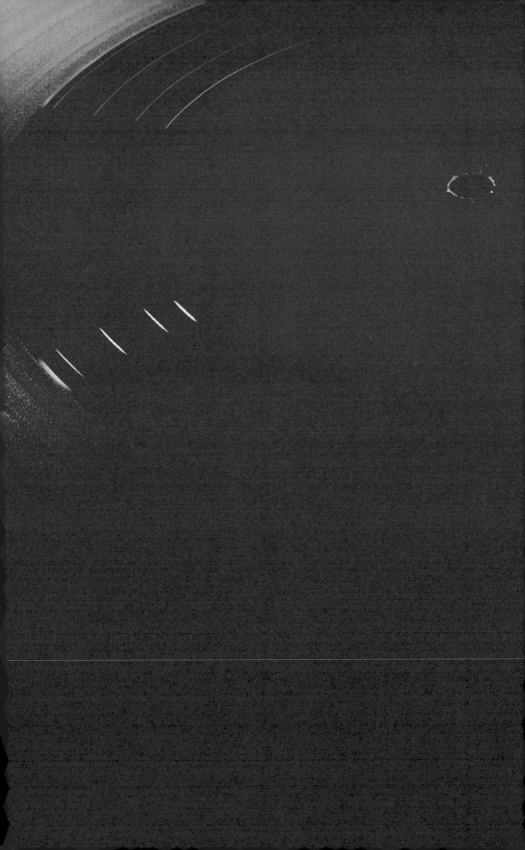

제9화

재난의 전조

S#1   **보안대 기남 사무실 (밤)**

조사관들, 기남 건네는 서류(표지에 붉은 글씨로 '예비검속') 빠르게 나눠 가지고.

기남   오늘 밤 안에 이 명단에 있는 놈들 전원을 검거한다. 배후조종자 색출을 위해 한 놈도 빠짐없이 잡아들이도록.

희태(Na)   모든 재난에는 전조가 있다.

S#2   **전남대 앞 (새벽)**

동트지 않은 어슴푸레한 새벽. 우르르, 일사불란하게 트럭에서 내리는 군인들.

(cut to) 기합 잔뜩 들어간 군인들, 열 맞춰 서서 명령 하달받는다.

| 중대장 | 현재 북에서 파견된 첩자들이 선동을 위해 광주에 잠입했다. 불순분자로 의심되는 자는 발견 즉시 연행한다. 알겠나! |
| 희태(Na) | 지진 전에 가스 냄새가 나고, 해일 전에 동물들이 산으로 향하듯. |

공수부대원들 '예!' 대답하고. 경수와 광규, 각각 주변 둘러보는 불안한 시선에서…

S#3   전남대 일각 (아침)

하품하는 고시생 둘, 도서관 쪽으로 법전 따위를 들고 걸어가다가… 응?

멀리서 공수부대원 두어 명 달려오면 '뭐여?' 어리둥절하게 걸음 늦추는 모습에서

| 희태(Na) | 어딘지 평소와 다르지만, 예민하지 않으면 알 수 없는 그 불길함. |

S#4   명희 하숙집 명희 방 (아침)

잠에서 깬 희태, 고개 돌려보면… 옆에서 명희 곤히 잠들어 있고.
상체 일으켜 눕는 희태, 잠든 명희를 옅은 미소로 내려다보다가…

| 희태(Na) | 불안 속에서 자란 나는 늘 예민하게 깨어있는 쪽이었고, |

문득 두 손을 모으는 희태, 눈을 감고 속으로 기도하기 시작한다.

그사이 부스스 깬 명희, 그런 희태 모습 보고서 픽… 잠긴 목소리
로 말한다.

명희	아침부터 뭔 기도를 그라고 하신대.
희태(Na)	지킬 것이 생겼기에, 더욱 예민하게 전조를 감지해야 했다.
희태	(보다가, 농담) 우리 명희 씨… 코 안 골게 해달라고.
명희	(툭 때리며) 거짓말… (하고는) 나 진짜 코 골아요?
희태	(미소로) 더 자요. 아직 새벽이에요.
명희	아니, 코 고냐니까 동문서답을…

웃는 희태, 툴툴대는 명희 품에 안으며 다시 잠을 청하는 모습에
서 타이틀 오른다.

[Track 09. 재난의 전조]

S#5 **파출소 (아침)**
시위 지원 준비로 분주한 파출소. 다들 정복으로 갈아입고 있고,
최 순경 툴툴대며

최순경	거 며칠 조용한가 싶드만, 또 눈물 콧물 쏟겠구만. (치약 꺼내며) 아, 시위에 차출을 할 거믄 방독면이라도 줘야 되는 거 아니냐고.
수련(E)	저, 혹시 실종 신고…

최순경	(보지도 않고, 기계적) 아침부터 애기 잃어버리셨소? 몇 살?
수련(E)	그, 아는 아니고, 26살인디…

최 순경, 그 말에 떼잉 귀찮은 듯 앞을 봤다가… 수련 얼굴 보고 헉.
순간적으로 과거에 수련과 마주쳤던 장면을 떠올리고(인서트-2화
씬34)

최순경	(홀린 듯 중얼) 고때 고 현행범…
수련(E)	예?
최순경	아, 아닙니다. (각 잡고 앉으며) 그, 저, 실종자가 26살… 여자?
수련(E)	아니, 남자요.
최순경	(애써 태연) 응, 남자. 글믄 뭐… 관계가 뭐, 저… 애인?
수련(E)	예? 친구요.
최순경	(화색) 잉~ 친구! 아따, 친구가 없어져부렀구마잉. 걱정되제, 그럼.
수련(E)	(놀라나?) 밤사이에 접수된 사고 같은 건 없어요?
최순경	딱히 접수된 사고는 없는디… 그, 일단 저, 연락처 좀 줘봐요.
수련(E)	(경계) 연락처는 왜요?
최순경	아따, 신고자 연락처는 있어야 할 거 아뇨. 그, 혹시라도 사고 접수되믄 바로 연락 드릴랑께. (급히 메모지 찾다, 손바닥 내밀며) 여따가, 그 연락받을 번호 하나만 적어봐봐요. 아, 절차여 절차.

수련, 최 순경이 내미는 유성펜과 손바닥 황당하게 보다가… 한
숨으로 펜 받아 적고.
최 순경 싱글벙글한 와중에, 파출소 안 라디오에서 계엄 관련 뉴

스 흘러나오면

수련(E)	(쓰다가 멈칫) 뭔 소리요, 저게? 계엄 확대라니?
최순경	(신문 주며) 아직 신문 못 봤소? 간밤에 비상계엄 전국 확대됐는디.

신문* 받아 보고, 놀라는 수련. (자막: 정치 활동 일체금지 전국대학에 휴교령)
신문 손에 든 채, 그대로 돌아서서 파출소를 나간다.

최순경	어어, 신문은 두고… (황당) 뭐여?

최 순경, 뒤늦게 자기 손바닥 보면. 에헤이… '25-12' 대충 흘려 쓰다만 전화번호.

S#6   명희 하숙집 안쪽 마당 (낮)
방에서 작은 짐가방을 든 명희 나오면, 평상에 앉아 기다리던 희 태 일어나며

희태	명희 씨, 잠깐 혜건이네 좀 들러요. 가기 전에 챙길 게 있어서.
명희	글믄, 각자 볼일 보고 역에서 볼까요?
희태	왜 각자 다녀요? 명희 씬 어디 가게요.

• 1980년 5월 18일 자 조선일보 조간신문

명희	잠깐 명수 보러요. 가서 후딱 인사만 하고 올랑께…
희태	싫어요. 같이 가요.
명희	괜히 같이 갔다 정태라도 마주치믄 어쩌게요.
희태	그럼 어디 숨어라도 있을 테니까 같이 가요. 꿈자리가 사나워서 그래.
명희	(애 타이르듯) 아따, 얼른 광주 뜨고 싶담서. 따로 움직여야 시간 아껴서 빨리 떠나죠. 각자 볼일 보고, 역에서 봐요. 잉?
희태	(안 내키는데… 어쩔 수 없이 끄덕이고)

S#7   수련 집 거실 (낮)

뚜루루… 계속되는 신호음에 의아한 수찬, 수화기 내려놓으면.

창근	(거실로 나오며) 수련이 계속 전화 안 받냐? 쩝때 서울서 큰 시위 있었다드만. 뭔 일 생긴 거 아녀?
수찬	(안심시키려) 바빠가꼬 못 받는 건갑죠. 신혼집 찾는다고 종일 발품 팔고 있을 거인디.
창근	글믄 어떻게, 느이 고모라도 올려 보내야 되나?
수찬	아따, 애기들도 아니고… 둘이 알아서 잘할 거요. 연락되믄 전화 드리라 할랑께, 아부진 가서 좀 더 누워 계씨요.

창근, 끄덕이며 돌아서면… 홀로 남은 수찬, 다시 찜찜한 표정으로 전화기 보고.

S#8 **혜건네 사진관 (낮)**

아무도 없나? 빼꼼 문 열고 사진관 안 살피는 희태.

희태   혜건아. 정혜건. (대답 없자) 얘는 문도 안 잠그고 다녀…

멈칫 보면, 구석에 부서진 의자 하나… 뭐지? 불길하게 보면서 들
어가는 희태.

S#9 **혜건네 사진관 방 (낮)**

희태, 조심스레 방문 열어보면 아무도 없이 어지러운 방 안.
한구석에 놓인 어머니 기타 발견하고서 다가가 기타를 메는데…
그때 덜컹! 방 밖에서 들려오는 기척에 놀라 휙 돌아보는 희태.
희태, 잠시 숨죽여 방문 쪽 바라보면… 다시 쥐 죽은 듯 조용한
밖. 더 불안한데.

S#10 **혜건네 사진관 (낮)**

방에서 나온 희태, 잔뜩 경계하며 사진관 쪽으로 한 걸음씩 걸어
나오는데… 코너에서 망치 따위 들고 벼르던 수련 튀어나오고!
서로 놀라 비명 지르는 둘.

수련(E)   (뒤늦게 알아보고) …황희태?!

시간 경과. 희태, 케이스 열어 기타 상태 확인하며 심드렁하게 수련 말 듣는다.

수련(E)   어제 저녁에 정혜건이 빨리 오라고, 여서 기다린다 했거든. 근데 와본께 쥐새끼 한 마리 없어. 문도 안 잠겨 있고, 의자도 다 뿌서져 있고.

희태   별일 있겠냐. 뭐 또 학생회 일 생겼나 보지.

수련(E)   나도 그런가 했제. 근디, (신문 보이며) 자정에 계엄 확대됐단다.

희태   그게 뭐? 어차피 쭉 계엄이었잖아.

수련(E)   야잇 무식한 놈아. 신군부에서 본격적으로 쿠데타 시동건단 거잖애.

희태   그러니까, 그게 혜건이 없어진 거랑 무슨 상관이냐고.

수련(E)   아무래도 내 생각엔… 보안대 같어. (망설이다) 그래서 말인디…

희태   (단번에) 안 돼.

수련(E)   (황당) 야, 안즉 말도 안 했거든?

희태   뻔하지 뭐. 아버지 통해서 혜건이 잡혀갔나 알아보란 거 아냐? 넌 아직도 우리 아버지 파악이 안 돼? 내가 물어보면 한술, 아니 열 술 더 떠서 조질 분이야. 내가 엮이면 더 위험해진다고.

수련(E)   (막막한 한숨)

희태   생각 잘해. 니가 관심 끊어주는 게 혜건이한텐 더 안전할 수도 있어. 엮이면 위험해지는 건, 이제 너도 포함이니까.

수련(E)   닌, 앞으로 어쩔 건데? 니랑 엮이면 명희도 위험해진담서.

희태   그래서 오늘 떠나. 명희 씨랑 같이.

수련(E)   뭐? 어디로?

| 희태 | 어디든, 광주만 아니면 돼. (일어나며) 너도 투쟁하려면 차라리 서울을 가. 광주 계속 있을 거면 좀, 모자라도 쓰고 다니고. |

수련, 희태 말에 생각 복잡해지는데… 그때 사진관 문 벌컥 열려 동시에 돌아보면,
얼굴이며 팔다리 다친 선민, 다른 다친 학우 부축해 들어온다.

| 수련(E) | (놀라) 박선민…? |
| 선민 | …혜건이, 안 들어왔냐? |

S#11 길거리 (낮)

사진관에서 나와 기타 멘 채로 걸어가는 희태, 불안하게 선민의 말 떠올린다.

| 선민(E) | 아마 예비검속일 거여. 보안대서 학생회랑 야권인사까지 싹 잡아 갔단다. 학교 앞에도 아침부터 공수부대가 쫙 진을 쳐가꼬… |

어디선가 나는 최루탄 냄새에 쿨럭거리는 희태, 품에서 손수건 꺼내 코와 입 막는다.

| 선민(E) | 평소 진압 수준이 아니여. 그냥 지나가는 사람도 젊은 사람이다 싶으믄 대학생 아녀도 그냥 뚜들겨 팬단다. |

불길한 예감에 점점 걷는 속도 높이던 희태, 아예 뛰기 시작한다.

S#12　합숙소 앞 (낮)

명희, 합숙소 입구 쪽에 서서 기다리는데 '누나!' 하며 뛰어나오는 명수.

명희　　우리 똥개, 오늘은 훈련 없냐?

명수　　아따, 우리도 사람인디 일요일엔 쉬어야제. 근디 갑자기 뭔 일이여?

명희　　(잠시 망설이다) 명수야. 누나 당분간 광주에 없을 거여.

명수　　뭐?! 왜? 어디 가는디? 언제 오는디?

명희　　나중에, 누나가 합숙소로 연락할 텐께…

명수　　(울먹) 누나 유학 가는 거제? 쩐번에 안 간다고 해놓고…

명희　　아따, 유학 아녀. 명수 체전 뛰는 거 보러 가기로 약속했잖애. 누나는 약속한 건 무조건 지킨다잉. 알제?

명수　　(히잉 보다가) …혼자 가는 거여?

명희　　(보다가, 고개 젓고) 친구랑 같이.

명수　　(뾰로통) 됐어, 글믄… 체전 때 꼭 오기여. 약속했다잉.

그런 명수 모습에 짠한 명희, 으이구… 미소로 명수 꽉 껴안는 모습에서.

S#13 **버스 안 (낮)**

명희 탄 버스, 신호 받아 잠시 정차하고. 버스 안내양, 기사와 얘기 주고받더니

버스안내양 시위 땜시 노선 우회합니다잉. 금남로나 광주역 가시는 승객들은 요번 정거장에서 미리미리 내리씨요잉.

승객 아따, 저놈의 데모 허구한 날 지겹지도 않나. (쯧)

승객들 '뭐여, 시방', '아따 참말로', '이 뭔 상황이여' 투덜거리고, 자리에 앉아있던 명희도 성가신 듯 가방 챙겨 드는데.
그때 정차한 버스의 승차문을 통통, 곤봉으로 두드리는 홍 병장.
안내양과 기사, '뭐여' 의아하게 보다가 연신 두들기는 소리에 승차문 열면…
우르르 올라타는 공수부대원들! 젊은 승객들에게 곤봉 휘두르기 시작하고!

홍병장 대학생들 다 끌어내려!

버스안내양 (공수부대 뜯어말리며) 오메, 왜들 이러씨요!

이에 홍 병장, 성가신 듯 말리는 안내양 개머리판으로 퍽 때리고!
경악하는 승객들과 명희, 비명과 신음으로 버스 안 아수라장 되는데…

S#14   **도로 (낮)**

명희, 정신없이 도망치는 승객들 뒤따라 버스에서 내리는데.
버스 밖에서 대기 중이던 공수부대원, 휙 잡아채듯 명희 옷 잡아
끌고.

명희   (겁에 질려서) 저, 저 대학생 아니에요! 신분증 보여드릴…

공수1   (질질 끌고 가며) 닥치고 따라와!

명희   (필사적으로 버티며) 놔요! 저 진짜로 대학생 아니랑께!

공수1   이년이, 말로 하니까…!

공수1, 명희 향해 곤봉 크게 휘두르고… 명희, 머리 감싸며 눈 질
끈 감는데.
그 순간 나타나는 기타 멘 희태, 명희 앞을 막아서듯 몸 던지고!
공수1과 희태 치열한 몸싸움하는 사이…
멀리 다른 군인이 달려오는 모습에 명희, 재빨리 각목 따위 집어
내리치면! 공수1 '악' 쓰러지고, 바로 손잡고 달리는 두 사람.

공수1   (분하게) 뭐해, 저 새끼들 잡아!

S#15   **골목길 (낮)**

정신없이 도망치는 희태와 명희, 골목길로 들어와 겨우 몸 피한다.
숨찬 희태, 경계로 주변 보고 난 뒤… 명희 다친 데 있나 급히 살
핀다.

희태	괜찮아요? 다친 덴, 다친 덴 없어요?
명희	(패닉) 전 괜찮은디… 이게 대체 뭔 상황인지…
희태	뭐, 계엄이 어쩌고 하던데… 오면서 보니까 분위기가 심상치 않아요. 일단 역으로 가요. 대로변 피해서 빙 돌아서 가면…

심각하게 말하는 희태 머리에서 피 주룩 흐르고. 헉, 놀라 입 틀어 막는 명희.
명희 시선과 표정에 말 멈추는 희태, 덩달아 불안해져서

희태	왜… 왜, 왜. (손으로 피 훔쳐보곤) 어 씨, 뭐야.

S#16   광주병원 응급실 (낮)

손수건 머리에 댄 채 명희 뒤따라 들어오는 희태, 응급실 휘 둘러 보면…
젊은 남자 환자들로 분주한 응급실, 대부분 머리 깨져서 병상에서 신음하고 있고.
희태, 응급실 풍경 불안하게 보는 사이… 명희, 카트 끌고 가는 인영에게 다가간다.

명희	환자가 많네?
인영	어, 선생님! 대학생들이 시위하다가… (희태 보고) 어? 안녕하세요.
희태	(어색한 눈인사) 자주 뵙네요.
병철	(다가오며) 인영 씨, 아까 환자 올려보내고. 최 선생 호출했어?

인영	아, 예. 다시 해볼게요잉! (눈인사하고 급히 가는)
병철	잉? 명희 씨 왜 왔어. 오늘 쉬는 날 아녀?
명희	보호자로요.
병철	(희태 보고, 놀리려) 엥~? 명희 씨한테 보호받는 요 남성분은 누구래? 기타 본께 가순가? 대가리 깨진 거 본께 대학생 같기도 하고…
명희	(심상하게) 애인이요.
병철	애인?! 누구, 명희 씨 애인?!
명희	예. 긍께 싸게 좀 봐주씨요. 저짝 자리 비었죠잉? (먼저 앞장서면)

병철을 비롯한 근처 의료진들, 바쁜 와중에 놀람과 호기심으로 희태에게 시선 집중.

그 시선들 속에 희태, 수줍은 미소로 명희 뒤따라 병상으로 졸졸 따라 걸어가고…

(cut to) 병상에 걸터앉은 희태의 상처 부위 살피는 병철.

병철	뭐… 꼬맬 정도는 아니고, CT는 좀 찍어봐야 쓰겄는디?
명희	CT 찍을라믄 많이 기다려야 돼요?
병철	아마도 저녁때 다 돼야 찍을 거인디. 시방 들어오는 환자마다 죄다 대가리 깨진 환자들이라.
희태	저, 그냥 간단히 소독만 받고 갈게요.
병철	어허… 본인이 의사요? 명희 씨 애인, (차트 이름 보고) 황희태 씨? (말하곤 응? 갸웃) 이름이 어째 익숙헌디… 황희태, 황희태…
희태	(아… 또…)
병철	(딱!) 쩌기 저, 현수막?! 수석합격 황희태에 그 황희태요? 오메

오메!

희태, 명희   (어색한 웃음으로 *끄덕끄덕*)

병철   아따, 그럼 의사 맞네. 글믄 황희태 씨 자가진단에 따라 소독만.

명희   (단호) CT도 찍어주씨요. 순서 기다릴 텐께.

희태   (당황) 명희 씨!

S#17   응급실 스테이션 (낮)

스테이션의 전화기 들어 CT실에 전화하는 명희.

명희   예, CT실이죠. 시방 대기하는 환자 수가… (하는데 수화기 휙)

희태   (빼앗아 끊는) 저 진짜 아무렇지도 않아요! 살짝 긁힌 거예요, 정말!

명희   그 긁힌 게 머리잖소. CT는 찍어봐야죠. (다시 수화기 들려면)

희태   (다시 끊으며) 알았어요! 일단 광주 나가서, 다른 도시 도착하면 바로 병원부터 가요. 거기서 찍을게요. 됐죠?

명희   시방 병원에 있는디 뭐 하러요. 검사받기 전엔 못 가요.

희태   (답답한) 명희 씨! 진짜…!

애타서 소리치던 희태, 순간 입 꾹 다물고 일시 정지. 불쾌한 듯 표정 찌푸리면…

명희   진짜 뭐요. (허) 그 표정은 뭐대요? 불만이 있으믄 말로… (하는데)

그 순간 희태 욱, 재빨리 스테이션 근처에 놓인 휴지통 붙들고서 웩! 그 모습 경악으로 보는 명희 표정에서!

S#18   보안대 조사실 (저녁)

물고문당하는 혜건, 버둥거림이 잦아들 때 즈음 머리채를 잡아
올리는 조사관.
괴로운 듯 콜록대다가 웩… 헛구역질까지 하는 혜건, 얼굴 곳곳
이 맞아 부었다.

조사관1   자, 다시 묻는다. 얼마 전 횃불 시위 지시한 배후가 누구야?

혜건   말했잖습니까. 대성회는 순전히 대학생들이 자발적으로… (하는데)

조사관, 혜건의 배 세게 걷어차고. 신음도 못 내고 고꾸라지는
혜건.
성가신 듯 그 옆에 쭈그리고 앉아, 혜건의 머리채를 휙 뒤로 잡아
넘기는 조사관.

조사관1   니들 뒤에서 사주한 놈… 그놈이 내란 일으키라고 시켰잖아.

혜건   (울음 터지는) 사주라뇨… 생전 본 적도 없는디 어찌 사주를…

조사관1   니가 아직 견딜만하지? (쯧, 조사관들에게) 야, 담가라.

혜건   (간절히) 선생님, 선생님! 억울합니다. 전 진짜 다 사실대로…!

다시 조사관들에게 물고문당하는 혜건, 첨벙첨벙 바둥거리는 몸
부림에서…

이 모든 것을 멀찍이 떨어져 관망하고 있는 기남의 모습.

S#19   보안대 기남 사무실 (밤)

조사관1 상황 보고를 위해 긴장해 서있고. 기남, 파일 탁 덮으며.

기남   예비검속 대상 스물두 명 중에 검거는 열두 명… 겨우 절반 넘겼
         네?

조사관1   저 그래도, 공수부대 측에서 넘겨받은 대학생이 백 명이 넘으니
         까, 연고자 추적하면 나머지 놈들도 금방…

기남   그래서, 남의 집 개가 물어다 주는 거나 얌전히 주워 먹겠다?

         기남, 다가가 조사관 조인트 까고. 윽, 고통스러워하는 조사관1.

기남   지금 사태 파악 안 돼? 정신 안 차려?!

조사관1   (겨우 자세 잡으며) 죄송합니다!

기남   이번 그림, 처장님에 사령관님까지 보고 계신다. 뭔 말인지 알겠
         어? 우리가 개국공신 되는 거야. 죽을 각오로 하라고!

조사관1   예!

S#20   거리 일각 (밤)

인적 없는 길목에서 광규와 경수, 나란히 보초 서고 있다.
경수 배에서 꼬르륵하면… 옆에 선 광규, 주머니 뒤적여 작은 건

빵 봉지 꺼낸다.

광규   (휙 던지며) 아나. 이거라도 묵어라. 니 아까 밥도 못 묵었잖애.

경수   (보다가 꾸벅) 감사합니다.

광규   집에 가믄 울 아부지가 상다리 뿌러지게 차려줄 것인디… 지척에
        집 놔두고 여서 뭐하는 짓인지 모르겠다.

경수   (먹다가) 댁이 이 근처십니까?

광규   (끄덕, 착잡하게) 여서 쭉 나고 자랐어. 오늘 연행함서 본께, 아는 얼
        굴도 한 대여섯 되드라고. 아부지랑 동생은 괜찮을랑가…

경수   괜찮을 겁니다. 대학생도 아니시고…

광규   우리가 뭐 오늘 학생증 봐가며 연행했냐? (한숨) 아니 그, 첩자란
        새끼들은 삼팔선은 어찌 넘어와 가꼬… 뭐 좋은 거 있다고 이 먼
        광주까지 내려와서 이 지랄이대.

경수   (듣다가 용기 내) 저, 근데 이 상병님… 불순분자랑 일반 학생은 어
        떻게 구분합니까?

광규   (죄책감에 짜증) 니 내일도 밥 굶고 싶냐? 걍 까라믄 까.

경수   죄송합니다.

광규   (툴툴) 하이튼 머리 좋은 새끼들이 쓸데없이 생각이 많아요, 생각
        이…

깨갱, 다시 뽀스락 건빵 먹는 경수. 광규, 생각이 많은지 다시금
한숨 푹…

S#21   광주병원 응급실 (밤)

병상에 앉은 희태와 곁에 선 명희. 병철, 차트와 CT 결과 가지고 오며…

병철   오래들 기다리셨습니다잉~ (CT 결과 내밀며) 자, 수석합격자시니
      까 뭐 따로 설명 안 혀도 딱 보믄 아시죠?

명희   (찌릿) 선생님.

병철   아따, 뭐 무서워서 농담도 못 하겠네… 뇌진탕이요. 다행히 출혈
      은 안 보이고. 어지럼증이랑 토기 있던 거는 좀 어떠요?

희태   (기다렸단 듯) 어우, 멀쩡합니다! 아무렇지도 않아요!

병철   거, 글타고 머리통 막 흔들진 마시고… 원랜 좀 더 지켜봐야 되
      는디, 보시다시피 시방 병상이 모질라 가꼬. 먹는 약 처방해드릴
      랑께…

희태   (수액 줄 뽑을 기세) 이제 퇴원해도 되나요?!

병철   예. 에헤이, 고거는 거, 애인분한테 뽑아달라 하시고.

'빨리, 빨리' 희태 재촉에 찜찜한 표정으로 주삿바늘 빼주는 명희.
그때, 병원 밖에서 멀리 통금 사이렌 소리 들려오면… 멈칫, 귀 기
울이는 희태.

희태   무슨 소리예요, 저게?

병철   (차트 적으며 심상하게) 통금.

명희   예? 아직 통금 시간 아니잖아요.

병철   몰랐소? 계엄 확대돼가꼬 통금 앞땅겨졌잖애.

희태	그럼… 저흰 어떡해요?
병철	어쩌긴 뭘 어째. 병원서 아침까지 시간 때워야제. 거, 괜히 통금 때 나갔다 대가리 깨져 돌아오지 말고. 거시기 저 로비나, 빈 처치실도 있응께. (가면서) 글믄 싸게 병상 비워주쑈잉.

망했다… 난감하게 서로를 바라보는 명희와 희태.

S#22   빈 처치실 (밤)

명희 탁, 불 켜보면… 창고처럼 쌓인 물건들 속 침상 하나 덩그러니 있는 처치실.

(cut to) 희태, 먼지에 쿨럭이며 창문 열면, 침대에 병상 시트 까는 명희.

희태, 짐들을 하나하나 구석으로 몰아 옮기며 툴툴거린다.

희태	내가 진짜 살다 살다, 이렇게 고집 센 사람은 처음 봤네…
명희	나도, 이라고 애기처럼 생떼 쓰는 사람은 살다 살다 처음 봤네요.
희태	(억울) 내가 언제 생떼를… 내 말대로 바로 역으로 가서 기차 탔으면,
명희	달리는 기차에서 토했겠죠. 뇌진탕 와가꼬!
희태	그러니까 아침에 내 말 듣고 같이 움직였으면 애초에 뇌진탕 올 일도 없었잖아요!
명희	(기막혀 허) 그래서, 시방 이게 다 나 때문이라고.
희태	그런 뜻이 아니라… 아니, 갑자기 반말을…

명희	싸게 눕기나 해요. 난 가서 보조 침대 남는 거 없나 보고 올 텐게.
희태	보조 침대는 왜요? 여기 같이 누우면 되죠.
명희	(괜히 목소리 낮추며) 미쳤소? 어떻게 그래요!
희태	뭘 어떻게 그래. 어젯밤엔…
명희	(말 막듯 퍽) 야잇, 남사시럽게…
희태	(아야) 아니, 어젠 더 좁은 데서 잤다는 게 왜… 그럼 명희 씨가 여기서 자요. 보조침대는 내가 가서 찾아볼…
명희	(O.L) 내가 가요! 희태 씨 아직 환자요. 잔말 말고 누워있어요잉.
희태	(나가는 명희 보며 감탄) 고집이… (미소로 눕고)

S#23   수련 집 거실 + 혜건네 사진관 (밤)

깊은 밤, 거실에서 전화벨 울리면 다가가 전화 받는 수찬.

수찬	여보세요?
수련(F)	오빠, 나여.
수찬	수련이, 니…! 뭔 연락이 이라고 안 돼.

다친 학우들 소파에서 잠든 사진관, 홀로 깨어 전화 걸고 있는 수련.

수련(E)	미안. 쪼까 바빠가꼬… 아부진, 좀 괜찮애?
수찬	잉, 아까 금방 약 먹고 잠드셨다. 니는, 별일 없고?
수련(E)	나야 뭐… 오빠는, 별일 없는 거제? 오늘 광주 난리도 아녔단디.

수찬	(멈칫, 쎄하고) …뭔 소리여, 뭔 난리?
수련(E)	아니, 계엄군들… (하다가 됐다) 아유 암튼, 오빠랑 아부지도 조심하라고, 웬만하믄 밖에 나가지 말고, 잉? (대답 없자) 여보세요?
수찬	(잠자코 듣다가) 이수련… 니 시방 어디여?
수련(E)	(움찔, 애써 태연) 어디긴, 나야 시방 서울집이제.
수찬	글믄 잠깐 끊어봐. 나가 글로 다시 전화 걸랑께.
수련(E)	(철렁, 횡설수설) 안돼야. 황희태 자. 가가 잠귀가 밝아가꼬… 나도 인자 잘라고. 내일 또 전화할게잉. 잘자. (급히 끊고, 두근두근)
수찬	아야, 이수련! (전화 끊긴 수화기 찜찜하게 바라보고)

S#24   빈 처치실 (밤)

악몽을 꾸는 듯 미간 찌푸리다 깨는 명희. 고개 돌려 보면, 깨어있는 희태 뒷모습.

희태, 양초나 스탠드 따위 켠 약한 불빛 앞에서 기타 손으로 더듬어 살피는데.

명희	(다가와 보며) 왜, 낮에 부서졌어요?
희태	살짝 스크래치만요. (줄 디링) 소리는 문제없고. 나 때문에 깼어요?
명희	(고개 젓고) 꿈을 좀 꿔서…
희태	왜, 무서운 꿈 꿨어요?
명희	(망설이다) 아까… 낮에 본 거요. 그냥 평소처럼 버스 타고 가던 길이었는디 다짜고짜… 군인들이 갑자기 왜 그랬을까요?
희태	(흠, 보다가) 명희 씨. 이건 비밀인데… 저 옛날에 벼락 맞아봤어요.

명희	예? 진짜요?
희태	네. 비 피하러 차양 밑에 들어갔다가 팔꿈치 옆으로 팍! 어이없죠? 맞은 저도 어이가 없어서, 왜 맞는지 원인 찾겠다고 한동안 벼락만 공부했었는데. 사실 별 이유 아니었어요. 그때 옆에 공중전화가 있었거든요. 나 아직도 비 오는 날엔 공중전화 피해 다니잖아요.
명희	(피식 웃으면)
희태	오늘 일도, 그냥 벼락 맞은 거라고 생각해요. 전압이 어쩌고 전하가 어쩌고 원인 찾을 거 없이, 우린 오늘 공중전화 옆에 있었던 거고… 내일 광주 떠나면 다 괜찮아질 거예요.
명희	(걱정) 광주만 이런 게 아니믄 어째요?
희태	걱정 마요. 제가 벼락 칠 공중전화 알아보는 감 하난 확실하거든요. 거의 뭐 인간 카나리아랄까.
명희	(웃고) 카나리아 씨. 고 기타나 함 쳐봐요, 소리 문제없나.
희태	오케이. 대신 내일은 눈 뜨자마자 역으로 출발하기. 고집부리기 없기.
명희	(치, 웃으며 고개 끄덕이면)

희태, 기타로 자장가 치기 시작하고. 누워서 미소로 듣는 명희 모습에서…

S#25 합숙소 (아침)

아이들 해맑게 신발 신는 등 훈련 준비하면서 재잘재잘 떠드는 사이, 합숙소 한구석에서 여인숙주인과 심각한 얼굴로 속닥거리는 박 코치.

흠흠, 애써 태연히 아이들 쪽으로 걸어와 호루라기 삑, 불고는 줄넘기 들어 보인다.

박코치 　자, 오후에 비가 올 예정이므로 오늘 훈련은 실내 연습으로 대체헌다.

아이들 　(에엥? 왜요? 실망하는 아우성들)

박코치 　조용! 앞에서부터 차례로 세 명씩 나와서 줄넘기 100번씩 뛰고들어간다. 나머진 둘씩 짝지어서 윗몸일으키기 100회씩 실시!
　　　　(삐삑)

명수와 정태, 아 진짜… 윗몸일으키기 하려고 짝지어 앉으며 툴툴댄다.

명수 　어제도 방구석에만 처박혀 있었는디, 뭔 또 실내연습이대?

정태 　오후부터 비 온다잖아.

명수 　아따, 글믄 비 오기 전까지만 뛰믄 되제. 좀 쑤셔 죽겄구만…

그사이 여인숙주인, 급히 출입문 걸어 잠그고… 뭐지? 그 모습 이상히 보는 정태.

S#26   **수찬 사무실 앞 (아침)**

서류 가방 들고 출근하는 수찬, 걸어가는 길에 서있던 계엄군 두
어 명 쳐다보면.

수찬   (별생각 없이) 수고들 많으십니다.

군인들 반응 없자 머쓱한 수찬, 가볍게 눈인사하며 그 옆을 지나
친다. 수찬 사무실 건물 안으로 들어가면… 군인들, 지나가던 대
학생 행인 향해 달려가고!

S#27   **거리 (낮)**

멀리서 공수부대원 두어 명, 의식 잃은 사람 질질 끌고 연행하고
있으면, 시민들 그 광경에 분노해 '저, 저', '저러다 사람 잡겠네',
'시방 이게 뭔 상황이여' 한두 마디씩 내뱉는데, 모여 떠드는 시민
들 앞을 다급히 막아서는 최 순경.

최순경   (초조) 어찌 이라고 모여 있소, 겁도 없이. 싸게 흩어지씨요!
시민1   어이, 순경 양반. 경찰이 시방 저거를 말려야지, 보고만 있소?!
최순경   (목소리 낮춰) 저것들 시방 경찰도 못 말립니다. 긍께 제발 좀…
시민2   아따, 뭐 군인은 법 위에 있는가? 아, 나와 봐요.
최순경   (막으며 울상) 이러다 잡히믄 다 죽는당께요! 제발 돌아들 가씨요!

S#28　상가 건물 (낮)

학원 있는 상가 건물로 들어오는 진아와 보연. 진아, 보연에게 매달리며 찡찡.

진아　　아야. 딱 빵집만 들렀다 오자고~ 아직 학원 시간도 안 됐잖애.

보연　　아까 담임 말 못 들었냐? 절대로 시내 돌아댕기지 말래잖애.

진아　　아, 거야 데모하지 말란 뜻이제. 그걸 곧이곧대로… (하는데)

진아, 툴툴대다가 보면… 몇 학생들 서서 웅성웅성 뭔가를 보고 있고. 뭐지? 진아와 보연도 따라 보면, 멀찍이서 중년 시민을 때리는 공수부대 모습.

진아　　(놀라) 야, 저거 우리 원장 쌤 아니냐?

보연　　(보고는 헉) 오메, 맞네…

남학생1　(용기 내, 공수부대 향해) 죄 없는 사람 때리지 마쇼!

옆 학생들과 진아 '그래, 때리지 마라!', '놔주쇼!' 한마디씩 거드는데… 이에 한 공수부대원, 우뚝 멈춰 진아 쪽 쳐다보고… 학생들 겁먹어 움찔.
진아, 그 공수부대원이 주변 군인들에게 뭐라 지시하는 모습 눈여겨보며…

진아　　뭐여? 풀어주라 하는 건가?

보연　　(겁나서 진아 잡아끌며) 아야, 일루 와. 니들도 인자 고만…

그 순간 몇 군인들, 진아와 학생들 쪽으로 매섭게 달려오기 시작하고. 어, 뒤늦게 혼비백산 흩어지는 학생들, 진아도 보연과 비명 지르며 도망치려는데!

S#29　빈 처치실 (낮)

짹짹… 멀리 새소리 들려오고. 햇살에 눈 부셔 잠에서 깨는 희태. 개운하게 푹 잤는지, 기지개 켜는 희태. 문득 정신 차리고 보면, 아무도 없다.

희태　　(어리둥절) 명희 씨…?

의아하게 시계 보면 헉! 대낮이고. '설마…' 불안함으로 벌떡 일어나는 희태.

S#30　광주병원 응급실 (낮)

희태 응급실 내려와서 보면, 와글와글 환자들과 신음으로 가득 찬 응급실.
입구부터 줄 선 환자들과 침상 없어 바닥에 누운 환자들… 흡사 야전 병원 같고.
불안한 시선으로 분주한 의료진들 비켜서며 안쪽으로 들어가는 희태, 우뚝 멈춰 보면, 유니폼까지 갖춰 입은 명희! 환자 상처 부위 지혈하고 있으면…

희태   (항의하듯) 명희 씨!

S#31   광주병원 응급실 앞 (낮)

응급실 밖으로 나와 마주 선 희태와 명희.

희태   뭐 하잔 거예요? 아침 되면 바로 떠나자고 약속했잖아요, 어제.

명희   시방 환자가 넘쳐서 병상도 부족할 지경이요. 희태 씨도 봤잖애요.

희태   봤으니까 이러죠! 모르겠어요? 지금 일반적인 상황이 아니에요.

명희   글믄, 그냥 가자고요? 환자들 저라고 냅두고?

희태   네! 그냥 가자고요.

명희   (실망으로) 희태 씨.

희태   실망해도 어쩔 수 없어요. 전 명희 씨랑 제 안전이 최우선이니까.

명희   당장 급한 불만 끄고 갈 수도 있잖애요.

희태   아뇨, 바로 가야 해요. 지금 돌아가는 상황이…

병철(E)   둘이 시방 뭐해. 바빠 죽겄는디.

희태와 명희, 목소리에 뒤돌아보면… 흰 가운 잔뜩 든 병철, 희태
향해서 말한다.

병철   시방 일손 부족해서 다른 과 인턴에 예과생들까정 나와 돕는 판
         에, 의사면허도 있으신 수석 입학 황희태 씨는 뭐하는가?

희태   (보면)

병철   (가운 건네며) 도울 거믄 입고 들어오고. 안 입을 거믄, 명희 씨한테

주고 가쇼잉. 응급실은 의료진 외 출입금지니께. (들어가면)

명희   (망설이다가, 마음먹고) 지금은 못 가요.

희태   명희 씨!

말없이 서로 보는 명희와 희태. 서로 물러나지 않고 팽팽히 바라

보다가…

희태   (짜증스러운 한숨) …일곱 시.

명희   네?

희태   무조건 일곱 시엔 가는 거예요. 그땐 들쳐업고라도 나갈 거니까

그렇게 알아요. (가운 입으며) 짜증 나. 꼭 더 좋아하는 쪽이 지지,

항상.

명희   (마음 복잡한) 희태 씨, 불편하믄 그냥 처치실에서…

희태   (O.L) 일곱 시예요! (들어가고)

S#32   수찬 사무실 사장실 (낮)

수찬, 자리에 앉아 자료들 넘겨 보며 통화하고 있다.

수찬   (불어로) 예. 그럼 일정대로 진행하겠습니다. (멈칫, 듣고) 네? 계엄

령이요? 아뇨. 문제없습니다. 저희 같은 일반 시민에게는 큰 영향

이 없습니다. 계획대로 진행하시죠.

S#33 수찬 사무실 (낮)

수찬, 사장실에서 나오는데… 직원 둘, 걱정스럽게 수군거리고 있고.

수찬   점심들 안 드십니까? (분위기 이상하고) 왜, 뭔 일 있어요?

직원1   사장님… 고것이, 계엄 땜시 시방 요 앞에 난리가 나가꼬…

수찬   예… 근처에 군인들 있는 건 봤습니다.

직원2   근디, 그 군인들이 건물 안까지 쳐들어온다고…

수찬   (웃고) 아따, 군인이 일반 사무실을 왜 쳐들어옵니까?

직원1   그려도 문이라도 잠가놓는 것이 어떨지. 혹시 모른게…

수찬   (흠, 보다가 부드럽게) 정 걱정들 되시믄, 오늘은 먼저들 퇴근하세요.

직원2   (눈치) 아따, 그런 뜻으로 말씀드린 건 아니고…

수찬   아, 싸게 들어가 보세요. 집에 가족분들 기다릴 거인디… 저도 마무리만 하고 일찍 들어가겄습니다잉.

S#34 길거리 (낮)

모자 눌러쓰고 걸어가는 수련, 대로변 피하려 골목 쪽으로 들어가려다 멈칫 보면.
왜소한 체구에 큰 교복 입은 앳된 남중생, 홍 병장에게 소매 잡혀 끌려가는데…
(cut to) 불쑥 나타나더니 확, 남중생 손을 잡아채는 수련.

수련(E)   아야! 니 여서 뭐더냐!

홍병장   (말없이 보면)

수련(E)   (애써 태연) 저희 막둥이요. 야가 학원 간다더만… 데꼬갈게요잉.

별 반응 없이 지켜보는 홍 병장, 수련 두근두근… 남중생 품에 안
듯 돌아서는데, 그 순간 획! 머리채 잡히는 수련, 고개 꺾이며 쓰
고 있던 모자까지 벗겨진다.

S#35   대로변 (낮)

홍 병장 손길에 바닥에 철퍼덕 엎어지는 수련, 머리 잔뜩 헝클어
져 있고. 수련 옆에는 이미 연행된 사람들 쭈그려 덜덜 떨고 있고.

홍병장   전부 무릎 꿇고 손 뒤로. 대가리 박아. (발로 차며) 대가리 땅에
박아!

수련과 연행자들, 겁에 질린 채 홍 병장 말에 따라 무릎 꿇고 고개
박는다. 고개 숙인 수련의 시야에서 홍 병장의 군홧발만 보이고.

홍병장   언제 도착해.

무전(F)   5분 뒤 도착합니다.

홍병장   5분? 하 씨… (멀리 향해) 야이 새끼들아! 뭐해! 저거 안 잡아?

그때 불쑥 수련 시야로 들어오는 군화 아닌 구둣발, 목소리만 들
리는 채로…

최순경	다녀오씨요. 여긴 지가 지키고 있겠습니다.

홍 병장, 바로 달려서 시야에서 사라지고… 수련, 계속해서 고개 숙이고 있는데 쭈그려 앉아 수련을 흔드는 최 순경, 다급히 속삭인다.

최순경	갔소. 일어나요. (그대로 있자) 아, 고개 들어봐요.

겁에 질린 수련 조심스레 고개 들어 보면, 주변 눈치 살피고 있는 최 순경.

수련(E)	…순경 아저씨?!
최순경	(급히) 다들 일어나요. 요짝은 이미 군인들 쫙 깔렸응께, 저짝으로 뛰씨요! (다들 망설이자) 아따, 뭣들 해. 싸게 도망들 가라고!

수련과 연행자들, 주춤주춤 일어나 최 순경이 가리킨 방향으로 도망치기 시작하고.
달리던 수련, 최 순경 마음에 걸려 멈칫 돌아보면… '계속 뛰어!' 손짓하는 최 순경. 수련, 망설이다 다시 뒤돌아 뛰기 시작한다.

S#36 길거리 (낮)

온 힘을 다해 달리는 수련, 뛰어온 대로변 쪽 초조히 돌아보는데… 그때 옆에서 홱 잡아채는 손길! 수련, 놀라서 보면… 굳은 표정의 수찬이다.

수련(E)   (얼어붙는) 오빠…!

S#37   수찬 사무실 (낮)

빈 사무실에 단둘이 있는 수찬과 수련.

구급상자 꺼내는 수찬, 소독약 등 꺼내면서 최대한 감정 누르며
말한다.

수찬   어젯밤엔 서울에 있담서. 매제랑 같이 내려온 거여?

수련(E)   (잠시 망설이다) 어… 오늘 아침에, (하는데)

수찬   또, 또 거짓말! 시방 누굴 바보로 알어?

수련, 분노에 찬 수찬 놀라 보다가… 굳게 마음먹은 표정으로 말
한다.

수련(E)   안 되겠다 싶음 내려오라매. 그래서 내려왔어.

수찬   (기가 찬) 나가 내려오란 것이… 이라고 데모나 하라고, 저 난리통
한복판에서 설치고 다니란 뜻인 줄 알어?

수련(E)   데모 안 했고, 설치고 다니지도 않았어.

수찬   설친 게 아녀? (다친 곳 가리키며) 피 철철 흘리면서 군인한테 쫓기
고 있었으면서, 설친 게 아녀?

수련(E)   밖에 시방 정상 아니여. 겨우 중학생 될까 말까 한 애기가 군인한

테 끌려가는디… 오빠였음, 그냥 보고만 있었겠어?

수찬　　글믄, 니가 끌려가는 건 괜찮고? 마주친 것이 내가 아니라 황 과

　　　　장이었으믄 니 어쩔뻔했어.

수련(E)　오빤 이 마당에도 황 과장이 무섭냐? 왜, 사업 잘못될까 봐?

수찬　　너, 니가 잘못될까 봐!

수련(E)　(놀라 보면)

수찬　　엄니 돌아가실 때 나한테 남기신 말 딱 하나여. 수련이 니, 엄니

　　　　대신 잘 챙겨달라고. 이깟 사업이야 정리하믄 그만이지만, 니 잘

　　　　못 되믄… 아버지 저러고 누워 계신디 니까지 잘못 되믄, 대체 난

　　　　어찌 살라고.

수련(E)　(말문 막혀 글썽이면)

수찬　　(타이르듯) 집으로 가자, 응? 니 말대로 비정상적인 상황인 거믄,

　　　　사태 가라앉을 때까진 집에서… 다른 방법을 찾아보자고, 잉?

수련(E)　(보다가, 마음먹고) 다른 방법은 오빠가 찾아줘. 난 안 가.

수찬　　수련아. 시방 니가 저 사지에 뛰든다고 해서 뭘 바꿀 순 없어.

수련(E)　바꿀 순 없어도, 내가 할 수 있는 일들은 있어. (나가려며) 아부지한

　　　　테는 그냥 서울에 있다고 해줘.

수찬　　이수련!

수련(E)　(멈춰 보면)

수찬　　니 시방 나가믄, 나 더는 니 가족으로 생각 안 해.

수련, 아프게 보다가 그대로 나가면… 수찬, 슬픔과 배반감으로

닫히는 문 바라본다.

S#38   광주병원 응급실 (낮)

대형 종이테이프와 매직을 건네는 병철. 환자 소독하던 희태, 이게 뭐냔 듯 보면.

병철   황희태 씨. 빨간 약일랑 고쯤 바르고, 요걸로 트리아지* 좀 하씨요.

희태   네?

병철   대충 증상이랑 이름, 나이 써서 환자 몸에 붙여노라고. 무연고 환자는 뭐 대충 이름 만들어 적든가. 응급 수술 필요한 환자는 바로바로 얘기하고잉. (가려면)

희태   (따라가며) 아니, 선생님. 저 인턴 수련도 안 했습니다. 절 뭘 믿고…

병철   국시 치렀담서. 실기 시험이랑 똑같은 거여.

희태   이건, 모의 환자가 아니잖아요. 저 아직 환자 책임질 능력 없습니다.

병철   책임질 능력은 나도 없는디?

희태   (말문 막혔다가) 아뇨, 못 하겠습니다.

병철   걍 해. (고갯짓으로 가리키며) 아, 그짝이 저거보단 나을 거 아녀.

희태, 병철 시선 따라 보면, 딱 봐도 어린 예과생, 환자 앞에서 테이프 들고 어버버…

병철   실수 좀 혀도 책임 안 물을랑께, 부탁 좀 합시다잉? (가면)

• triage (치료 우선순위를 정하기 위한) 환자 분류

아… 손에 든 종이테이프와 매직을 긴장으로 내려다보는 희태,
막막한 한숨.

(cut to) 머리에 피 흘리며 신음하는 환자를 살펴보는 희태, 잔뜩
긴장했고.

희태, 너무 많은 걸 생각하느라 잠시 가만히 멈춰 심각하게 환자
보고 있으면…

곁에 서서 기다리다가 답답해진 민주, 희태 시야로 손 휙휙 흔들
어 재촉하며.

민주   환자 숨넘어가겠소. 어찌게, 뭐 CT 찍어요? (재촉) 찍어요?!

희태   예, 그, 브레인CT 체크 해주시고… (테이프에 글씨 쓰며) 어… NS로
         노티해주시고요. 아! 세미 파울러씨 체위 유지해주세요.

민주   (답답해 투덜) 오메, 내 숨도 같이 넘어가겠네. (침대 세우면)

눈치 보는 희태, '조영훈, 34, head trauma'라 쓴 테이프 찍, 환
자 배에 붙인다.

(cut to) 눈 심하게 다친 환자 살피는 희태, 으… 하고 경직되어 살
피다가 옆을 보면, 희태보다 더 겁먹어 있는 인영, 다친 환자 괴물
보듯 얼어붙어 서있고.

희태   선생님… (톡) 저, 인영 씨? 괜찮으세요?

인영   (뒤늦게) 예? 아, 예예!

희태   (테이프에 적으며) 일단은 브레인CT랑… 오비탈CT MRI 먼저 찍
         어주시고, OPH 컨설트 넣어주시면…

인영	(넋 나가 끄덕이다가) 저, 죄송한디 한 번만 다시…
희태	(또박또박) 브레인CT랑 오비탈CT MRI요. OPH컨설트 넣어주시고요.

희태 테이프 찍, '서용숙, 25, Orbital Fx' 써서 환자 몸에 붙인다.
(cut to) 의식 없는 환자(파란 옷) 보면서 어… 펜 들고 잠시 고민하는 희태,
답답한 민주, 땅이 꺼지라고 한숨 쉬며 눈치 주면 희태 후다닥, 테이프에 글씨 쓰고.
'파랑남, 20대, Head Trauma' 쓴 테이프 환자 몸에 붙여진다.
각종 증상 쓴 테이프들 환자 배와 가슴, 머리 등에 붙여지는 장면 컷컷컷 넘어가고.
(cut to) 명희, 환자 혈압 살피고는 옆을 지나가던 인영에게 얘기한다.

명희	인영아. 여 환자 NS 하이드레이션이랑 도파 걸어줘.
인영	예!

명희, 새로 들어오는 환자 향해 뛰어가면 동시에 환자 분류하러 다가오는 희태.
정신없이 일했는지 진이 다 빠져있는 희태 모습에 명희, 걱정스레 보면…
흥… 원망스러운 듯 명희 흘기곤 새침하게 고개 돌리는 희태.
어휴, 저… 명희, 환자에게 다가가 상처 부위(허벅지) 살피고는 어?

명희	(놀라) 희태 씨 이거… 자상 같은디?
희태	…자상이요? (상처 살피고)
이송원	대검에 찔렸단디. 시방 밖에서 대기하는 환자들도 자상 환자들이요.
희태	(다급) NS 달고 외과 호출해주세요. 수술방 가능한지 보고 올게요.
명희	예.

S#39 응급실 스테이션 (낮)

스테이션에 환자 보호자들 와글와글 분주한데. 간호사들 정신없이 전화 받고. 민주에게 메모지 건네며 지시하는 병철에게 초조하게 다가가는 보호자.

병철	요 순서대로 수술실 보내고, 요 환자는 급한 대로 슈쳐만…
보호자	선생님. 김봉석 환자는 시방 언제 수술받는 거대요?
병철	(메모지 보고) 김봉석… 아, 예. 안 그래도 인자 순서 됐네요.

병철, 다시 환자 보러 가면… 희태, 메모지 든 민주에게 뛰어와 말한다.

희태	(급히) 선생님. 응급 수술해야 할 거 같습니다. 허벅지 대퇴동맥에 자상 환자고… (하는데)
보호자	뭐여. 니가 뭔디 수술 순서를 바꿔?
희태	죄송하지만, 수술은 위급한 순서로…

보호자	(멱살 잡고) 누군 안 위급해?! 시방 우리 아들도 한시가 급하다고!
희태	(최대한 차분히) 이 환자는 지금 수술 안 받으면 죽습니다.
민주	(말리며) 아따, 보호자님. 일단 이거 좀 놓고…
보호자	(멱살 흔드는) 니가 신이여? 니가 뭔디 순서를 정해야! 우리 애기 시방 수술 못 받아서 잘못되믄 니가 책임질 거여? 책임질 거냐고?!

희태, 보호자 말에 안 그래도 아픈 곳 쿡 찔리고… 흔들리는 눈빛으로 보기만.

재빨리 다시 달려온 병철, 희태에게서 보호자 떼어놓으며 말린다.

병철	진정 좀 하씨요! 자꾸 이러시믄 아드님 수술만 더 늦어져! (보호자 데려가며) 황희태 씨, 인자 트리아지는 됐응께 다시 경환구역으로 가요.

희태, 처참한 기분으로 돌아서는데… 근처에서 지켜보던 명희와 뒤늦게 눈 마주친다. 명희, 안쓰럽고 미안한 감정으로 보면. 희태, 이 상황 그저 원망스럽고, 창피하다.
희태 무표정하게 명희 옆을 스쳐 지나가면… 희태 뒷모습 걱정스레 보는 명희.

S#40 광주병원 응급실 (낮)

가라앉은 기분으로 봉합세트 손에 들고 병상으로 가는 희태, 차트 보면서…

희태　　　김보연 님, 상처 소독하고 봉합할게요.

진아　　　희태 오빠?!

희태　　　(그제야 보고 놀라) 진아야!

시간 경과. 찢어진 보연의 이마를 꿰매는 희태 옆에서 진아 끊임없이 쫑알쫑알.

진아　　　(턱 괴고 하트눈) 웬일이래, 진짜. 희태 오빠 가운 입은 걸 다 보고. 주변이 뽀오얗고 몽롱한 것이… 요런 게 아우라인가? 하, 카메라 가져오껄… 여 매점에 일회용 카메라 팔라나?

보연　　　(창피해 속삭이는) 좀 닥쳐…

희태　　　진아 너 또 땡땡이치고 시내 나갔지? 지금 시국이 어느 땐데.

진아　　　아녜요! 땡땡이면 억울하지라도 않지. 아이, 학원 갔는디 원장쌤 뚜들겨 맞고 있길래 놔달라 좀 한 거가꼬 군인들이…

희태　　　(황당) 군인이 왜 학원에… 원장쌤은 또 왜 뚜들겨 맞고 있어?

진아　　　몰라요. 암튼 시방 밖에 난리도 아니에요, 오빠.

희태　　　(흠, 찜찜한데) 봉합은 다 됐고. CT 차례 되려면 시간 좀 걸릴 거야.

진아　　　오메…! 이 오바로크 좀 봐야. 오빠, 이 정도믄 거의 미싱 아녜요?

희태　　　(피식, 도구 정리하다가) 근데, 진아 넌 어디 다친 데 없어?

진아　　　없어요! 저야 요 둔탱이랑 다르게 워낙에 재빨라 가꼬.

보연　　　니도 대가리 맞았잖애. 딱 소리 나게.

희태　　　(멈칫, 보며) 머리 맞았어?

진아	별거 아니고요. 걍 수업 시간에 졸다 맞는 정도로다가 딱.
희태	(다가가며) 어디 봐.

희태, 가까이 다가가 진아 얼굴 잡고서 여기저기 살피면… 헉, 잔뜩 긴장한 진아.
희태, 눈동자 살피더니 손가락 하나 들면서 '여기 봐봐' 하고 움직이는데. 생각지 못한 아이컨택에 새빨개지는 진아, 코피 주룩…
희태 헉 놀라고.

진아	(손으로 코피 슥) 오메오메… 이게 왜…
보연	(쪽팔려) 야이 미친… 친구가 디져가는디, 흥분해서 코피를 쏟아야?
진아	(투덕투덕) 디질래? 오빠, 저, 그, 제가 흥분한 것이 아니고…
희태	(심각히 보다가) 진아 너도 검사받고 가. 저쪽에 명희 씨 있으니까, 가서 접수부터 하고.
민주	(지나가며 급히) 선생님, 여기 환자도 봉합 좀 해주씨요잉.
희태	네. (자리 뜨면서 당부) 알았지? 검사받고 가. 꼭!

S#41 나주집 마당 (낮)

현철 마당으로 나오는데, 장바구니 든 순녀 '오메, 세상에…' 중얼거리며 들어온다.

현철	왜, 또 뭔 일이여?

순녀	아니, 나가 시방 저녁찬 사러 쩌, 새로 생긴 슈퍼 갔다가… 거기 주인이 광주 사람인디, 광주에 시방 난리가 났다는 거여.
현철	(멈칫) 광주? 뭔 난리가 났는디?
순녀	광주 바닥에 군인이 쫙 깔려가꼬, 꼭 뭐 전쟁 난 거 같다던디?
현철	거, 헛소리 참… 아, 전쟁이 나믄 최전방에서 나지, 왜 광주서 나?
순녀	모르제. 암튼 군인들이 막 젊은 애기들 때리고… 난리도 아니래요.
현철	(내심 걱정되고) 그, 명수한텐 전화해 봤어?
순녀	안 그래도 전화해본께, 최루탄 연기 매워가꼬 합숙소 안에만 있단디.
현철	그 뭐, 거시기 계엄인가 뭔가 땜시 대학생들이 데모들 하나 보네.
순녀	당신도 내일 장 나가지 말고 집에 있어요잉. 괜히 험한 꼴 볼라.
현철	아따, 데모할 때마다 쉬믄 굶어 죽게. 쓸데없는 소리 말어. (가면)
순녀	하이튼 저 고집 저거… (걱정스럽게 보는)

S#42 광주병원 응급실 (낮)

희태, 보연 병상 쪽으로 다가와 보면… 보연 혼자 병상에 앉아 있다.

희태	(서류에 이름 보며) 보연이? CT 찍으러 이동할게. 진아는?
보연	잠깐 저희 집에 전화해주러요.
희태	(문득 미심쩍고) 진아 얘… 접수는 했어?

S#43 광주병원 로비 (낮)

진아 잡으러 희태 나오는데, 공중전화에 줄 선 사람 중 진아는 안 보이고. 어디 갔지? 희태 의아해 갸웃하는데… 마침 수액들 들고 가던 인영 발견하고서

희태   저, 혹시 여기 말고 공중전화 또 있나요?

인영   (어… 생각하곤) 별관 가시믄 있어요. 쩌기 통로 지나서.

희태   아, 감사합니다. (가는)

S#44 광주병원 별관 통로 (낮)

별관으로 향하는 통로를 홀로 걸어가는 희태, 혼잣말로 툴툴거린다.

희태   그렇게 검사받고 가래도 말을 안 들어. 하여튼 그 집 사람들은 고집들이…

희태, 이어지는 길 걸어가며 무심코 보면… 한쪽에 쓰러진 사람의 모습! 진아다.

희태   (다가가 살피는) 진아야!

희태, 의식 없는 진아 들쳐업으려다 쎄해서 멈칫, 진아 코와 목에 손대보면… 심정지 상태고! 핏기 싹 가시는 희태, 놀라서 움찔 진

아에게서 손 거둔다.

희태, 의식 잃은 진아 모습에 과거 석철의 심정지 장면(4화) 겹치듯 떠오르고… 두려움과 트라우마로 순간 얼어붙는 희태, 패닉으로 한발 물러서며 주변 향해

희태   (크게) 아무도 없어요?!

그러나 아무도 없는 통로. 잠시 어찌할 바 모르고 떨던 희태, 다시 진아 보면… '오빠!' 하며 자신을 반기고, 작곡 노트 내밀던 진아 과외 때 모습 떠오르고.

진아(E)   이번 여름방학 때, 서울 구경시켜주세요!
경수(E)   희태야. 살려. 살려야 돼, 꼭.

희태, 자신 안에 휘몰아치는 갈등 잠재우려는 듯 눈 질끈 감았다가 뜨고는 마음먹은 듯 진아를 바로 눕혀 다급하게 CPR 하기 시작한다.

S#45   광주병원 응급실 (낮)

드레싱 따위 마치는 명희, 겨우 한숨 돌리며 응급실 휘 훑으면 희태 보이지 않아 의아하고. 명희, 마침 옆을 지나가는 인영에게

명희   인영아. 혹시 희태 씨 봤어?

| 인영 | 아까침에 전화한다고 별관 쪽 가시던디. |
| 명희 | (의아) 전화? 스테이션에 전화 두고 왜… |

S#46 광주병원 별관 통로 (낮)

땀 뚝뚝 흘리며 CPR 중인 희태, 중간중간 짧게 석철 CPR 하던 장면 떠올리고. 울먹이는 희태, 있는 힘 쥐어짜 CPR 이어나가며 간절하게 읊조린다.

| 희태 | 진아야. 같이 TBC 가자며. 돌아와, 제발. |

그때 통로 끝 어딘가에서 문 여닫히는 인기척 소리 들려오면, 희태 다급히 외친다.

희태	여기요! 여기 좀 도와주세요!
명희	(뒤늦게 다가와 보고 놀라) 희태 씨?!
희태	(울컥) 명희 씨! 사람, 사람 좀 불러주세요!

명희, 급히 뒤돌아 뛰어가고. 다시 혼자 남은 희태, CPR 이어가며

| 희태 | 진아야, 좀만. 좀만 더… (하는데) |

그 순간 허억…! 거칠게 호흡 돌아오는 진아. 놀란 희태, 빠르게 목 경동맥 확인하고.

명희와 병철 등 의료진들 급히 통로를 달려오는 모습에서…

S#47   광주병원 수술실 앞 (저녁)

수술실로 옮겨지는 진아. 명희와 희태, 함께 이동 침대 밀며 따라
가고. 희태, 함께 침대 미는 신경과 의사 향해 필사적으로 진아 상
태 보고한다.

희태   4시간 전 곤봉에 의한 구타 있었고, 환자 몽롱함, 두통 호소 후 코
         피 보였습니다. CT 결과 경막외출혈로 인한 혈종, ICP 상승한 거
         같고, GCS 3점입니다.

신경과의   빨리 진행해야겠네.

의료진들과 진아 수술실 들어가고 문 닫히면, 그제야 다리 풀려
주저앉는 희태.
명희, 부축해 일으켜주려다가… 덜덜 떨리는 희태 손 보고 그대
로 꽉 잡아준다.

S#48   길거리 (저녁)

수련과 선민, '으으' 신음하는 길거리의 부상자 리어카에 실어 눕
히고. 수련, 다시 부상자를 찾아 거리 살피다 멈칫… 골목 쪽을 불
길하게 바라보는데.

S#49   골목길 (저녁)

수련 조심스레 골목 들어가 보면, 구석에 사람 쓰러져 있다.
쓰러진 사람 얼굴 쪽 다가가 보고는 윽… 참혹함에 구겨지는 수련의 표정.

수련(E)   (골목 밖 향해) 이짝이요! 여기도 사람 다쳤어요!

그때, 쓰러진 사람 마지막 힘 쥐어짜듯, 일어나던 수련의 소매 끝 손으로 잡고. 이에 수련 멈칫하며 보면, 소매 잡았던 손이 툭 땅으로 떨궈지고…
수련 그 손바닥 보면… 유성펜으로 쓰다만 전화번호 적혀있다.
그 사람이 최 순경임을 깨닫는 순간, 놀라 두 손으로 입 막으며 얼어붙는 수련.

S#50   수찬 사무실 앞 (저녁)

퇴근하는 수찬, 한두 방울씩 떨어지는 비에 잠시 서서 하늘 보다가 한숨. 서류 가방으로 머리 가리며 나서려다… 인기척에 옆 바라보곤, 미간 찌푸린다. 교복 입은 어린 여학생 세워놓고 곤봉으로 쿡쿡 찌르며 희롱하는 군인 둘의 모습.

여학생   (울먹) 제발 이러지 마세요…
공수2   (낄낄대며) 뭘 자꾸 이러지 말래. 우리가 뭐 했냐?
수찬(E)   그만들 하씨요.

군인들, 목소리에 뒤돌아보면… 다가와 점잖게 말리는 수찬.

수찬   딱 봐도 어린 학생인디, 어찌들 이라고 희롱하십니까.
공수2 뭐야, 넌.
수찬   (명함 꺼내며) 보내주십쇼. 이 학생 신원은 나가 보장할랑께…

순간 공수2, 개머리판으로 수찬 머리 후려치고!
쓰러지는 수찬에 달려드는 군인들, 그 모습에 여학생 비명 지르
는 모습에서…

S#51   **광주병원 일각 (밤)**
수술실 근처에 초조히 기다리는 희태에게 다가오는 명희. 희태,
철렁해서 보면…

명희   수술 잘 됐고, 바이탈 안정적이에요. 방금 회복실 올라갔어요.
희태   (안도하며 작게) 감사합니다…
명희   CPR 좀만 늦었음 힘들었을 거래요. 진아… 희태 씨가 살린 거
      예요.

그 말에 희태, 가슴 깊숙한 데서 밀려오는 감정으로 눈시울 붉어
지고.

S#52   광주병원 부원장실 (밤)

직원들 부원장실에 모여 설왕설래하는 가운데, 책상에 앉아 고민하는 부원장 병걸.

직원1   시방도 병상 모자라 로비에 매트 깔고 있는디 어찌 환자를 더 받아?

직원2   아이 근다고 이 상황에 환자를 안 받을 순 없잖소!

직원1   부원장님! 신원 모르는 환자가 반 이상입니다. 치료비도 문제지만은, 군인들이 의사들도 한패라고 병원도 공격한답디다.

병걸   (묵묵히 듣고 있다가) 환자를 안 받으믄, 고것이 병원이여?

직원1   (놀라) 부원장님!

병걸   정문 닫고 환자 받어. 군인들 본께 수술실 응급실 빼고 다 소등허고.

S#53   광주병원 일각 (밤)

희태 옆에 다가와 앉는 명희, 우유와 빵 따위를 건넨다.

희태, 생각 없단 듯 고개 저으면 명희, 단호한 손길로 희태에게 빵 쥐여주면서

명희   생각 없어도 먹어요. 종일 굶었잖애.

희태   (저 고집… 힘없이 작게 웃고)

명희   희태 씨 진짜로 감이 좋은가 봐요. 나도 아까 진아 보고, 잠깐 얘기도 했는디… 전조증상은커녕 다친 줄도 몰랐어요, 평소랑 똑같

애서.

희태 말했잖아요. 인간 카나리아라니까…

명희 (피식 웃고, 짠하게 보다가) …미안해요.

희태 뭐가요?

명희 괜히 나가 고집부려가꼬… 희태 씨 괴로운 일 겪게 해서요. 어제도, 오늘도, 희태 씨 예감대로 떠났음… 이런 일 안 겪었을지도 모르는데.

희태 명희 씨 그 고집 덕분에… 진아가 살았잖아요.

명희 (보면)

희태 난 태생이 위험을 미리 피하는 사람이고, 명희 씨는 벼락이 쳐도 자리를 지키는 사람이에요. 어쨌든 명희 씨 덕분에 난생처음 도망치지 않아서, 진아가 쓰러질 때 옆에 있을 수 있었어요. 그러니까, 진아는 명희 씨 고집이 살린 거예요.

명희 (픽 웃고) 벼락 또 맞아서 어짠대.

희태 뭐… 맞는다고 죽진 않네요.

명희, 그 말에 희태 애틋한 미소로 보다가… 문득 희태 손목에 시계 보고는

명희 약속한 시간 다 됐는디. 인자 슬슬 역으로 출발할까요?

잠시 대답을 망설이는 희태. 명희, 그런 희태를 의아하게 보면.

희태 인간 카나리아로서 한 말씀 드리자면, 자상 환자가 많아진 건 절

대 좋은 징조가 아니에요.

명희   (보면)

희태   그래도… 급한 불 <u>끄고</u> 가요. 진아 눈뜰 때까지만.

명희   괜찮겠어요?

희태   (괜히 능청) 몰라요. 벼락 맞고 겁대가리 상실했나 봐.

그 말에 웃으며 희태 보던 명희… 말없이 손 뻗어 희태의 손 잡고.
그런 명희의 손을 더 힘주어 꽉 잡는 희태의 손.

희태(Na)   함께라면 감당할 수 있을 것 같다는 믿음… 모든 전조를 이기는,
그 알 수 없는 믿음 하나.

S#54   보안대 앞 (밤)

군용 지프 따위에서 내리는 군홧발… 최 대령, 여유 있게 보안대
건물 올려다보고.
막 소식 듣고 밖으로 나온 기남, 최 대령 향해 긴장으로 경례 올리
는 모습 위로.

희태(Na)   그러나 미처 알지 못했다. 그 벼락 역시 단지 전조였을 뿐…

S#55   전남대 일각 (밤)

앞에 나와 뭔가를 받아 가는 경수, 자리로 돌아가며 손바닥 펼치

면… 실탄이다. 지금 받은 실탄을 불안하게 바라보는 경수 표정
에서…

희태(Na)   실제로 우리 앞에 다가오는 건 거대한 태풍이었단 것을.

S#56   광주병원 일각 (밤)

복도 어딘가에서 '소등하겠습니다' 하는 직원 외침과 함께 병원
곳곳 불 꺼지고.
희태와 명희 비추던 전등도 꺼지며, 어둠 속에 함께 손잡은 두 사
람 실루엣 위로…

희태(Na)   그리고 그 태풍 앞에서 우리가 할 수 있는 건 오로지, 날아가지
않게 서로의 손을 잡는 것뿐이었다.

9화 END

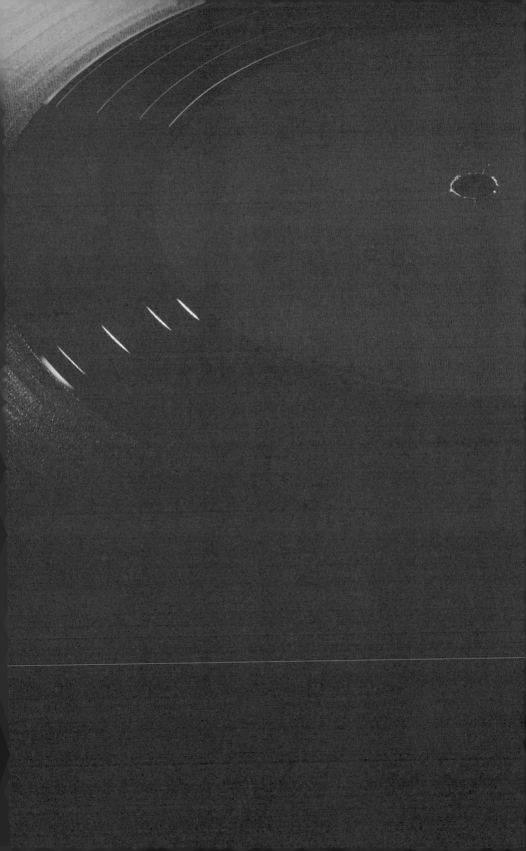

제10화

선, 위선, 최선

S#1　　**서울 다방 (낮/과거)**

희태와 경수 마주 앉은 음악다방, 쇼팽 왈츠 7번 흘러나오고…

희태 누구랑 다퉜는지 음료로 맞은 데 식히고 있으면, 걱정으로
보는 경수.

경수　　그러게 왜 자꾸 시비를 거냐. 괜히 애들이 너 나쁘게 보잖아.

희태　　그러든지 말든지. 아니, 생각할수록 어이없네. 위에 선배가 몇인
데 너더러 데모를 일으키래? 다 지들 남산 가기 싫어서 떠넘기는
거라고.

경수　　내 선택이야. 누가 시켜서 하는 거 아니고.

희태　　(질려서) 투사 납셨네, 아주. 하여튼 마음에 드는 구석이 없어. 맨
날 호구나 잡히면서 뭐 좋다고 실실… 음악 취향은 또 왜 저래?

경수　　뭐, 듣고 싶은 곡 신청하라매. 별걸 다 꼬투리야…

희태	(질색) 어우, 안 맞아. 안 맞아.
경수	(뾰로통) 맨날 그렇게 안 맞는다면서, 나랑 듀오는 왜 하냐?
희태	(허, 보다가) 왜일 거 같냐?
경수	가사 쓸 사람 없어서겠지, 뭐.
희태	(비웃음) 너 아니어도 가사 쓸 애들 쌔고 쌨거든?
경수	그럼 뭐… 착해서?
희태	(경악) 지 입으로 착하대…
경수	(민망) 너 빼곤 다들 그래. 착하다고, 선해서 좋다고…
희태	김경수. 착각하지 마. 넌 선한 사람이 아니야.

각 잡고 진지하게 말하는 희태의 말에 경수, 의아하게 보는 모습
에서…

S#2   계엄군 주둔지 (아침)

군인들 총기와 대검 점검하는 등 분주한 와중에, 경수도 실탄 장
전하고 있다. 막사 밖 어디에선가 멀리 들려오는 라디오 소리, 앞
장면의 왈츠 흘러나오면… 장전하던 손길 멈칫하는 경수, 총알을
쥔 상태로 음악에 귀 기울인다.

| 중사 | 새끼들이, 놀러 왔어? 빨리빨리들 안 해?! |

움찔하는 경수, 마지막 총알 차마 장전 못 하고 만지작거리고.

광주병원 일각 (아침)

걸어가던 희태, 병원에 누군가 틀어놓은 라디오에서 같은 곡 흘러나오면 멈칫…

잠시 그대로 서서 음악에 귀 기울이며 생각에 잠기는데.

명희   (빼꼼 나타나) 희태 씨, 구급차 와요.

희태   네.

희태, 다시 환자 받으러 바삐 달려가고. 음악 계속 흐르며, 타이틀 오른다.

[Track 10. 선, 위선, 최선]

S#4   YWCA 로비 (아침)

아성과 부용을 비롯한 학생회 대학생들, 한쪽에서 회보 제작하고 있고. 제조한 화염병들 옮기던 진수, 멀리 누군가를 보고 경계로 멈칫하면…

(cut to) 쭈그려 앉은 수련, 의료품들 개수 세면서 상자에 옮겨 담고 있는데. 그 앞으로 저벅저벅 다가와 서는 진수의 발. 수련, 올려다본다.

진수   여긴 어쩐 일이냐? 결혼하러 서울 간 거 아녔냐?

수련   (보다가, 마저 일하며) 의료품만 챙기고 바로 갈 건께, 신경 꺼.

진수   왜, 느그 시애비가 여기도 염탐하라고 시키든?

수련   …뭐?

진수   내 말이 틀려? 뭔 저승사자도 아니고, 다 니만 만났다 하면 족족
       사라지잖애. 혹시 혜건이도, 니 만나고 사라진 거 아니냐?

선민(E) 가 아니고 나여.

       수련과 진수, 목소리에 돌아보면… 붕대 따위 한 아름 들고 오는
       선민.

선민   혜건이 사라지기 전에 만난 거, 나라고. (붕대 상자에 넣으며) 글믄
       뭐, 나도 저승사자냐? 예비검속 화풀이를 왜 엉뚱한 데다 해?

진수   거야 애 약혼자가…

선민   (O.L) 애 집 나왔어.

진수   (내심 놀라) 뭐?

선민   몰골 딱 보믄 모르냐? 얘나 나나, 시방 며칠째 쉬지도 못하고 구조
       작업 중이여. 긍께 괜히 힘 빼지 말자고. 같은 맘 가진 사람들끼리.

       진수, 머쓱해져 보다가 돌아서고. 수련, 내심 뭉클해져 선민을 바
       라보면…
       애써 더 태연히 '야, 붕대 요것밖에 없단다' 퉁명스레 떠드는 선민.

S#5   **수련 집 주방 (아침)**

고모, 주방 한쪽에서 가정부와 걱정스럽게 속닥거린다.

고모   이라고 연락도 없이 안 들어올 아가 아닌디, 수찬이가… (한숨) 일
              단 오빠한텐 말하지 말고, 나가 아는 서장 통해서 함 알아볼 텐
              께…

창근   (불쑥 나타나며) 뭣을 알아봐?

고모   오메! 뭔 기척도 없이 다녀야. 애 떨어지겠네.

창근   아침 댓바람부터 뭔 일이여?

고모   아따, 오빠 몸은 좀 괜찮나 보러왔제.

창근   유난은… (보고는) 수찬인?

고모   (가정부와 시선 교환) 거시기, 그, 출근했제. 아까침에.

창근   벌써? 어젠 나 자도록 안 들어오드만, 얼굴 보기 힘들구마… 신
              문은?

가정부   (눈치) 그, 오늘은 신문이 안 들어와가꼬…

창근   뭔 소리여 그게? 신문이 왜… (하는데)

고모   (수습) 거시기 거, 수찬이가 출근함서 가져가부렀나? 아줌마, 뭐대
              요! 싸게 그, 식사 차려드리잖고.

가정부   아, 예, 예!

뭔가 숨기려는 듯 허둥지둥하는 두 사람 모습에 창근, 수상하게
보는데.

S#6　　**광주병원 응급실 (낮)**

희태, 자연스럽게 위생장갑 끼고 L-tube 포장 벗긴 후, 능숙하게 삽입 진행하고.

멀찍이서 약품 분류하며 희태 지켜보는 간호사들, 저들끼리 소곤댄다.

민주　　어떻게, 이틀 일한 황희태 씨가 인턴 반년 한 우리 송 쌤보다 콧줄을 잘 넣네잉. 벌써 적응 다 끝내부렀어.

간호사1　그러게 말여. 역시 그, 수석합격자라…

그 옆에서 바삐 환자 수액 갈던 명희, 두 사람 대화 엿듣곤 흐뭇한 듯 픽 웃는데.

병철, 그런 명희와 간호사들 쪽으로 다가오면서 얘기한다.

병철　　시방 일 없으신 분 아무나 김덕배 환자 좀 봐주씨요잉.

민주　　(꺼림칙) 김덕배면 그, 착란증 심한 환자요? 다 뚜들겨 패는?

병철　　잉. 증세가 영 안 나아지네. 진정제 추가 투여하고, 소변줄도 좀 꽂아주쇼잉. (가면)

민주와 주변 간호사들, 아무도 나서기 싫은지 괜히 눈치만 보고 있으면…

수액 속도 조절하던 명희, 그런 동료들 분위기 파악하고서 심상하게

명희	제가 할게요.
민주	(반갑고) 어… 그럴래?
희태	(불쑥 나타나) 명희 씨, 뭐해요?
명희	예?
희태	같이 신환 받아야죠. 지금 구급차 온대요. 위급 환자래.

희태, 명희 손 잡아끌며 자연스럽게 응급실 빠져나가면… 벙쪄서
보는 간호사들.

민주	(떨떠름) 적응을… 너무 잘했네.

S#7 광주병원 앞 (낮)

희태, 명희와 나란히 서서 구급차를 기다리면서 투덜거린다.

희태	몇 번을 말해요. 안 시키면 나서지 말라니까? 왜 자꾸 궂은일을 자처해요.
명희	뭐 일을 따져가며 해요. 그냥 할 수 있응께 하는 거제…
희태	그럼 뭐 딴 사람들은 할 수 없어서 안 하나? 다 하기 싫어서 안 하는 거예요. 명희 씨 자진할 거 알고 은근히 떠넘기잖아, 다들.
명희	희태 씨도 궂은일 나서서 하잖아요. 어제 창문 매트리스 작업도…
희태	(기차서 허!) 내가 그걸 좋아서 했겠어요? 창문에서 총알 날아오는데? 명희 씨가 하겠대서 한 거예요. 내가 안 하면 명희 씨가 하니까. 제발 앞으론 무작정 손들기 전에 내가 하는 일이라 생각하고…

명희	아유, 알았응께 잔소리 좀 고만해요.
희태	잔소리…! (혈압) 이게 다 명희 씨 생각해서…
명희	(말 막듯) 저기, 환자 오네, 환자!

희태, 명희 흘기면서 구급차 쪽으로 따라가 환자 받는다.
두 사람 다가가 환자 보면, 손과 배에서 피 흘리는 소년 고통스러
워하고.

이송원	(다급히) 환자 열여덟 살이고요. 손하고 하복부에 총상이요.
희태	(놀라) 총상이요?

S#8 광주병원 응급실 (낮)

명희, 총상 입은 복부 젖은 거즈로 메꿔주면 소년 고통스러워 신
음하고. 그 사이에 외과의, 심각하게 소년 상처 살피더니 주변 의
료진들에게 다급히

외과의	바로 수술방 갑시다. 피 넉넉히 준비해주씨요.

명희와 손 바꾸는 외과의, 병상 밀고 가면… 남은 의료진들 그 모
습 지켜보며

병철	(분노로) 이 썩을 놈의 새끼들… 하다 하다, 나라 지키라고 준 총으로 시민을 쏴?! 시방 말이 되는 일이여, 이게?!

민주	아가 뭔 잘못이 있다고…

술렁이는 와중에, 처치하느라 여기저기 피 튄 명희와 희태 걱정
스럽게 눈 마주치고.

S#9 희태 본가 거실 + 합숙소 (낮)

해령, 거실에서 걱정 가득한 표정으로 통화하고 있다.

해령	정태야. 그냥 잠만 집에서 자. 왔다 갔다 차로 태워다줄 테니까…

합숙소 로비에서 정태, 박 코치 옆에 서서 작게 통화한다.

정태	진짜 괜찮아요. 집에 간 애 한 명도 없어요. 다 여기서 자요.
해령	엄마가 걱정돼서 그래. 아버지가 언제 찾을지도 모르고…
정태	아버진 저 안 찾잖아요.
해령	(철렁하는) …뭐?
정태	…암튼 싫어요. 여기서 잘래요. (박 코치에게 수화기 넘기고 가면)
박코치	(받고, 기계적) 예, 어머님. 저희가 시방 합숙소 안에서만 훈련하고 있어서요. 바깥으론 한 발짝도 안 나간께 정태 걱정은 붙들어 매십쇼잉.
해령	(한숨) 무슨 일 생기면 꼭 연락 부탁드립니다, 코치님.
박코치	예에, 그러믄요. 들어가십쇼. 예에.

수화기 내려놓자마자 또 전화 울리고. 지겨운 박 코치, 자동응답
기처럼 전화 받는다.

박코치   (기계적) 예~ 저희가 시방 합숙소 안에서만 훈련하고 있어서요.
바깥으론 한 발짝도 안 나간께 명수 걱정은 붙들어 매십쇼, 예.

S#10   응급실 스테이션 (낮)

명희 스테이션에서 전화 끊으면, 걱정 가득한 얼굴로 다가오는
희태.

희태   뭐래요. 명수 별일 없대요?

명희   (끄덕) 합숙소 안에서만 있응께 걱정하지 말라고요.

희태   맘 쓰이면, 우리가 데리고 있을까요? 내가 다녀올게요.

명희   (고개 젓고) 괜히 여서 못 볼 꼴 볼 바엔 합숙소가 나아요. 안전하고.

희태   (병원 풍경 휘 보고는 납득, 끄덕이면)

명희   아, 정태 얘길 못 물었네. 희태 씨도 전화 한 번 해봐요.

희태   뭐, 정태한테요? (황당한 웃음) 됐어요. 괜찮겠지, 뭐.

명희   그래도 동생인디, 걱정 안 돼요?

희태   별로.

명희   (보면서 중얼) 남의 집 동생 걱정은 이리고 해주시는 분이…

희태   거야 명수는 우리 일이고. 정태는, 저쪽에서 어련히 알아서 챙겨요.

명희   이 마당에 이쪽저쪽 할 것이 뭐 있대요.

희태   이 마당이니까 이쪽저쪽 해야죠. (시선 느끼고) 왜. 나쁜 놈 같아요?

명희	(중얼) 뭐 나쁜 놈까진 아니고…
희태	선택은 나쁜 게 아니에요. 당연한 거지. 모든 걸 다 챙길 순 없어요.
민주	(다가와 희태에게) 저기, 경환 구역 드레싱 좀…
병철	(동시에 다급히) 황희태 씨! 여기 환자 지혈 좀 도와줘요.

희태, 그것 보라는 표정으로 명희를 보고서 병철 쪽으로 급히 달려가고.
명희, 생각 많아져 희태 간 쪽 보다가 민주에게 '제가 할게요' 한다.

S#11   골목길 (낮)

좁은 골목, 도망치는 시민1을 뒤쫓는 홍 병장과 경수.
달리던 시민1, 쌓여있는 박스 따위 넘어트리면, 재빨리 피하는 홍 병장과 달리 엉거주춤 다리 걸려서 뒤처지는 경수, 흘러내리는 철모 바로 쓰며 뒤늦게 쫓아간다.
(cut to) 홀로 코너를 돌아 쫓아가는 홍 병장, 결국 시민1 덜미 잡아 쓰러트리고.

홍병장	(헥헥) 새끼가, 발이 빨라… (진압하려 억누르는데)

그때 뒤에서 픽! 각목 든 시민2가 홍 병장의 뒤통수를 내리치고!
홍 병장, 윽… 하는 순간 시민1 홍 병장 손길에서 가까스로 빠져나오면.

홍병장	이 새끼들이 미쳤나… (메고 있던 총 고쳐 들면)
시민2	(막으려 총 부여잡고, 시민1 향해) 승권아, 가! 언능!

시민1 눈치 보다가 도망치고. 시민2와 총 잡고 실랑이하던 홍 병장, 힘으로 밀리는 와중에 시민2의 발에 차여서 비틀 쓰러지면 이에 재빨리 올라타는 시민2, 총으로 홍 병장의 목을 점점 내리누르는데. 때마침 헐레벌떡 골목으로 들어오는 경수! 그 광경에 놀라 소리친다.

경수	홍 병장님!
시민2	가까이 오지 말어! 오믄 이 새끼 확 죽여불랑께!
홍병장	이 미친… (목 눌려 켁켁) 김경수, 뭐해… 쏴. 빨리 쏴!

총 드는 경수, 자기 향해 소리치는 시민2와 홍 병장 혼란스럽게 번갈아 보는데…
방아쇠 당기지 못하고 겁먹어 머뭇거리는 경수 모습 위로 총성 (E) 울린다! 시민2 총 맞아 쓰러지고, 경수 놀라서 뒤돌아보면… 총 든 광규의 모습.

S#12 전교사 회의실 (낮)

전교사 부사령관(소장)의 주재로 모인 수습위원회의. 석중과 조 신부도 있고. 조 신부, 부사령관 향해 주장한다.

조신부   군인들 과잉진압으로 무고하게 다친 시민들만 자그마치 수백 명이요. 어젠 사망자까지 나왔소. 당장 공수부대 철수 시켜야 헙니다.

석중   무작정 철수만 한다고 될 일입니까.

조신부   뭐요?

석중   군대가 괜히 투입됐습니까? 투석전에 파출소 방화까지… 격화된 군중들 순화시키는 게 우선이죠.

조신부   (기차서 허) 의원님은 시방, 누구를 대변하러 나오신 겁니까?

석중   우리가 지금 사태 수습하자고 모였지, 편 가르러 모였습니까? 아니면 신부님께선, 특별히 어느 쪽을 대변하러 나오셨나 봅니다?

수습위1   거, 말씀 조심하세요!

부사령관   자, 다들 흥분 좀 가라앉히시고…

순식간에 소란스러워진 회의실. 조 신부, 태연히 미소 짓는 석중을 분노로 보는데.
구석에서 회의 기록하듯 수첩에 끄적이던 조사관2, 슬쩍 일어나 회의실 나가고.

S#13   **보안대 기남 사무실 (낮)**

기남 의자에 앉아 삐걱대는 최 대령. 기남, 최 대령에게 문서 건네면서 보고한다.

기남   오늘 있었던 수습위원회 회의록입니다.

최대령	제 앞이라고 표준어 쓰시는 건가? 안 그래도 돼요. 여기 분이라면서.
기남	…배려는 감사하지만, 표준어가 입에 더 익어서요.
최대령	(회의록 대충 보며) 이거는, 본인이 직접 보고 작성한 거예요?
기남	(잠시 당황) 아뇨. 현장에 상주하는 조사관들이 실시간으로…
최대령	(O.L) 황 과장님. 우린 발로 뛰어야 하는 사람들이에요. 책상에 앉아 보고만 받으면서, 현장 컨트롤을 어떻게 해?
기남	(보다가 미소) 앞으로는 꼭 직접 현장 나가겠습니다.
최대령	위에서 걱정이 많아요. 이번 계엄, 광주 때문에 확대한 거라 해도 과언이 아닌데… 핵심 용의자 놓쳐, 주도권도 저쪽에 다 뺏기고. 혹시 이번 일 사이즈가 버거우신 거면, 제가… (하는데)
기남	아니요. 위에서 지시하신 밑그림은 제 선에서도 충분히 가능합니다.
최대령	(흐응 보다가) 그래요 그럼. 진행 상황 계속 보고하시고. (일어나며) 의자가 좀 별로다. 이런 거 허리 나가요. 나이도 있으신데.

최 대령 미소로 나가면, 꾸벅 인사하는 기남… 닫히는 문을 불쾌하게 보고.

S#14　계엄군 주둔지 (밤)

죄지은 듯 고개 숙인 경수에게서 총 빼앗는 홍 병장, 그 총을 경수에게 겨누고는 방아쇠 당기면… 달칵! 총알 발사되지 않고. 하! 비웃음 띠우는 홍 병장. 탄창 꺼내더니, 거꾸로 끼워진 총알을 경수에게 보이듯 들이민다.

홍병장   총알을 거꾸로 끼워? 너 일부러 이랬지?
경수   죄송합니다.
홍병장   너 여기 빨갱이 지키러 왔어? (탄창으로 때리며) 이러고도 니가 군
        인이야? (발로 차며) 군인이냐고, 이 새끼야!

홍 병장의 폭력에 바닥에 고꾸라지는 경수, 몸 웅크리며 말없이
맞고.

S#15   계엄군 주둔지 일각 (밤)
무거운 표정으로 보초를 서는 광규, 얼굴 터진 경수 다가오면, 애
써 못 본 척. 경수, 고개 돌린 광규를 복잡한 표정으로 바라보다
가…

경수   이 상병님. 낮엔… 죄송했습니다. 제가 총은, 도저히 쏠 수가…
광규   누군 쏘고 싶어 쏘는 줄 아냐?
경수   (놀라 보면)
광규   아야, 김경수. 닌 시방 니가 착한 거 같제? 여기 군대여. 니가 안
        쏘믄 나가 쏴야 돼. 지 손에 피 묻히기 싫다고 남한테 떠넘기는
        게 착한 거여? 그거야말로 이기적인 거 아니냐고.
경수   (충격으로 보다가) 죄송합니다.
광규   총 쏘기 싫으믄, 최대한 빨리 연행해. 딴 사람이 쏘기 전에.

광규, 다시 무표정하게 앞을 보면… 비참한 심경의 경수, 따라서 앞 보고 선다.

S#16   **수련 집 거실 (밤)**

뚜루루… 응답 없는 전화 불안하게 끊는 창근, 멀리 '탕!' 소리 들리면 놀라 보고.

거실 창문 통해 불안한 시선으로 밖을 보던 고모 옆으로 다가오는 창근.

창근   시방 저게 뭔 소리대? 낮부터 자꾸…

고모   (재빨리 커튼 치며) 이잉, 별거 아녀. 오빠 약, 약 드셔야제.

창근   (수상하게 보다가) 수찬이… 아침에 출근한 거 맞어?

고모   (당황) 왜, 사무실 전화 안 받어?

창근   수찬이 나가는 거, 직접 봤어? (대답 없자) 말해. 뭔 일이여.

고모   오빠, 일단 진정하고…

창근   말해! 수찬이 어찌 된 거여!

S#17   **상무대 (밤)**

삼엄한 감시 속에 고개 숙여 정좌한 시위 연행자들, 빽빽하게 모여앉은 막사. 앳된 학생이며 노인도 섞인 연행자 가운데, 얼굴 여기저기 터진 수찬도 앉아있고. 수찬 옆으로 나이 지긋한 남성(머리에 피), 신음과 함께 툭 쓰러지면…

수찬   (보고 놀라) 어르신… 여, 여기 사람 쓰러졌습니다!

군인1   이 새끼가… (수찬에게 발길질) 누가 움직이래! 죽고 싶어?

         수찬, 고통에 신음도 채 내지 못하고 고꾸라지면… 근처 연행자
         들 기겁하고.

군인1   (수찬 툭) 자세 잡아, 새끼야. (나머지 향해) 구경났어? 고개 처박아!

         연행자들 겁에 질려 더욱 고개 숙이고, 수찬 자세 잡으려 겨우 몸
         일으키는데… 다른 군인들 들어와 수찬 옆에 쓰러진 노인 잡아서
         질질 끌고 나가면, 걱정스럽게 곁눈질로 그 모습 바라보다가 또
         다시 군홧발에 차이는 수찬.

S#18   희태 본가 거실 (밤)

         새 셔츠 소매 단추 잠그던 기남, 소파에서 양말 등을 챙기던 해령
         을 황당하게 보며.

기남   뭐? 누가 연행돼?

해령   사돈총각이요. 확실친 않은데, 혹시 연행됐나 확인 좀 해달라고
         요.

기남   별 게 다… (쯧, 귀찮고) 알았다고 전해.

해령   근데, 대체 무슨 일이에요? 온종일 사람 찾아달란 전화만…

기남   (O.L) 당신은 알 거 없어. 쓸데없이 나다니지만 마.

해령	(보다가, 다시 묵묵히 가방 챙기고)
기남	(문득 의아하게 뒤돌면서) 근데…
해령	(정태 이야기인가? 잠시 멈칫, 긴장으로 보면)
기남	희태는, 연락 없었어?
해령	…없었어요.
기남	당신이 먼저 좀 살펴. 연락 없다고 손 놓고 있지 말고.

마저 무심하게 겉옷 입는 기남의 모습 바라보는 해령, 정태의 말 떠올린다.

정태(E)	아버진 저 안 찾잖아요.
해령	(용기 내어) 왜… 정태는 안 물어봐요?
기남	(멈칫, 보는) 뭔 소리야, 뜬금없이.
해령	정태도 당신 아들이잖아요. 며칠 얼굴 안 봤는데, 걱정 안 돼요?
기남	지금 내가 애 챙길 상황으로 보여? 쓸데없는 소리 말고 그거나 줘.

해령, 말없이 보다가 가방 내밀면… 왜 저래? 그런 해령 보다가 가져가는 기남.

S#19   빈 처치실 (밤)

옷 갈아입은 희태, 벗은 옷 보면 여기저기 피 튀어있고… 생각 많아지는데. 그때 막 처치실로 명희 들어와서 돌아보면.

명희	아저씨랑 연락됐어요. 내일 날 밝으면 바로 병원으로 오신대요.
희태	다행이다. 그럼 진아 아버님 오시면, 우리도 바로 나가요.
명희	…바로요?
희태	애초에 아버님한테 진아 인계할 때까지만 있기로 했잖아요. (보고 는) 표정 또 왜 그래?
명희	표정이 뭐요. 알았어요. 바로 가요.
희태	(명희 지켜보다가) 지금 속으로 이기적인 놈이라고 욕했죠?
명희	(어이없는 웃음) 하다하다, 속마음까지 잔소리하시네. 아니에요!
희태	그럼 뭔데요. 불만 있으면 지금 말해요.
명희	불만이 아니라… 우리 둘 가믄, 남은 사람들 일은 그만큼 더 느니 까. 그 걱정했어요. (경계) 뭐요. 시방 속으로 호구 같다고 욕했죠?
희태	아뇨. 선하다고 생각했는데.
명희	(의외의 대답에 보면)
희태	근데 명희 씨. 일단 본인부터 챙겨야 선이에요. 자기보다 남을 먼 저 챙기는 건 위선이라고 생각해, 나는.
명희	(툴툴) 보통은 그걸 희생이라고 하지 않나.
희태	희생이라 하겠죠, 남들은. 근데 사랑하는 사람한테는 위선이에요.
명희	(보면)
희태	그러니까 일단은, 우리 둘부터 생각하자고요. (문득 보곤, 급 잔소리) 제발 그렇게 창문 쪽에 서있지 좀 말고. 총알 날아온다니까?
명희	…희태 씬 인자 나 보면 잔소리 밖에 안 나오나 보네.
희태	그건 또 무슨… (당기며) 아니, 창가 위험하다고.
명희	(실랑이) 아유, 좀! 나가 알아서 해요.

S#20   합숙소 방 (아침)

명수 방 아이들 훈련복으로 갈아입고 있는데, 박 코치 고개만 빼꼼 내밀고

박코치   오늘도 실내 훈련이다잉. 싸게 준비들 하고 나와. (나가면)

명수   (실망) 아따, 좀 쑤셔 죽겄네! 대체 왜 밖에 나가지 말란 거여?

성일   (한숨 폭, 작게) 생일인디 밖에도 못 나가고…

명수   오메, 성일이 니 오늘 생일이냐?

진규   아따, 생일은 챙겨야제! 성일이 니 만화 좋아한댔제? 만화책 볼래?

정태   운동장도 못 나가는데 만화방을 어떻게 가냐?

진규   옴마? 발 빠른 놈이 둘이나 있는디 빌려오믄 되제! (은밀) 모여 봐 봐. 다 작전이 있응께.

S#21   합숙소 (낮)

장바구니 든 여인숙주인, 합숙소 출입문 잠금장치 열어 밖으로 나가면 멀리서 그 모습 빼꼼 보고는, 수신호 보내는 성일. 진규, 수신호 보고 끄덕.
박 코치, 출입문 다시 잠그러 걸어오는데 앞으로 불쑥 나타나는 진규.

진규   코치님… 혹시 소화제 있어요? (가슴 치며) 저 체한 거 같은디.

박코치   체를 했다고? 진규, 니가? (수상하지만) 따라와. 손 따줄랑께.

진규   (당황) 예? 그냥 소화제믄 되는디…

박코치   (끌고 가며) 백날 소화제 먹어봤자, 열 손가락 다 따는 게 직방이여.

울상인 진규, 질질 끌려가며 성일에게 수신호 보내면. 성일, 끄덕!
성일이 망보면서 손짓하면, 살금살금 출입문으로 다가가는 명수
와 정태.

S#22   합숙소 앞 (낮)

슬그머니 합숙소 빠져나오는 정태와 명수… 성공이다! 흥분으로
마주 보는 둘. 신나서 웃음 짓다가, 정태가 '야, 뛰어!' 하면 동시
에 골목을 달린다.

S#23   나주집 마당 (낮)

현철, 전화기 다이얼 돌리면 '뚜뚜뚜…' 통화연결실패 소리 들려
오고.
한숨으로 수화기 내려놓으면, 걱정스럽게 다가와 묻는 순녀.

순녀   아직도 안 돼? 아예 시외전화가 다 먹통인 거요?

현철   (고개 젓고) 광주만. (고민하다가) 직접 가봐야 쓰겄어.

순녀   광주에? 당신 혼자 괜찮겠소? 시방 소문도 흉흉한디…

현철   긍께 더 가봐야제.

순녀   (이러지도 저러지도 못해 한숨) 별일 없어야 할 거인디…

(cut to) 겉옷 입은 현철, 안주머니에 봉투 챙겨 넣는데, 소매를 잡는 현철모.

현철모 　아야, 현철아. 니 또 어디 가냐?

현철 　　엄니. 저 싸게 광주 좀 다녀올게라잉.

현철모 　가지 말어. 나랑 같이 있자. 잉?

현철 　　(눈 맞추며) 아그들 괜찮은지만 보고 바로 올랑께, 걱정말고 계쇼잉. (현철모 손 떼어놓으며 순녀에게) 갔다 올게.

순녀 　　(걱정스레) 다녀오씨요. 몸조심하고잉.

S#24　만화방 (낮)

와아… 만화책 가득한 풍경 매료되어 구경하는 명수와 정태, 한 권씩 뽑아 든다.

명수 　　(들떠서) 아야. 우리 쪼코파이도 하나 사자! 케이크 대신!

정태 　　(치, 가볍게 흘기며) 니 생일이냐? 자기 돈 아니라고…

그 순간! 문 열리더니 정신없이 뛰어들어오는 대학생, 다쳐 피 흘리고 있고. 이에 놀란 두 소년, 뭐지? 의아한 시선으로 대학생 모습 보는데…
뒤이어 문 쾅! 따라 들어오는 공수부대원들에 만화방 안 사람들 놀라 술렁이고. 공수1, 대학생에게 달려들어 곤봉 휘두르는 모습에 경악하는 두 소년. 보다 못한 만화방 주인, 말리려고 공수1에게 다가가 용기 내서 말한다.

만화방주인 아따, 고쯤 하씨요. 사람 잡겄네…!
공수1 (매섭게 보더니) 여기 있는 새끼들 다 끌고 가!

만화방 주인 어어, 뒷걸음질 치며 도망치고. 순식간에 아수라장이
되는 만화방. 들고 있던 만화책 떨구는 정태, 겁먹어 얼어있는 명
수 손 잡아끌며 도망치고!

S#25 상가 건물 앞 (낮)

만화방이 있는 상가 건물에서 정신없이 뛰어나오는 정태와 명수.
정태, 잠시 서서 길 살피는 사이에 겁에 질린 명수, 나온 건물 쪽
바라보면서

명수 뭐여? 시방 전쟁 난 거여?
정태 저쪽으로 가야 큰길이야. (대답 없자) 김명수!

정태, 정신 차리라는 듯 명수 옷소매 끌어당기면, 달리기 시작하
는 두 소년.

S#26 금남로 (낮)

계엄군과 대치하듯 도로를 채운 시민들, 현수막과 태극기 들고

시위하고 있고.

팔짱 낀 기남, 대로변 한구석에서 조사관들과 이를 지켜보고 있다. 잔뜩 긴장해 시위대 쪽 보는 경수, 뒤에서 툭 치는 손길에 뒤늦게 정신 차려 대열 따라 이동하고… 주변 군인들 따라 무릎 꿇고 앉으며 사격 자세 취한다. 겁에 질린 채 시위 풍경을 훑는 경수의 불안한 시선.

'사격 준비' 명령 떨어지면 경수, 미치겠고… 눈 질끈 감는다.

S#27   광주병원 응급실 (낮)

희태와 명희를 비롯한 의료진들, 각자 자리에서 환자 살피다가 콩 볶는 소리처럼 '타다다닥' 멀리서 들려오는 발포 소리에 일시에 우뚝 멈춘다.

병철   뭔 소리여, 이게…?

귀 기울이는 희태와 명희, 각자의 자리에서 불안한 시선으로 서로를 바라보고.

S#28   금남로 (낮)

총에 맞아 쓰러진 사람들 거리에 널려있고, 시민들 혼비백산 도망치는 와중에 골목에서 뛰어나온 명수와 정태, 눈 앞에 펼쳐진 광경 비현실적으로 바라보고 섰고.

'탕, 탕' 하는 총소리에 뛰어가던 시민, 두 소년 앞에서 총에 맞아 쓰러지고. 정태와 명수, 공포에 질려 쓰러진 사람 바라보다가… 군인들 쪽 바라보는 정태.

정태   뛰어… 뛰어!

도망치는 시민들과 같은 방향으로 달리기 시작하는 정태와 명수. 그러다 인파에 치인 명수, 넘어지면… 달리기 멈춰 명수를 뒤돌아보는 정태.
명수 일으키려 다가가던 정태, 뭔가를 본 듯 놀라 얼어붙는 시선에서…

S#29   나주 버스터미널 (낮)
웅성웅성 모여 떠드는 사람들 속에서 현철, 황당하게 매표소 창구직원 보며

현철   뭔 소리요, 표가 없다니?
창구직원   시방 광주 들어가는 버스는 전부 다 운행 중지됐어요.
현철   글믄, 광주 갈라믄 어째야 됩니까?
창구직원   걸어가는 수밖에 없죠. 차량은 다 통제 중인께.
현철   (불안감 커지고, 잠시 고민하다가) 거시기, 혹시 지도 남는 거 있으믄 쪼까 빌립시다.
창구직원   (놀라) 걸어가시게? 다들 광주서 피난 나오는 판에, 거기를 왜…

흔들림 없는 현철 표정에, 창구직원 찜찜하게 창구 안의 지도 하나 꺼내 건네고.

S#30   광주병원 응급실 (낮)

산전수전 다 겪어 흐트러진 매무새의 진아부, 응급실로 급히 들어온다.

넋 나간 사람처럼 '진아야, 진아야' 중얼거리며 아는 얼굴 찾아 헤매다가…

희태와 함께 차트 보며 얘기 중이던 명희 얼굴 발견하고는 진아부, 울컥!

진아부   명희야!

S#31   광주병원 중환자실 (낮)

중환자실 병상에 누운 진아에게 다가가 우는 진아부. 명희, 희태 곁에서 지켜본다.

진아부   진아야. 아빠 왔다. 눈 좀 떠봐라. 응?

희태   의식은 오전에 돌아왔고, 지금은 약 기운 때문에 자는 거니까 너무 걱정 안 하셔도 됩니다. 다행히 수술 경과도 좋고요.

진아부   (희태 손 덥석) 명희한테 얘기 들었습니다. 감사합니다, 선생님.

희태   아뇨, 제가 뭘 딱히 한 건…

명희	(일부러 더) 희태 씨 아녔음 진짜 큰일 날 뻔했어요. 생명의 은인!

울컥한 진아부, 아예 희태 와락 끌어안고. 희태, 어… 당황스럽지만 뭉클하고. 명희 그런 희태와 진아부 모습에 옅게 미소 짓는다.

S#32 광주병원 복도 (낮)

중환자실에서 먼저 나오는 희태와 명희.

희태	명희 씨, 응급실 가서 먼저 인사하고 있어요. 전 온 김에 석철 씨 상태 좀 보고 갈게요.
명희	그래요. 천천히 다녀오씨요.

희태, 먼저 걸어가고… 명희, 희태 뒷모습 잠시 보다가 응급실로 돌아가려는데 마침 병실 문 열고 나오는 진아부, 가는 명희 향해 은밀하게 부른다.

진아부	명희야, 명희야. (이리 와보라고 손짓)
명희	예.
진아부	아깐 정신이 없어가 말 못 했는데… 병원 오다 얼결에 데모 휘말려서 보니까, 군인들 막 사람 뚜들겨 패고, 총 쏘고, 뭐 난리도 아닌기라.
명희	암것도 모르고 왔다가 놀라셨겠네.
진아부	지금 나 놀란 게 중요한 게 아이고… (잠시 뜸 들이다) 혹시 니 동생,

아직 광주에 있나?

명희	(철렁해 보는) 제 동생은 왜요?
진아부	아무래도, 아까 그 아사리판에서 니 동생을 본 거 같다.
명희	!!

인서트   금남로 (낮/회상)

진아부, 총소리와 비명 속에서 사람들 헤치며 도망치는 혼란스러
운 와중에 보면, 정태와 명수, 겁먹은 채 도망치다가… 명수, 인
파에 밀려 넘어지는 모습. 진아부 '어?' 명수 모습 눈으로 좇다가
'탕!' 총소리에 어이쿠, 몸 숙이고.

| 진아부(E) | 생긴 거 하며, 츄리닝 입은 거까지 딱 니 동생인데. 내가 난리통에 총알 피한다고 미처 챙기지를 못해서… |

S#33   병원 로비 (낮)

진아부 말 듣고 아연실색한 명희, 공중전화로 달려온다.
덜덜 떨리는 손에 동전까지 떨어뜨려 가며, 급히 합숙소로 전화
건다.

S#34   합숙소 (낮)

울리는 전화벨 소리에 성가신 박 코치, 지겨운 듯 전화 받고 기계

적으로.

박코치   예. 저희가 시방 합숙소 안에서만 훈련해서요… (듣고 귀찮은) 바꿔
          달라고요. 잠시만요. (하고) 어이, 활명수! 누님 전화 왔다. 김명수!

          박 코치, 합숙소 안 훑다가… 구석에 눈치 보는 진규와 성일 보고
          는 순간 쎄하고.

박코치   명수, 어디 있냐? (대답 없자) 아, 싸게 말 안 해?!

S#35   광주병원 응급실 (낮)

          넋 나간 명희, 응급실로 들어와 불안한 시선으로 막 도착하는 총
          상환자 보면 총에 맞아 괴롭게 신음하는 환자들, 침대에 실린 채
          명희 옆을 지나가고. 응급실 여기저기서 환자 보호자들, 환자 붙
          잡고 통곡하는 모습들… 어떡해… 패닉으로 바라보는 명희 옆으
          로 병철, 이송원에게 급히 다가가면서.

병철   뭔 일이요, 이게? 뭔 총상환자들이 이렇게…
이송원   군인들이 집단 발포를 했어요.
병철   집단 발포? (탄식하고) 환자는, 이게 다요?
이송원   시방 거리에 수습 못 한 환자가 한 트럭이요. 안 그래도 일손 부
          족한디, 군인들이 구급차도 쏜다 해서 나갈라는 이송원도 없고…
병철   뭐여? 구급차를 쏴?

이송원   아따, 애기들까지 쏘는 놈들이 뭘 따지겠소.

명희   (그 말에 철렁해서 보는데)

병철   (마음먹고 의료진 향해) 우리가 나갑시다! 이대로 거리에 환자들 둘
         거요? 차 끌고 가서 직접 환자들 데려옵시다! 같이 가실 분 계시
         요?

명희   (고민하며 흔들리는 시선에서)

시간 경과. 중환자실에서 막 돌아온 희태, 환자들로 분주한 응급
실 풍경 보고는 스테이션에서 차트 작성하던 인영에게 다가가 무
심코 말을 건다.

희태   그새 환자가 확 늘었네요?

인영   아, 갑자기 총상환자들이 쏟아져 가꼬⋯

희태   (주변 보다가, 순간 쎄해서) 명희 씬 어디 갔어요?

인영   (당황) 얘기⋯ 못 들으셨어요?

S#36   광주병원 앞 (낮)
         명희, 이송 칸에 올라타려는데⋯ 명희를 휙 잡아채 세우는 희태!

희태   제정신이에요? 어딜 가려는 거예요, 지금!

명희   (애써 차분) 환자 데리러요. 시방 총 맞은 사람들이 거리에 널렸대요.

희태   총 맞은 사람만 널렸어요? 군인들도 쫙 깔렸다잖아!

명희   글믄 그냥 손 놓고 있자고요? 누군간 가야 돼요.

희태	그 누군가가 왜 명희 씨여야 하는데. 명희 씨 목숨은 뭐 두 개예요?
명희	(복잡한 마음으로 보다가) …가야 해요.
희태	(잡으며) 착한 척도 좀 적당히 해요!
명희	(보다가, 뿌리치며) 나한테 이래라저래라 하지 마요.
희태	명희 씨, 제발… 모두를 구할 순 없어요!

명희, 결국 이송 칸에 오르고… 희태, 그 모습 애타게 보다가 따라 오른다.

명희	뭐 하는 거예요? 내려요.
희태	명희 씨 내리기 전엔 못 내려요.
명희	내려요. 희태 씨까지 이럴 필요 없응께!
희태	나한테 이래라저래라 하지 마요.

두 사람 서로 물러서지 않고 팽팽히 보는데, 뒤늦게 이송원과 다가오는 병철.

| 병철 | 황희태 씨, 같이 가게요? |
| 희태 | (시선 계속 명희 보면서) 네. |

병철, 그런 두 사람 분위기 의아하게 보다가 이송칸 문 급히 닫는다.

S#37　구급차 안 (낮)

이동하는 구급차 안. 침묵 속으로 앉아있는 명희와 희태 사이에
긴장감 맴돌고.
조수석의 병철, 이송칸 향해 뒤돌아 두 사람을 향해 당부한다.

병철　　구조는 둘씩 조 나눠서. 노약자, 몸통에 총 맞은 사람, 뭣보다 살
　　　　릴 수 있는 환자를 우선으로. 다치지 않는 것이 최우선이요잉.

이송원　(긴장감으로) 도착했습니다.

병철　　상황 위험하다 싶음 바로 철수합니다. 몸들 조심하고, 갑시다.

　　　　구급차 세워지면, 긴장으로 서로를 보는 명희와 희태.

S#38　시내 거리 (낮)

집단 발포가 있었던 금남로 바로 옆 거리. 구급차에서 내리는 네
사람.
거리 여기저기에 다쳐 피 흘리는 사람들을 불안하게 훑는 명희.
(cut to) 이송원과 병철, 들것에 실린 다친 사람을 구급차에 옮겨
태우고.
희태와 명희, 거리 한쪽에서 총상 입은 여자 환자를 살피고 있다.

희태　　이 환자는 제가 업는 게 빠를 것 같… (하는데)

　　　　탕! 하는 총소리에 두 사람 동시에 돌아보면, 도로변에서 환자 수

습하려다가 팔에 총 맞은 이송원, 쓰러져 신음하고. 병철, 몸 낮춰 다가가다가 이송원 끌고 온다.

병철   (명희와 희태 향해) 철수합시다! 구급차 타요!

희태   (얼른 도와달라는 듯) 명희 씨.

명희의 도움으로 여환자를 등에 업은 희태, 곧바로 구급차 향해 달리고. 구급차 향해 따라가려던 명희, 순간 멈칫 도로 쪽으로 고개 돌려 보면… 2차선 도로 가까이에 놓여있는 명수의 운동화 한쪽!

명수 운동화 끈 묶어주던 순간(인서트-3화 씬24)을 떠올리며 천천히 다가가는 명희. 운동화 집어 들면, 도로 건너편 골목에서 명수 또래의 울음소리가 들려오고. 명희, 울음소리 따라서 홀린 듯 도로로 향하는 순간, 뒤에서 휙 잡아채는 희태!

희태   어디 가요? 차에 타요. 철수예요.

명희   희태 씨, 쩌기, 저 짝에 아 우는 소리… (걸어가려면)

희태   (잡고) 미쳤어요? 군인들 총 쏘고 있잖아!

명희   (희태 손 뿌리치며) 가야 돼요. 시방 쩌기에…

희태   (붙잡으며) 김명희!! 가지 말라고!

명희   명수면 어떡해!

희태   명수가 여기 왜…! (하는데)

명희   (O.L) 아저씨가, 명수를 봤대요! 발포 때 여기서 헤매고 있었다고… (눈물 터지는) 이거, 명수 신발이란 말이여.

뭐…? 그제야 놀라서 명희 손의 운동화를 잡아 보는 희태, 순간 명희 놓치고. 명희, 말릴 새도 없이 곧바로 건너편 골목을 향해 2차선 도로로 뛰어든다.

(cut to) 홍 병장과 경수가 있는 쪽 시선에서, 도로로 뛰어드는 명희의 모습.

홍병장   저년 뭐야? (사격 자세 취하고)

(cut to) 날아오는 총알 속에 위험천만 길 건너는 명희, 엄폐물에 겨우 몸 숨기고.
(cut to) 홍 병장 방아쇠 달칵, 총알 다 떨어졌고. 에이, 씨… 급히 재장전하는데. 경수, 재장전하는 홍 병장 모습과 멀리 명희의 모습 번갈아 보며 광규 말 떠올린다.

광규(E)   총 쏘기 싫으믄, 최대한 빨리 연행해. 딴 사람이 쏘기 전에.

막 장전 끝낸 홍 병장, 다시 길 건너는 명희를 향해 사격 자세 취하면 급히 홍 병장의 총구를 손으로 잡아 내리는 경수.

경수   제가, 제가 가서 잡아 오겠습니다!

홍 병장이 뭐라 할 새도 없이 앞으로 튀어 나가는 경수.

S#39   **골목길 (낮)**

울음소리 따라 뛰어들어오는 명희, 엎어져 우는 아이 뒤집어 보
면… 명수 또래의 다른 남자아이다. 잠시 멍하니 아이를 바라보는
명희.

(cut to) 명희를 쫓아 골목으로 들어온 경수. 경수 시선에서, 명희
뒷모습 보이고.

곤봉을 꽉 쥐는 경수, 명희를 향해 뛰어가려는데…

그때! 그런 경수를 뒤에서 잡아채 쓰러트리는 누군가의 손길.

실랑이하던 경수, 힘에 부쳐 바둥거리다 눈 질끈, 메고 있던 총 잡
아드는 순간!

희태   …김경수?

경수, 익숙한 목소리에 눈떠 보면… 얼어붙어 자신을 보는 희태다.

희태와 경수, 시간 멈춘 듯이 서로를 충격으로 바라보는데.

(cut to) 끼익! 브레이크 소리와 함께 골목 끝에 들어서는 구급차.

운전석의 병철, 다친 아이 보며 넋 놓은 명희 향해 소리친다.

병철   명희 씨, 뭐해! 얼른 타! (골목 향해) 황희태 씨!

멍하니 경수와 마주 보던 희태, 병철의 외침에 퍼뜩 정신 차려 떨
어지고. 곧바로 명희 쪽으로 달려가는 희태, 다친 아이 안아 들
고서

희태   가요, 명희 씨. (잡아끄는) 명희 씨, 가요!

명희를 먼저 구급차에 태우는 희태, 경수 쪽 잠깐 보고는 뒤이어
올라탄다. 그 자리에 그대로 굳은 채로, 떠나는 구급차를 바라보는
보는 경수.

S#40   합숙소 (낮)

박 코치, 겉옷 입으면서 나가려면 여인숙주인 걱정스레 따라가며
말한다.

여인숙주인   (걱정) 아따, 이 난리통에 나가서 어찌 찾게?

그때, 합숙소 문 열리며 정태와 한쪽 신발 벗겨진 명수 넋 나가
들어오고. 박 코치, 안도감과 분노로 두 소년에게 '이놈의 새끼
들…!' 하며 다가가는데!

명수   (울먹) 코치님! 인민군, 인민군들이 쳐들어왔어라.

그런 명수의 외침에 아이들 웅성웅성 보면, 당황하는 박 코치 모
습에서…

S#41   **광주병원 앞 (낮)**

구급차 문 열리면, 명희와 희태가 구해온 환자들 급히 옮기는 의
료진들.

시간 경과. 넋 나가 있는 희태와 명희 구급차에서 터덜터덜 내리
면… 그때 막 병원 안에서 나오는 인영, 명희와 희태에게 다가오
며 말한다.

인영   선생님! 다치신 덴 없으세요?

명희   (힘없이 끄덕이면)

인영   아까 동생분 연락 왔었어요. 합숙소 잘 들어왔다고 전해달라고요.

인영의 말에 명희, 긴장 풀려 비틀하면 희태, 급히 부축하고.

안도감에 울기 시작하는 명희… 희태, 그런 명희 안쓰럽게 끌어
안는다.

S#42   **외곽도로 (낮)**

기진맥진 걸어오던 현철 보면, 출입통제 진을 치고 통행 검문하
는 군인들.

총 든 군인, 긴장해서 멈춰서는 현철에게 경계로 다가가며…

군인2   무슨 일이십니까.

현철   수고하십니다. 제가 광주에 볼일이 있어서…

군인2   일반인 통행 금지입니다. 돌아가세요.

현철   (다급히 신분증 꺼내며) 선생님! 저 양동시장서 장사하는 사람이요. 시방 지 아그들이 광주에 있어서 그랍니다. 제발 들여보내 주십쇼.

군인2, 현철의 간청에 탐탁지 않은 듯 신분증 획 가져가 훑어보고… 초조하게 곁에 선 현철, 군인이 메고 있는 총기를 긴장으로 힐끗 보는데.

S#43   거리 (낮)

트럭 주변에 모인 시민들에게 상자에서 총기 하나씩 꺼내 나눠주는 아성과 모인 사람들 줄 세우면서 질서유지 하는 진수.

진수   한 분에 하나씩이요! 군대 다녀오신 분들이 우선입니다잉!

지혈한 천 따위 들고 가던 수련, 멀리서 그 광경 보고 놀라 다가간다.

수련   이 총들 다 어디서 났냐?
진수   (보고 덤덤히) 예비군 무기고 털어서 가져왔어.
수련   요 총들 나눠서 뭐 어쩌게. 무장한 군대랑 전쟁이라도 할라고?
진수   글믄, 가만히 당하고만 있으라고?
수련   오늘 전단 살포된 거 못 봤냐? 저짝서 우리 다 폭도로 몰아가려는데 괜히 구실 만들어주믄…

진수	(O.L) 저짝은 학살을 하는디, 우린 완전무결해야 돼? 군인이 죄

진수 (O.L) 저짝은 학살을 하는디, 우린 완전무결해야 돼? 군인이 죄 없는 사람 쏘는 건 합법이고, 그에 맞서면 불법이여? 애초에 법이 뭔디. 나라가 국민 지키라고 만든 것이 법 아니냐고.

수련 (말문이 막히고)

진수 니는 니 할 일 해. 나는 나 옳은 일 할랑께.

다시 '군대 갔다 오신 분 우선이요!' 외치며 가는 진수 모습을 걱정스레 보는 수련.

S#44 보안대 기남 사무실 (낮)

사무실에서 전화를 받는 기남, 골치 아픈지 머리 감싸 쥐고.

기남 이수찬, 확실해? (한숨) …됐어. 내가 직접 가지. (최 대령 들어오면, 일어나며) …알았어. 계속 보고해.

최대령 무슨 전화예요?

기남 아… (수화기 내려놓으며) 폭도들이 추가로 무기고를 탈취했답니다.

최대령 잘 진행되는데 표정이 왜 이러실까. 혹시 뭐… 아들 일?

기남 아들 일이라니, 갑자기 그게 무슨…

최대령 아니~ 아드님이 서울에서 체포된 적이 있더라고. 빨갱이 돕다가.

기남 (애써 심상) 용의자 응급처치로 체포된 건 말씀이시면, 아들놈이 의대생이라 생긴 해프닝이었습니다. 즉시 무혐의로 풀려났고요.

최대령 아아, 까마귀 날자 배 떨어졌다? 그럼 다행이고. 근데 그 까마귀… (웃으며) 아니, 아드님. 아드님은 지금 어디 있어요?

기남	서울에서 신접살림 차리고 있습니다.
최대령	아아, 서울… 확실해요?
기남	(보다가) 감독관님께선, 저를 감시하러 내려오신 겁니까?
최대령	전 다 감시합니다. (씩 웃고) 혹시 모르니까 까마귀 간수 잘하세요. 중요한 시긴데 배 또 떨어지면, 괜히 의심받지 않겠어요?

최 대령 이죽거리며 나가면, 경계로 보던 기남. 문 닫히자마자 전화 거는데.

인서트   서울 희태 자췻집 거실 (낮)

아무도 없는 거실에서 따르릉 전화벨 소리만 계속 울려대고.
신호음 잠자코 듣고 있던 기남, 분노로 전화기 부수듯 집어 던지곤 중얼거린다.

| 기남 | 황희태 너 이 새끼… |

S#45   빈 처치실 (낮)

희태, 조심스레 처치실 문 열어 들어오며 보면…
옆에 짐가방 챙겨둔 채로, 침대에 멍하니 생각에 잠겨 걸터앉아 있는 명희. 그런 명희를 보던 희태, 다가가 현장에서 챙긴 명수 운동화 내민다. 운동화 건네받아 말없이 바라보던 명희, 어렵게 입을 연다.

명희	희태 씨 말이 맞아요. 위선자예요, 전.
희태	(보면)
명희	아까 골목에서… 다친 아이 얼굴 확인하는 순간, 안심했어요. 명수가 아니라서. (눈물로) 그 애도 어느 집 아들이고 동생일 텐데… 다행이라고 생각했어요, 그 순간에.
희태	…그럼 안 돼요?
명희	(고개 들어 보면)
희태	나도 매 순간 안심해요. 명희 씨가 아니라서. 사랑하는 사람이 무사했으면 좋겠단 마음이, 나쁜 거예요? 그럼 난 그냥 나쁜 사람 할래요.

눈물로 보는 명희를 안쓰럽게 바라보던 희태, 덤덤히 눈물을 닦아주며 말한다.

희태	보면 꼭 반성은 착한 애들이 하더라. 나쁜 놈들은 아무렇지도 않은데. 진짜 위선자는 스스로 위선자라고 생각하지도 않아요.
명희	(운동화 만지작) 명수 얘기… 일부러 말 안 했어요. 희태 씨가 못 가게 할 거 같아서.
희태	(곁에 앉으며) 잘했어요. 명수 때문인 거 알았으면 절대 못 가게 했을 거예요. 나 혼자 갔지.
명희	난 안 되고, 희태 씬 위험해도 돼요?
희태	나한텐 남는 게 없으니까.
명희	(보면)
희태	내가 잘못되더라도 명희 씨한텐 명수도 있고, 부모님도 있지만…

난 명희 씨 잃으면, 아무것도 없어요. 그러니까, 앞으로 위험한 건 내가 하게 해줘요. 이래라저래라 아니고, 부탁이요.

명희, 글썽임으로 보면 옅게 미소 짓는 희태. 말없이 서로를 바라보는 모습에서.

S#46　합숙소 방 (저녁)

박 코치, 창문에 두꺼운 솜이불을 대고 못을 박고. 겁먹어 지켜보는 아이들.
시간 경과. 넋 나가 앉아있는 명수와 정태에게 다가가는 성일과 진규.

진규　아야, 어찌 된 거여? 진짜로 밖에 인민군들 쳐들어왔냐?

정태　인민군 아냐. 우리나라 군인이었어.

명수　인민군 맞당께! 우리나라 군인이 왜 우리나라 사람한테 총을 쏴?

성일　군인 아저씨들이 왜 갑자기 악당이 됐어라?

진규　아야. 마징가 제트에서도 진짜 악당은 세계정복 할라는 헬 박사잖애. 군인들도 뒤에 조종하는 진짜 악당이 있지 않겠냐?

잠자코 아이들 떠드는 얘기 듣던 정태, 거리에서 봤던 장면을 떠올린다.

인서트   **금남로 (낮/회상–씬28에 이어지는 장면)**

명수 일으키려 다가가던 정태, 혼란스러운 인파 사이로 보면…

멀리서 조사관에게 시민 잡아 오라고 손가락으로 명령 내리는 기남의 모습.

다시 합숙소 방. 정태, 아버지 기남 생각에 마음이 복잡한데.

명수   글믄 진짜 악당은 누군디? 뭘 정복 할라고 이라는디?

정태   (울컥) 유치해서 못 들어주겠네, 진짜.

정태, 홧김에 방을 나가면… 나머지 아이들, 의아하게 그런 정태 보고.

S#47   **상무대 일각 (저녁)**

연행되듯 군인에게 양팔을 잡힌 채 끌려가는 수찬, 경계로 걸어가다가 어느 순간 군인들 팔 놓아주고 돌아가고. 수찬, 어리둥절하게 앞을 보면… 뒷짐 지고 서있던 기남, 싸늘한 무표정으로 뒤돌아 수찬을 바라본다.

수찬   황 과장님…?

기남   결국 이렇게 도울 상황이 생기네요. 두 번은 못 도와주니 조심해요.

수찬   (말없이 보면)

기남	근데, 혹시 동생분 어디 있는지 압니까? 연락이 안 돼서.
수찬	(놀라서 보다가, 고개 저으면)
기남	(못마땅한) 밖에 차 대놨으니, 당분간 나오지 말고 요양이나 해요.
수찬	…어르신.
기남	(가려다가 멈칫, 돌아보면)
수찬	다른 사람들도 풀어주십쇼. 다 저처럼 죄 없이 갇힌 사람들이요. 부탁입니다. 다친 사람, 아니, 어린 아들만이라도…

기남, 말하는 수찬에게 다가오더니 목 조르듯 멱살을 강하게 잡아챈다.

기남	헛소리 말고 쥐 죽은 듯 살어. 느이 식구 죄다 처넣고 싶은 거 겨우 참고 있응께.

멱살 잡힌 수찬, 광기 어린 기남의 본모습 충격으로 바라보는데…

S#48 계엄군 주둔지 일각 (저녁)

경수 홀로 서있고, 앞에선 광규 등 나머지 소대원들 머리 박고 얼차려 당한다.

홍병장	똑바로들 박아! 김경수 일병님 아직도 총 쏘실 마음이 없으시단다!

여기저기서 들려오는 소대원들 앓는 신음에 경수, 괴로운 듯 눈 질끈 감으면 홍 병장, 그런 경수의 턱 잡아 들며 말한다.

홍병장   어어, 눈 떠. 똑바로 봐야지. 너 하나 때문에 다들 무슨 꼴을 당하나. 어때, 이제 좀 쏠 마음이 생겨?

경수 대답 못 하면, 홍 병장 소대원 한 명씩 발로 차며 들으란 듯이 말한다.

홍병장   그치! 전우들이 죽건 말건, 아직도 불순분자들이 더 소중하시지!
경수   (괴로운 마음에 고개 떨구면)
희태(E)   김경수. 넌 선한 사람이 아니야.

인서트   **서울 다방 (낮/과거-씬1에 이어)**
경수, 희태의 말에 고개 들어보면… 희태, 덤덤하게 말 이어나간다.

희태   애초에 선한 사람 같은 건 없어. 매 순간 최선을 선택할 뿐이지. 근데 넌 그 선택을 남한테 맡기지 않잖아.
경수   (보면)
희태   그건 선한 게 아니야. 강한 거지. 난 네가 강해서 좋은 거야.

다시 현재. 희태의 말 떠올리는 경수, 내면의 용기 쥐어짜듯 주먹을 꽉 쥐며 말한다.

경수   …간호원이었습니다.

홍병장   뭐?

경수   불순분자가 아닌 사람을 쏠 순 없습니다.

홍 병장, 일촉즉발의 광기로 경수 보면… 두려워도 시선을 피하
지 않는 경수.

S#49   광주병원 중환자실 (저녁)

사복 차림의 희태, 의식 없는 석철을 내려보며 경수와 마주쳤던
순간을 회상한다.

인서트   골목길 (낮/회상-씬40의 상황)

경수에게서 떨어지는 희태, 명희 쪽으로 달려가기 직전… 잠시
발걸음 멈춰 말한다.

희태   석철 씨 살아있어. 지금 광주에 있어.

그 말에 놀라는 경수, 눈물 그렁한 눈으로 희태 보는 모습에서.
다시 현재. 어쩌다 일이 이렇게 된 걸까… 무거운 마음에 깊게 한
숨 내뱉는 희태. 그때 똑똑, 문 노크하는 소리와 함께 사복 차림의

명희 문가에 서있으면. 희태, 잠시 석철을 바라보다가 돌아서서 명희 쪽으로 걸어간다.

S#50 광주병원 앞 (저녁)
희태와 명희, 작은 짐가방 들고서 병철을 따라 걸어 나온다.

명희   안 태워주셔도 되는디…

병철   어차피 피 가지러 가는 김에 떨궈주는 건디 뭐. 생사를 함께한 전

        우끼리 고거 하나 못 해줄까. 역에서 내려주면 되제?

희태   (명희에게) 역 가기 전에 잠깐 명수 보고 가요.

명희   그래도… 돼요?

희태   괜찮은지 보고 가야 안심될 거 아니에요. 명수 꽃신도 돌려주고.

명희   (고마움으로 희태 보면)

병철   (눈꼴셔) 아따, 혈당 올라가겠네. 글믄 뭐, 어따 떨궈 드려?

희태   그, 터미널 가기 전에… (하는데)

현철(E) 명희야.

세 사람, 부르는 목소리에 돌아보면… 현철 서있고.

희태   (놀라) 아버님!

명희   여긴 어쩐 일로 오셨소?

현철   싸게 따라와. 명수도 기다린다.

희태   저희도 마침 합숙소 가려던 참인데… (하는데)

현철	(O.L. 명희에게만) 나주로 가자. 시방 여긴 있을 데가 못 돼.
명희	(보다가) 명수나 데려가요. 나는 나 알아서 할랑께.
현철	김명희.

말없이 노려보는 부녀 사이에 차갑고 불편한 공기 감돌면, 희태
눈치 보다가…

희태	저어, 그럼 전 잠깐 유 선생님 도와주고 올게요.
명희	아뇨. 그럴 필요… (하는데)
병철	(눈치로) 아따, 손 부족했는디 잘됐네! 글믄 시동 걸고 있을게요잉?
희태	금방 다녀올게요. 두 분, 말씀 나누세요.

타이르듯 명희 다독이는 희태, 현철 향해 예의 바르게 눈인사한다.
이어 희태, 병철 따라가면… 현철과 단둘이 남은 명희, 불편하게
보는데.

S#51 차 안 (저녁)

근처 병원으로 가는 길. 병철이 운전하는 차의 조수석에 앉은 희태.

병철	부녀지간 분위기가 뭐 저라고 살벌하대? 희태 씨 나중에 장가 들 믄 고생하겠어. 돌맹희가 어디서 왔나 했더니, 아버지 닮았네.
희태	돌맹희라뇨. 사람이 두부처럼 물러서 속상해 죽겠구만.
병철	(절레절레) 이미 콩깍지 씌었네. 답 없제, 그럼.

희태	근데 옆 병원은 혈액 확보 어떻게 했대요? 나눠줄 정도로.
병철	헌혈.
희태	직원들 헌혈로 그렇게 모인 거예요?
병철	아니, 일반 시민들. 피 모자란다고 가두방송 좀 했드만 헌혈한단 사람이 시방까지 줄을 섰다네.

옅은 미소로 끄덕이던 희태, 문득 라디오에서 작게 흐르는 음악 귀에 들어오는데
씬1에서 경수와 듣던 곡과 같은 곡이고. 손 뻗어 볼륨 높이는 희태.

병철	왜. 좋아하는 곡이여?
희태	아뇨. 저 말고, 제 친구가… (하는데)

그 순간 차창 너머로 보이는 자동차, 병철의 차로 맹렬히 돌진해 오는 모습에서!

S#52 광주병원 앞 (저녁)

명희, 마주 선 현철에게 냉랭하게 이야기한다.

명희	몇 번을 말해요. 안 간다고요.
현철	(보다가) 왜, 그 친구가 같이 있자든? 결혼이라도 허제?
명희	나가 어찌 살든, 상관 말아요.
현철	그 집 부모는, 느그 둘이 만나는 건 아냐?

명희	(멈칫, 보면)
현철	집에 인사도 못 시키는 놈을 뭘 믿고… 괜한 실수 말고, 나주로 가.
명희	(울컥) 아버진 알지도 못하면서 함부로…! (하는데)

그때, 병원 밖으로 의료진 몇 명 우르르 밖으로 뛰어나오면 말 그치는 명희. 무슨 일이지? 명희, 불안한 시선으로 따라 보는데 뒤늦게 뛰어나오는 인영.

| 인영 | (울먹) 선생님…! 병철 쌤이랑 희태 씨가… |

인영의 울먹임에 가슴 철렁하는 명희, 불길함으로 바라보는 모습에서.

10화 END

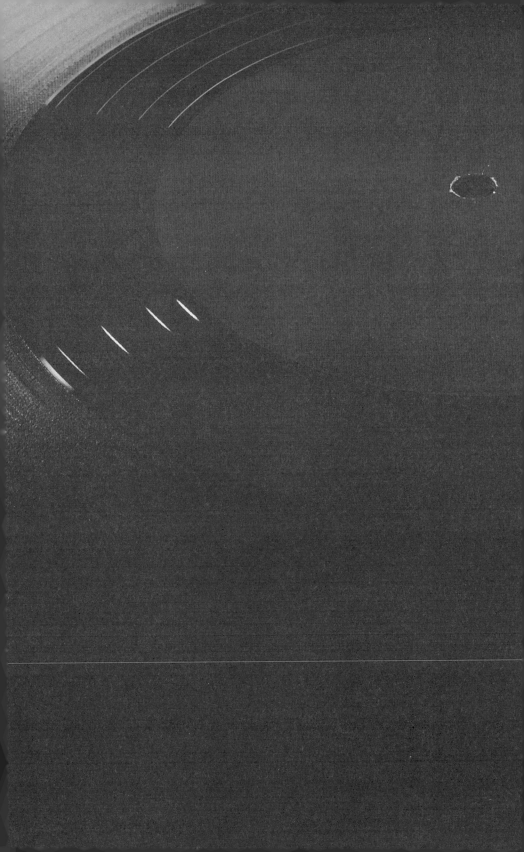

제11화

무등경기장

S#1   **광주역 일각 (낮/2021년)**

광주역사 안 전광판(혹은 TV)에서 외곽도로 유해 발견 뉴스 화면
나오고 있다.

기자(E)   오늘 오전 광주 외곽도로 인근의 한 공사 현장에서 신원 미상의
유골이 발굴되어 경찰이 수사에 나섰습니다. 경찰은 경위를 파악
하기에 앞서 유골의 신원 파악을 위해 국과수에 유전자분석을 의
뢰했습니다.

S#2   **광주 경찰서 조사실 밖 (낮/2021년)**

1화 오프닝의 남루한 중년 남자, 형사와 함께 조사실 안으로 걸어
들어가고. 그 모습 창문 통해서 형사1이 지켜보고 있으면, 형사2

옆으로 다가오며 말한다.

형사2 뭐야? 또 실종자 가족이야?

형사1 (고개 젓고) 제보자래.

형사2 제보자? (의아하게 조사실 안 보면)

S#3 광주 경찰서 조사실 (낮/2021년)

중년 남자, 천천히 다가가서 보면… 테이블 위에 회중시계 놓여 있고. 울컥 올라오는 감정에 흔들리는 남자의 시선, 그 시선 끝에 회중시계 클로즈업되며.

S#4 합숙소 앞 (저녁)

골목 언저리에서 회중시계 꺼내 보는 현철… 앞 장면 뉴스 속의 그 회중시계다. 골목 다른 쪽에선 해령, 마찬가지로 초조히 서서 정태 기다리고 있고.
그때 합숙소 문 열리며 누군가 뛰어나와, 두 사람 동시에 보면… 명수다.

명수 (현철 보고 반갑게) 아부지!

현철에게 달려가 살갑게 안기는 명수의 모습을 바라보는 해령.

명수	아따, 들어오시지 왜 밖에 계셨대요! 오신 줄도 몰랐네.
현철	괜찮애. 어디 다친 덴 없제?
명수	예. 시방 드가서 가방 가지고 나오까요?
현철	여서 쪼매만 더 기달리고 있어라잉. 아버진 누나 좀 데리고 올 랑께.
명수	같이 가믄 안 돼요?
현철	괜히 싸돌아댕기지 말고 여 있어. 싸게 갔다올게.

현철 명수 달래듯 엉덩이 툭툭. 시무룩 돌아가려던 명수, 서있는 해령 보더니

명수	어? 정태 엄니 아니세요? 왜 안 들어가시고…
해령	(난감) 어… 저, 미안한데 우리 정태 좀 불러줄래?
명수	(의아한) 예. (현철에게) 글믄 다녀오씨요, 아부지!

명수 합숙소로 들어가고. 현철, 해령과 눈 마주치면 먼저 고개 꾸벅 인사한다. 어색히 따라 인사하는 해령, 골목 떠나는 현철 바라보는 모습에서… 타이틀 오른다.

[Track 11. 무등경기장]

S#5   **광주병원 앞** (저녁/10화 엔딩에 이어)

마주 서서 다투는 현철과 명희.

현철   집에 인사도 못 시키는 놈을 뭘 믿고… 괜한 실수 말고, 나주로 가.

명희   (울컥) 아버진 알지도 못하면서 함부로…! (하는데)

그때 병원 밖으로 의료진 두어 명 밖으로 급히 뛰어나오고. 명희,
불길한 느낌에 멈칫, 그 모습 보고 있는데 뒤늦게 다가오는 인영.

인영   선생님! 병철 쌤이랑 희태 씨가… 뺑소니 사고가 났대요.

명희   (철렁) 뭐, 뺑소니?

시간 경과. 초조한 명희와 현철, 다가오는 구급차를 걱정스럽게
바라보다가. 세워진 구급차에 명희 다가가 보면, 신음하는 병철을
내리는 이송원과 의료진.

명희   다른 한 명은요? 오고 있소?

의료진   환자 한 명인디요?

명희   뭔 소리요, 둘이 나갔는디. 한 명 더 와야 해요!

의료진   현장엔 한 명밖에 없었습니다.

충격으로 보는 명희 옆으로 의료진 이송 침대 끌고 가면, 급히 따
라나서는 명희.
덩달아 놀란 현철, 그런 명희를 걱정스레 바라보는 시선에서.

S#6   광주병원 응급실 (밤)

응급실 병상으로 옮겨진 병철, 여기저기 다쳐 피 흘리고 있다.
의료진들 상태 살피고, 라인 연결하는 와중에 '끄응' 신음하는 병
철 의식 차리면

명희   (다급히 다가가) 선생님, 정신 드세요?

병철   (겨우 보고) 명희 씨…

명희   희태 씨, 희태 씬 어떻게 된 거예요?

병철   우리 차 받친 놈들이 데리고 갔어.

명희   데리고 가다뇨?

병철   냅다 들이받더만, 기절한 희태 씨 끌고 즈그 차에 태워가꼬 갔어.

의료진   CT실로 이동하겠습니다. (병철 병상 끌고 가려면)

명희   (따라붙으며 절박하게) 선생님, 희태 씬 괜찮은 거예요?

병철   숨은 붙어 있었는디… 쪼까 다쳤어.

의료진   비켜주세요. (병상 끌고 가면)

온몸의 피가 빠져나가는 심경의 명희, 불안한 시선으로 가는 병
철 보는 모습에서.

S#7   희태 본가 기남 서재 (밤)

불빛이 없어 정확히 어디인지 잘 식별되지 않는 어두운 서재 풍
경. 바닥을 보면 손발 묶인 희태, 의식 잃은 채 피 흘리며 쓰러져
있다.

S#8 **광주병원 로비 (밤)**

넋 나간 명희, 벽 따위 짚으며 겨우 쓰러지지 않고 응급실에서 걸
어 나오고. 어디서부터 뭘 어째야 할까, 명희 패닉으로 주저앉을
것만 같은 순간…

수련   명희야!

익숙한 목소리에 명희 보면, 손에 파일철 따위 들고 놀라 서있는
수련.

명희   수련아…!
수련   (반갑게) 아따, 니 여 있었냐? 난 진작에 황희태랑 떠난 줄 알고…
명희   (그제야 울컥, 다가가며) 수련아. 희태 씨가…
수련   (놀라) 황희태가 왜? 아야, 왜. 뭔 일인디.

수련, 명희 안으며 걱정스레 살피면, 수련 품에서 참았던 눈물 터
지는 명희.

S#9 **희태 본가 기남 서재 (밤)**

의식 돌아온 희태, 신음과 함께 눈 뜨고는 화들짝 불빛 쪽을 보
면… 서재 책상에 스탠드만 켜놓고 앉아 태연히 성경 필사를 하
는 기남의 모습.

기남   (계속 필사하며) 이제 정신이 좀 드나?

희태   (묶인 손발을 움직여보다, 허탈한 웃음) 저도 저지만, 아버지도 참⋯ 대
       단하시네요, 정말.

       쓰던 문장 마침표 찍는 기남, 성경 필사 노트를 덮고는 희태에게
       다가간다. 기남이 누워있는 희태의 멱살을 잡아 획 일으켜 앉히
       면, 괴롭게 신음하는 희태.

기남   10분 후에 다시 서울로 간다. 버스, 기차 편이 모두 끊겼으니 이동
       은 자동차로. (훑고) 치료는⋯ 서울 도착하면 받지. 이수련 어딨어?

희태   몰라요.

기남   그럼 이수련은 서울에서 행방불명 후, 전혀 아는 바가 없는 것
       으로.

희태   뭐 하시자는 거예요?

기남   (다가가) 너는 단 한 번도 광주에 내려온 적이 없는 거야.

희태   (조소) 저한테 최면 거셔봤자, 제가 광주에 있었다는 사실이 없던
       게 되지는 않아요.

기남   네가 광주에 있었단 증거를 없애면 되지. 예를 들면, 지금 병원에
       있는 그 기집애라든가.

희태   (애써 태연히) 거기 있는 의사며 간호원, 환자⋯ 절 본 게 한두 명이
       아닌데. 어떻게, 병원을 통째로 폭파라도 하시게요?

기남   그것도 나쁘지 않네. 깨끗이 쓸어버리고, 간첩의 소행이라고 하
       지 뭐.

희태   (헛웃음 터지고)

기남   왜. 별론가? 그럼 병원에 숨어든 간첩을 소탕했다는 건 어때?

희태   그걸 누가 믿겠어요? 모두가 두 눈 똑똑히 뜨고 지켜볼 텐데.

기남   제 눈으로 똑똑히 봤다는 놈이 나오면, 그놈도 한패로 몰면 돼. 결국엔 간첩의 소행이라고 믿는 자들만 남아 떠들고, 그게 사실이 되겠지.

희태   (한참을 보다가) 제가… 아버지 아킬레스건이 됐나 봐요?

기남   (말없이 보고)

희태   가장 바쁘실 시기에, 이렇게 제 존재를 지우려고 애쓰시는 걸 보니… 제가 광주에 있는 게 아버지께 큰 위협이 되는 거 같은데. 아닌가요?

기남   (픽, 웃으며 일어나 책상 쪽으로 걸어가고)

희태   풀어주세요. 풀어주시면 제 발로, 광주만이 아니라 아버지 인생에서도 사라져드릴 테니까.

기남   (테이프 들고 오며) 예상대로네. 희태 넌 똑똑한데, 수 싸움에 약해. 상대 수를 알았다고 떠벌리는 건 자기 수를 다 드러내는 짓이거든.

희태   (뭐지? 경계로 보면)

기남   (테이프 찍 뜯으며) 넌 진 거야. 사태 끝날 때까지 여기 있어.

희태가 채 뭐라 답하기도 전에 기남, 희태의 입에 거칠게 덕트 테이프 붙이고.
묶인 채로 필사적으로 저항하는 희태의 부상 부위를 꾸욱 누르는 기남.
희태 고통스럽게 비명 지르면, 아랑곳하지 않고 테이프 계속 뜯는 기남 모습에서.

S#10   YWCA 로비 (밤)

로비 한쪽 실종 신고 접수대 앞에 가족 찾으러 온 시민들 북적인다. 구석 의자에 앉아있는 명희, 겁먹은 시선으로 그 시민들 모습 바라보면…

어깨에 총 시민군에게 소식 전해 듣고는 가족 품에 혼절하는 중년 여성이며, 아이처럼 바닥에 앉아 우는 노인, 울며 따지는 사람까지… 처절하고.

수련, 홀로 앉아 시민들 바라보고 있던 명희 쪽으로 다가오며 말한다.

수련   명희야. 나가 수색팀에다가 특별히 잘 찾아 봐달라 부탁해놨응께…

명희   수색팀은… 죽은 사람만 찾는 데 아니냐?

수련   뭔 소리여. 아녀. 시방 도망 나온 연행자들도 속속 발견되고 있고…

명희   연행된 게 아니면? 보안대로 끌려간 거믄? 일부러 차로 치어서 데려갔대. 분명 그 사람 아버지 짓이라고.

수련   진짜로 황기남 짓이라믄 보안대로 데려가진 않았을 거여. 긍께 일단 진정하고…

명희   할 수 있는 게 없잖애! (울며) 피도 많이 흘렸을 거인디. 시방 어디서 죽어가고 있을지도 모르는디… 나가 할 수 있는 게 없잖애, 암것도!

수련   (보다가) 김명희. 정신 차려. 할 것이 왜 없어. 황희태 기다려야제.

명희   그냥 이라고, 가만히 기다리라고.

수련   기다리는 것이 어디 쉬운 일인 줄 알어? 맘 굳게 먹어야. 황희태
       분명 돌아올 거여. 돌아올 때까지 명희 니가 딱 버티고 있어야제.

       수련의 말에 명희 눈동자 흔들리다가, 문득 희태와의 마지막 순
       간을 떠올린다.

인서트   광주병원 앞 (저녁/회상-10화 씬50 직후 상황)

병철의 차로 걸어가는 희태를 잡아 세우는 명희.

명희   희태 씨. 괜히 자리 비켜줄 필요 없어요.

희태   그냥 요 옆 병원 갔다 오는 건데요 뭘.

명희   아버지랑 할 얘기도 없고… (손잡으며) 가지 말고 여 있어요.

희태   (잡은 손 보며, 씁) 갑자기 왜 이렇게 다정하실까, 마지막처럼? 설마
       나 갔다 오는 사이에 아버님이랑 어디 가버리는 거 아니죠?

명희   뭔…!

희태   (장난스레) 어디 가지 말고 기다려요. 금방 갔다 올 테니까.

S#11   YWCA 건물 앞 (밤)

생각에 잠겨 터덜터덜 걸어 나오는 명희.

건물 앞에서 초조하게 명희를 기다리던 현철, 그런 명희 발견하고 다가간다.

현철	명희야. (대답 없자, 단호히) 김명희. 싸게 따라와. 더 늦기 전에 출발해야 돼. 시방 명수도 기다리고 느그 엄니도… (하는데)
명희	전 병원으로 가요.
현철	뭔 소리여, 병원이라니. 거길 또 왜 기어들어 가.
명희	그 사람, 병원으로 돌아온다 했어요. 거기서 기다릴 거요.
현철	제정신이여? 돌아올지 안 올지도 모르는 놈 기다린다고 이 전쟁 통에 남겠다고? 시방 탈출 못 하면 꼼짝없이 독 안에 든 쥐 꼴 나는 거여. 도시를 통째로 봉쇄한다고!
명희	아버진 싸게 명수 델꼬 나가씨요. (자리 뜨려면)
현철	(잡고) 고게 시방 뭔 말이여?! 어떤 애비가 사지에 자식을 두고 떠나!
명희	나도 그 사람 두고 못 떠나요!

현철, 놀라 보면… 이미 마음먹은 듯, 눈물 흐르지 않게 굳게 버티는 명희 표정에서.

S#12 수련 집 앞 (밤)

대문 앞에 초조히 서서 다가오는 승용차 보던 창근과 고모, 승용차에서 수찬 내리면, 누가 먼저라고 할 것 없이 달려들어 부축한다. 여기저기 다친 수찬 살피며 울컥하는 창근, 울음 삼키며 수찬

끌어안는 모습 위로.

창근(E)   덕분에 수찬이 잘 도착했습니다.

S#13   수련 집 거실 + 보안대 기남 사무실 (밤)
어둑한 거실에서 홀로 통화하는 창근, 전화인데도 안절부절 깍듯
한 자세고.

창근   매번 이러고 신세만 집니다. 감사합니다, 황 과장님.
기남(F)   감사는 됐고. 이제 자식 일은 각자 알아서 하시죠.
창근   예. 다신 이런 일 없게 하겠습니다. 요번 일은 운이 나빠서…
기남(F)   아뇨. 아드님 말고, 따님 말입니다.
창근   예? 우리 수련인 시방 서울에…
기남(F)   사장님도 참… 딸 간수 안 되는 건 여전하시네요.

기남, 어둑한 사무실에서 홀로 통화하고 있다.

기남   지금 광주에 있습니다. 제 아들놈은 제가 찾아 데리고 있으니, 따
         님은 사장님이 알아서 잘 한번 찾아보세요.
창근(F)   황 과장님…!
기남   (O.L) 되도록 빨리 찾는 게 따님 신상엔 좋을 겁니다. 만약 보안대
         에서 다시 보게 된다면… 그땐 저도 제 아들의 정혼자가 아니라,
         불순분자로 대할 수밖에 없으니까요.

창근	불순분자라뇨! 무슨 그런, 근거 없는 소릴…!
기남(F)	글쎄요. 근거는 이미 차고 넘쳐서요. 그럼, 몸조심 하십쇼.
창근	아이 황 과장님. 황 과장님!

떨리는 손으로 수화기 내려놓는 창근, 흔들리는 눈빛이 2층 쪽을 향하고.

S#14 수련 집 수련 방 (밤)

방의 불을 켜고 들어오는 창근, 방 안 휘 둘러보더니 책상으로 급히 다가간다.

책장과 서랍을 다급한 손길로 뒤져보지만 별다른 물건은 보이지 않고. 그러다 문득 시선이 옷 서랍 쪽에 닿으면, 창근 혹시나 하는 마음에 다가가 서랍들 하나씩 열어 뒤져보는데… 마지막 칸에서 수련의 학생운동 물품들 나오고. 심장 덜컹 내려앉는 창근, 유인물이며 금지서적 등을 허겁지겁 꺼내 찢는데.

수찬	아버지.

창근, 목소리에 놀라서 돌아보면, 문가에 서서 보고 있는 수찬.

창근	수찬아…!
수찬	(차분히) 지금 뭐 하세요?
창근	잉, 고것이… 거시기 저, 별거 아니여. 그냥…

찢은 자료들 허둥지둥 숨기는 창근을 말없이 보던 수찬, 마음먹은 듯 입 연다.

수찬   아버지. 저 연행당한 날… 수련이 봤어요.

S#15   합숙소 방 (밤)

명수, 정태의 짐가방 정태 향해서 툭 던지면서 재촉한다.

명수   아야, 뭐대. 느그 엄니 계속 밖에 서 계시잖애. 싸게 가봐야.

정태   이따가. 너희 아버지 오실 때까지만.

명수   (의아한) 아까는 진규 엄니 오실 때까지만 있는다드만… 왜 지척에 집 놔두고 안 갈라 그란대? 뭔 일 있냐?

정태   (잠시 망설이다) 아버지가… (뜸 들이다 한숨) 아냐, 아무것도.

명수   뭐여… 아따, 글믄 싸게 가봐. 엄니 목 빠지시겄다.

정태 한숨 푹, 어쩔 수 없이 짐가방 들면… 명수, 부스럭 수첩과 펜 꺼내 내민다.

명수   아나. 가기 전에 여따 느그 집 번호랑 주소나 적고 가.

정태   왜?

명수   옴마, 왜기는? 체전 전까지 서로 연락할라 그라제. 딴 아그들도 다 적었어. 아따, 빨랑.

정태   (치, 펜과 수첩 받는데)

S#16 **합숙소 앞 (밤)**

서있는 해령, 초조함에 한숨 푹 쉬다가… 인기척에 돌아보면, 현철이고.

현철   (해령 알아보고) 여즉 안 가고 계셨소?

해령   (당황, 눈인사하며) 아… 얘가 준비가 늦네요.

현철   (보다가) 세상에 부모 맘 따라주는 자식이 몇이나 되겠소.

해령, 현철이 건네는 덤덤한 위로의 말에 엷은 미소 지어 보이는데. 그때 막 합숙소에서 나오는 정태와 명수. 배웅 나온 명수, 현철 보더니 어!

명수   (달려가 안기며) 아버지! 누나는요?

현철   누나가 아직 일이 남아가꼬… 내일 같이 출발허자잉.

명수   예에? 내일요?!

현철, 칭얼대는 명수 데리고 합숙소 들어가며 인사하면, 해령도 따라서 꾸벅.
뚱한 표정으로 먼저 걸어가는 정태 뒷모습 착잡히 보던 해령, 뒤따라 걸어간다.

S#17 **외곽도로 (밤)**

트럭에서 내려 이동하는 공수부대원들. 그중에 광규와 얼어터진 경수도 끼어있다. 미리 도착해 있던 일반 육군 두어 명 주춤, 두려움의 눈빛으로 공수부대 보고. 그 눈빛 느끼는 광규, 시선 바닥으로 푹 떨구며 걸어가는 모습 위로…

중대장(E)   이 시간부로 충정작전의 기조를 '진압'에서 '봉쇄'로 전면 변경한다. 광주에서 외부로 나가는 모든 교통로를 봉쇄해 폭도들의 탈출을 막는다. 이에 불응하는 폭도는 즉각 사살하도록.

(cut to) 광규, 경수와 함께 도로에 바리케이드 낑낑 옮기며 심상하게 말한다.

광규   딱 저, 사람 죽인 도사견 보는 눈빛이드만.
경수   예?
광규   아까, 딴 부대 애들이랑 마주쳤을 때 말여. 그냥 내 자격지심인 건지, 아니믄 진짜 사람 죽인 놈은 표가 나는 것인지…

잠시 허리 펴며 쉬는 광규, 바리케이드 너머를 복잡한 감정으로 바라보다 입 연다.

광규   저 안으로 다시 들어갈 수 있을까?
경수   (보면)
광규   다시 광주로… 돌아갈 수 있을까?

광규, 다시 묵묵히 바리케이드 옮기기 시작하고. 쓸쓸하게 그런 광규 보는 경수.

S#18   광주병원 응급실 (새벽)

명희, 환자 혈압 재고 있으면 민주, 수액 팩 하나 들고 다가와 급히 묻는다.

민주   아야, 설마 수액 남은 거 인자 요거 하나여?

명희   예. 병동에 남는 거 좀 있대서 인영이 올려보냈어요.

민주   (근심) 시방 수술방도 산소통 없어가꼬 올스탑 됐던디, 우리 응급실도 이러다 문 닫는 거 아녀?

명희   혹시 모른께, 옆 병원에도 함 연락해볼게요.

명희, 스테이션 쪽으로 걸어가면… 한쪽에 서있던 수찬, 다가가며.

수찬   간호원님, 고생 많으십니다.

명희   (돌아보고 놀라) 수찬 오빠! 다치셨어요? 어쩌다가…

수찬   (픽 웃고, 고개 젓는) 명희 니한테 뭐 좀 물어볼라고 왔어.

명희   저한테요?

수찬   (잠시 뜸 들이다) 수련이랑 황희태… 시방 광주 내려와 있다.

명희   (어떻게 반응해야 할지 몰라서 보면)

수찬   (표정 살피고) 알고 있었구마. 글믄, 수련이 시방 어디 있는지 아냐?

명희   고것이… (망설임에 입 다물면)

수찬   알믄 말 좀 해줘. 나 황 과장이 해코지하기 전에 수련이 꼭 찾아

야 돼. 그짝서 이미 황희태도 찾아가꼬 델꼬 있단디, 수련이 찾는

건 시간문제…

명희   (O.L, 철렁해서) 참말로 그리 말했어요? 희태 씨 델꼬 있다고?

애타서 묻는 명희 표정으로 모든 상황을 예감한 듯, 쓸쓸해지는

수찬 표정에서.

S#19   광주병원 앞 (새벽)

병원을 나서려는 수찬, 배웅하러 따라 나온 명희를 돌아보며 말

한다.

수찬   계속 여기 있었다고? 황희태 돌아올 때까지?

명희   (끄덕이면)

수찬   (작게 한숨) 황 과장이 황희태를 데려간 것이, 뭔 의민지 알제? 계

          속 여기 있으믄 니도 언제 어떻게 위험해질지 모른단 거여. 수련

          이만큼… 난 니도 걱정된다, 명희야.

명희   (잠시 보다가) 어릴 때… 아버지가 장 데려가실 때마다 당부하신

          게 있어요. 혹시라도 손 놓쳐서 아버지 잃어버리믄 꼭 그 자리 그

          대로 있으라고요. 서로 찾는다고 돌아댕기다가 미아 되니까, 아버

          지가 찾을 수 있게 그 자리에 가만히 서있으라고…

수찬   (보면)

명희   벼락이 쳐도 전 이 자리 지킬 거예요. 희태 씨가 다시 절 찾을 수

          있게…

덤덤하게 말하는 명희 모습을 가만히 지켜보던 수찬, 살포시 미소 짓는다.

수찬   명희 니 이런 점이 참 좋았어. 씩씩하고, 꿋꿋하고.

명희   (보면)

수찬   (어깨 다독이며) 몸조심해라잉. 도움 필요하믄 언제든 꼭 연락하고.

돌아서서 병원을 떠나는 수찬의 뒷모습을 바라보는 명희.

S#20   보안대 복도 (아침)

출근한 최 대령 복도 걸어가면, 복도 반대쪽에서 회의 끝난 사람들 우르르…

최 대령, 의아하게 그 광경 보다가 기남 사무실 쪽으로 걸음을 재촉한다.

S#21   보안대 기남 사무실 (아침)

최 대령, 기남 사무실로 들어가 보면… 막 회의 끝마친 사무실 풍경, 들어오는 최 대령 본 기남, 조사관1과 얘기하는 채로 가볍게 눈인사만.

기남   그럼 자술서는 오늘 중으로 다 끝내 놔. 가 봐. (조사관1 나가면 태연하게) 오셨습니까?

최대령	뭡니까, 지금?
기남	방금 막 조간 회의 마쳤습니다만…
최대령	회의~ 일부러 나 없을 때, 보고도 없이?
기남	감독관님께선 현장 업무로 바쁘신 것 같아서요. 회의록 올리겠습니다.
최대령	황 과장님. 지금 나 견제해요?
기남	(보다가) 견제는, 같은 밥그릇 노릴 때나 하는 짓이죠. 그저 밥 잘 먹나 지켜보러 와주신 감독관님을 제가 왜 견제하겠습니까? (다가서며) 그리고 무엇보다 저는… 견제를 이런 방식으로 하진 않습니다.

기남의 뼈있는 말에 최 대령 긴장으로 보면, 싸늘한 미소 짓는 기남.

기남	감독관님 경고 덕에 위험 요소도 사전에 잘 제거했으니, 이제 전제 일에 집중하겠습니다. 그러니 감독관님도, 감독에 집중하시죠.

무표정으로 보던 최 대령, 대답 대신 애써 비릿한 웃음 지어 보이며 돌아서고. 뒤돌고 나서야 분하게 어금니 깍, 사무실을 나서는 최 대령 표정에서…

S#22 몽타주 – 희태 탈출 시도

S#22-1 희태 본가 거실 (낮)

거실로 나오는 해령, 익숙하게 라디오(혹은 오디오) 틀면 음악이 흘러나오고.

S#22-2 희태 본가 기남 서재 (낮)

입에 테이프 붙여진 채 기진맥진한 희태, 거실에서 들려오는 음악 소리에 눈뜨면.

해령(E) 정태야. 일어났니?

희태   (목소리에 놀라서 문가 보고)

S#22-3 희태 본가 거실 (낮)

계단 쪽으로 걸어가, 2층 향해서 고개 내밀어 소리치는 해령.

해령   얼른 내려와서 밥 먹을 준비해. 아버지 오실 때 다 됐어.

S#22-4 희태 본가 기남 서재 (낮)

그 말에 희태, 문가 향해 필사적으로 소리쳐보지만, 테이프 때문에 소리 크지 않고.

책상다리 따위에 묶인 팔을 안간힘으로 풀어보려는 희태. 손목에 핏기만 붉어질 뿐 매듭 풀리지 않자, 온몸으로 책상 흔들기 시작하는 희태.

희태 흔들 때마다 움직이던 책상 위 소품, 책상 밑으로 아슬아슬
떨어지려는 순간…

S#22-5 희태 본가 거실 (낮)

'쿵' 소리에 부엌 쪽 가던 해령, 의아하게 돌아보면… 그 순간, 불
만 가득한 얼굴로 쿵쿵 발 구르며 계단 내려오는 정태.

해령   계단에서 발 구르지 말라니까. 아직 세수도 안 했어?

정태   밥 생각 없어요.

해령   생각 없어도, 며칠 만에 아버지 보는데 같이 먹어야지. 얼른 씻
고 와.

해령, 다시 부엌으로 가면 정태 못마땅하게 한숨 푹, 씻으러 걸어
가는데.

S#22-6 희태 본가 기남 서재 (낮)

희태 옆으로 떨어진 책상 위 소품, 바닥에 나뒹굴고… 문가 바
라보며 마음 다급해진 희태, 아예 머리로 책상을 쿵쿵 치기 시
작하면.

S#22-7 희태 본가 거실 (낮)

씻으러 가려던 정태, 멈칫⋯ 이상한 쿵쿵 소리에 서재 쪽을 바라
보는데.

S#22-8 희태 본가 앞 (낮)

그 시각, 차에서 막 내리는 기남. 집 한번 올려다보고 대문으로 걸
어간다.

S#22-9 희태 본가 기남 서재 (낮)

더 절박하게 온몸으로 책상에 부딪혀 쿵쿵 소리를 내는 희태의
모습.

S#22-10 희태 본가 거실 (낮)

정태, 겁먹었지만 '쿵쿵' 소리 궁금하고⋯ 천천히 다가가, 문고리
에 손 뻗는다. 잠시 열까 말까 망설이던 정태, 서재 문 끼익 열면!
문틈 사이로, 손발 묶인 채 피투성이가 된 희태 자신 향해 소리치
는 모습! 정태, 귀신 본 것처럼 공포로 얼어붙는데⋯ 그 순간, 기
남 나타나 문 쾅 닫고!

기남   다신 이 문 열지 마.

정태, 그런 기남을 보며 겁에 질려 소리도 못 내고 눈물 뚝 흘리면… 뒤늦게 거실로 달려 나온 해령, 상황 파악하려 정태와 기남 번갈아 보는데.

S#23   희태 본가 정원 (낮)

항의하듯 기남을 따라 밖으로 나오는 해령, 담배 꺼내려는 기남 잡아 세운다.

해령   당신 미쳤어요?! 대체 무슨 짓을 벌이는 거예요, 집에서!

기남   말했잖아. 가족을 위한 일이라고.

해령   (기차서) 가족을 위해요? 저 안에 있는 건 당신 자식이잖아!

기남   아니. 저 안에 있는 건 폭탄이야. 당신 아버지 같은.

해령   !!

기남   잘난 당신 아버지 덕에 이 촌구석에 처박힌 지 자그마치 십 년이야. 십 년 만에 다시 찾아온 기회라고. 알아들어? 가족이라고 폭탄 끌어안는 멍청한 실수, 절대 두 번은 안 해.

해령   (질려서 보다가) 저러다 죽으면… 죽으면 그땐 어쩔 거예요?

기남   당신하고는 상관없잖아? 평소처럼 정태나 신경 써. 내 자식은 내가 알아서 할 테니.

대수롭지 않게 말하는 기남 모습에 해령, 경악을 금치 못하는 눈빛에서…

S#24　YWCA 로비 (낮)

수련, 수기로 작성한 실종자 목록 이름 위에 빨간 선 죽 그어 '사
망'이라 적고. 쓸쓸한 한숨으로 '사망'이라는 글씨를 멍하니 바라
보고 있는데…

수찬　이수련.

수련　(돌아보고, 놀라) 오빠…!

S#25　YWCA 건물 앞 (낮)

실종자 전단과 대자보, 사망자 명단 등이 붙여진 벽 앞에 마주 선
수련과 수찬. 수찬에게 들은 얘기들로 머리가 복잡한 수련, 한숨
을 푹 내뱉는다.

수련　예상은 했어. 황희태를 데려갔응께 고 담엔 나겠구나 싶었제. 근
　　　디, 황기남 때문에 위험한 건 여기 있는 사람들 다 마찬가지여. 나
　　　하나 무사 하자고 집으로 들어갈 순 없어.

수찬　…아버지는?

수련　(아버지라는 말에 흔들림으로 보면)

수찬　아예 들어오라곤 안 해. 그래도 아버지한테 얼굴은 한번 비춰야
　　　하지 않겠냐.

수련　(심란한 누르며) 지금 아버지 보믄, 다시 못 나올 거 같아서 그래.

수찬　(보다가) 수련아. 니가 어떤 맘으로 이러는지 인자는 나도 알아. 근
　　　디 꼭 가족을 등질 필욘 없잖애. 이럴 땔수록 더…

수련	(말 막듯) 여기 이것들, 가족 잃어버린 사람들이 붙인 거여. 살았는지 죽었는지도 모르는 마당에 글 쓰고 사진 오려가며 붙인 거라고.

수련의 말 들으며 수련이 가리키는 실종자 벽보들 무심코 보는 수찬. 순간 '어?' 한 벽보 속 소년 사진에서 멈추면…
섬광처럼 스치는 기억(인서트-10화 씬17) 연행된 수찬의 바로 옆에서 신음하던 소년, 벽보 속의 소년과 같은 얼굴이다.

수련	적어도 우리 세 가족은 다 살아있고, 서로 살아있는 거 알잖애. 그걸로도 시방 충분히… (뒤늦게 수찬을 보고 의아하게) …오빠?
수찬	(수련 부름에도 넋 나가 벽보를 바라보는)

S#26 광주병원 로비 (낮)

로비에 매트리스 깔고 환자들 누워있고. 지친 명희, 드레싱 마치고 도구 정리하는데…

선민	(실종자 목록 들고, 뒤에서 다가와) 요 환자도 무연고 환자요?
명희	예. 오늘 아침에 들어온… (무심코 돌아보고는) …선민아.
선민	(끄적이다가, 뒤늦게 보고 놀라) 야, 니…!

S#27   광주병원 앞 (낮)

양손에 자판기 커피 들고 밖으로 나오는 선민, 명희에게 다가

가며

선민   수련이한테 얘긴 들었다. (커피 건네며) 꼬라지 딱 본께, 니 잠도 안

자고 밥도 안 먹제? 이라믄 누가 뭐, 열녀문이라도 세워준다든?

명희   (픽 웃고) 누워도 잠 안 와야. 배도 안 고프고.

선민   긍께 억지로라도 챙겨야제. 이러고 있음 황희태가 픽도 좋아하겄

다. 너무 걱정 말어야. 천하의 황기남이래도 아들한테 별짓이야

하겄냐?

명희   (고개 젓고) 뭔 짓을 하고도 남을 사람이여.

선민   아무리 그래도 부모 자식이다잉. 자식 죽이는 부모 봤냐? (하는데)

현철(E) 그것이 시방 뭔 소리여.

명희, 놀라서 돌아보면… 명수 데리고 온 현철, 충격과 분노로 보

고 서있다.

S#28   광주병원 일각 (낮)

명수, 멀리 떨어져 걱정스레 보면… 인적 드문 곳에 마주 선 현철

과 명희.

현철   니… 그놈 애비가, 황기남이가 어떤 놈인지 알기나 하냐?

명희   알고 있어요.

현철	아니! 넌 암것도 몰라! 그놈 때문에 나가, 우리 가족이 어떤 일을 당했는지…!
명희	것도, 이미 알고 있어요.
현철	(배신감으로 보며) 안다고? 고거를… 알면서도 만났다고 그놈을?
명희	희태 씨가 한 짓 아니잖아요. 그 사람은 아들인 죄밖에…
현철	(O.L) 고거이 문제여! 고 금수 같은 놈 밑에서 먹고 자란 새끼가 뭘 보고 배웠겠어! 가도 똑같은 놈이라고!
명희	(쓴웃음으로 보다가) 아버진 평생 낙인에 시달려놓고, 황기남이랑 똑같은 얘길 하시네요.

충격과 분노로 부들부들 떨리는 현철, 명희의 손을 휙 잡아채 끈다.

현철	따라와. 지금 당장 같이 나주로 가.
명희	(실랑이) 놔요. 이거 놓으라고!
현철	(끌고 가는) 이쯤에서 끝내야! 결국엔 니 인생까지 망칠 놈이라고!
명희	내 인생 망친 건 그 사람이 아니라 아버지잖애!
현철	!!
명수	(뛰쳐 들어와) 둘 다 고만해! 싸우지 말어!

명수, 명희 온몸으로 말리듯 안기며 '그만 하라고오' 엉엉 울음 터트린다. 서로 상처밖에 남지 않은 부녀, 복잡하게 뒤엉킨 감정으로 그런 명수를 바라본다.

S#29   희태 본가 전경 (낮)

본가 전경 위로 쿵, 쿵, 쿵… 반복적인 둔탁한 소리(E)

S#30   희태 본가 기남 서재 (낮)

기남, 서재 들어와 보면… 무표정한 희태, 힘없이 기계처럼 책상에 머리 쿵, 쿵. 그 모습 황당한 코웃음으로 보던 기남, 다가가서 입에 붙은 테이프를 떼어주면 남은 힘 짜내 '아아아!' 소리 내지르는 희태.

기남, 그 긴 외침 끝나길 기다리다가.

기남   힘 빼지 마. 소리 질러봤자, 밖에선 들리지도 않아.

희태   적어도 이 집에 있는 사람은 듣겠죠. 아버지도 듣고 와주셨잖아요?

기남   (픽 웃고) 바깥소식 궁금하진 않아? 지금 계엄군 퇴각해서 아주 축제 분위기야. 해방이 아니라 고립인 줄도 모르고… 이제 광주는 뒤주에 갇힌 꼴이 됐어. 굴복할 때까지 천천히 말라 죽겠지. 지금 너처럼.

희태   (보다가 웃고, 고개 떨구며) 이제야 좀 이해가 되네.

기남   (보면)

희태   폐가 썩어 문드러지는 한이 있어도, 아버지가 주는 돈으론 치료 안 받겠다던 어머니 뜻을… 이제야 알겠어요.

기남   등록금, 생활비 타 쓸 때는 모르다가, 이제야 알겠어?

희태   전 그게 그냥 현수막 이름값인 줄 알았죠. 구걸을 할 거면 차라리 교회로 갈걸. 이 집으로 온 게 진심으로 후회되네요.

기남	(냉소) 밖에 있는 놈들도 그렇고 너도 그렇고, 이렇게 멍청하게 구는 이유가 뭘까? 얌전히만 있으면 어련히 적당할 때 풀어줄 텐데.
희태	얌전히 있다 풀려나봤자, 또 불안하면 잡아 가두실 거잖아요. 그건 풀려나는 게 아니죠. 목줄이 길어지는 것뿐이지. (나지막이) 전 아버지 애완견이 아니에요. 더는 제 인생에 개입하지 마세요.
기남	그렇게는 안 되지. 이미 나는 값을 치렀는데.
희태	어쩌죠? 저도 이제 착한 아들 노릇은 못 해드려요. 일단 데모부터 시작할까 봐요. 체포전력도 있겠다, 회개한 대공수사과장 아들… 그림 좋잖아요. 아니면 위장 취업을 할까? 야학도 좀 해가면서… (하는데)
기남	(멱살 휙 잡고) 적당히 기어올라.
희태	(미소로) 아버지만 제 인생을 망칠 수 있는 건 아니에요. 그러니까… (또박또박) 더는 제 인생에 개입하지 마세요.
기남	오갈 데 없는 고아 새끼 거둬줬더니, 분수를 모르고 까불어?
희태	(해맑게) 제가 왜 고아예요? 버젓이 아버지가 살아 계시는데.
기남	착각하지 마. 넌 내가 아들로 선택해준 거야. 내 선택 없인 넌 고아야. 장례비 구걸하던 그 고아. 거리의 시체는 찾는 가족이라도 있지. 넌 찾는 사람도 없이 여기서 피 흘리다 죽게 될 거야. (나직이) 그리곤 아무 일도 일어나지 않겠지. 애초에 존재하지도 않았던 것처럼.
희태	(잠자코 듣다가 나직이) 고아는 제가 아니라 아버지예요. 아무도 아버지를 가족으로 선택하진 않을 테니까.

기남, 희태 격노로 바라보다가 잡고 있던 멱살을 더 세게 그러쥐

고. 희태, 숨통이 막혀오는 상태에서도 지지 않고 기남을 오기로
바라보는데…

조사관2(E)   (똑똑) 과장님! 들어가 보셔야겠습니다. 긴급 호출입니다.

계속 그대로 있다가, 어느 순간 분하게 그러쥔 먹살 탁 놓는 기남.
모든 힘을 소진한 희태, 떠나는 기남을 거친 호흡으로 지켜보는
모습에서.

S#31   광주병원 일각 (낮)

침울한 표정의 현철, 병원 한쪽에 놓인 벤치에 앉아 생각에 잠겨
있다. 그런 현철 걱정스레 보다가 다람쥐처럼 쪼르르 다가가는
명수, 뭔가를 쥐여주는데.
손바닥 펼쳐서 보면, 사탕이다. 현철, 그런 명수를 귀엽고, 안쓰럽
게 보다가 영차, 명수 안아 올려 어린아이처럼 자기 무릎 위에 앉
힌다.

명수   아부지… 우리 나주 언제 가요?

현철   (말문 막히고, 묵묵히 사탕 까서 명수 입에 넣어준다)

명수   (오물오물, 안기며) 우리, 누나 보쌈할까요? 아부지가 누나 팔 잡고,
        나가 누나 다리 잡아꼬 나주까지 데려가부러요.

현철   (픽 웃곤) 껍데기 끌고 가봤자 뭐 더냐. 넋은 다 여기 있는디.

명수   (치) 누난 진짜 왜 그란대요? 아따, 아무리 희태 형이 좋아도 글치,

뭣보다 가족이 세상에서 쩰로 중한 거 아녜요?

현철, 미소로 보다가 품에서 회중시계를 꺼내서 명수에게 보인다.

현철 요 시계, 느그 아부지가 누구한티 받은 건 줄 아냐?

명수 할아버지 돌아가시면서 물려주신 거잖애요.

현철 (고개 젓고) 사실 물려받은 거는 아부지 형님이여. 나가 딱 명수 니만 할 때, 형님이 집 나가믄서 다시 나한테 물려준 거여. 가장 하라고.

명수 왜 집을 나가붓대요?

현철 아부지 형님도 가족보다 더 중한 게 있었거든, 느이 누나처럼… 명수 니도 어른 되믄 몰라. 더 중한 게 생길지도.

명수 (삐죽) 아닌디. 난 죽을 때까정 우리 가족이 쩰로 중한디.

현철 (픽) 니 쩝때 무등경기장 가본께 어떻디. 학교 운동장보다 훨씬 컸제?

명수 (흥분) 아따, 학교 운동장이랑 무등경기장은 차원이 다르죠!

현철 (머리 쓰다듬으며) 비슷한 거여. 가족도 당연히 중하지만은, 인생엔 가끔 무등경기장 맹키로 더 크고 중한 것이 있어.

명수 (쉽게 이해되지 않는 듯, 현철 바라보면)

S#32 광주병원 응급실 (낮)

명수, 응급실 구석에서 빼꼼. 명희 정신없이 일하는 모습 보며 현철 말 떠올린다.

현철(E) 누나도 가족이 중하지 않은 것이 아니라, 더 중한 것이 있어서 시방 못 떠나고 있는 거여.

S#33   광주병원 로비 (낮)
결의에 찬 명수, 공중전화에 동전 넣고, 수첩 펼치고, 다이얼을 돌린다. 두근두근 신호음 듣던 명수, 공중전화에 달그락 동전 떨어지는 소리 들리자마자

명수   (국어책) 안녕하세요. 저 정태 친구 명수라고 하는디, 정태 있어요?

S#34   희태 본가 거실 (낮)
겁에 질려 경직된 정태, 주춤주춤 다가와 조사관2가 건네는 수화기 받는다.

정태   …여보세요?

명수(F) 정태냐? 나여, 명수!

정태   (익숙한 목소리에 긴장 풀려) 김명수…! 나주 도착한 거야?

명수(F) 아니. 나 아직 광주여. 누나 땜시.

정태   누나…? 왜?

명수(F) 시방 우리 누나, 희태 형 기다린다고 병원서 꼼짝도 안 하고 있거등.

정태   !!

명수(F)	그래서 말인디, 희태 형 혹시 집에는 안 왔냐? 뭐 얘기 들은 거라 도 없어?

정태, 명수 얘기 들으며 힐끔 기남의 서재 문 바라보고…
멀리 떨어진 조사관의 위치 확인하고는, 덜덜 떨리는 목소리로
속삭이는 정태.

정태	희태 형… 죽을지도 몰라.
명수(F)	뭐?! 그게 뭔 소리여?
정태	(울컥해서) 우리 아버지가, 아버지가 형을 막…

정태 말 이어가려는데, 갑자기 튀어나와 휙 수화기 빼앗는 손길.
화들짝 놀란 정태, 공포로 보면… 난처한 표정의 해령, 급히 전화
끊어버린다.

S#35   희태 본가 희태 방 앞 (낮)
자기 방으로 들어가려는 정태를 뒤따라가는 해령.

해령	누구 전환지 정말 말 안 할 거야? (붙잡고) 황정태!
정태	엄마는 아무렇지도 않아요?
해령	뭐…?
정태	서재에서 나던 소리, 이제 안 나잖아요. (겁먹어) 희태 형 벌써 죽은 거면 어떡해요? 나보다 더 좋아하는 형한테도 저러는데… 나

해령	도 나중에 아버지가 저렇게 가두면 어떡해요?
해령	그럴 일 없어, 정태야. 형이랑 아버진 그냥 잠깐 다툰 거고…

울먹이는 정태, 해령의 옷소매 아이처럼 잡으며 애원하듯 작게 속삭인다.

정태	엄마. 엄마가 풀어주면 안 돼요? 지금 아버지도 안 계시잖아요.
해령	(보다가 애써 차분) 안 돼. 그러다 괜히 일만 더 커져. (달래듯) 아버지 마음 풀리시면 형 바로 풀어주실 거야. 너무 걱정하지 마. 응?

정태, 실망으로 해령 바라보다가… 조용히 잡았던 옷소매를 놓으며 말한다.

정태	저, 다시 합숙소 갈래요.
해령	뭐? 너 지금 밖이 얼마나 위험한지… (하는데)
정태	어디든, 우리 집보다는 안 무서워요.
해령	!!

S#36 희태 본가 기남 서재 (낮)

기력을 소진해 혼미한 희태, 묶인 책상에 힘없이 머리 기대어 앉아있고. 끼익 문 열리는 소리에 느리게 반쯤 감았던 눈을 떠 희미한 앞을 보면…
명희, 마지막으로 봤던 모습으로 서재 문가에 서서 자신을 걱정스레 보고 있다.

희태   명희 씨…? 여기 오면 안 돼요. 아버지 오시기 전에…

남은 힘 쥐어짜 말하는 희태에게 다가오는 명희, 다가올수록 모습 흐려지다가… 미간 찌푸리는 희태, 정신 차려서 보면… 물 한 잔을 손에 든 해령이다.
복잡한 심경으로 희태를 보던 해령, 자세 낮춰 희태 입가에 물잔 가져다주고. 갈증이 심했는지 벌컥벌컥, 물 한 잔을 단번에 비워내는 희태.
희태 이제야 좀 살겠는지 하, 숨 내뱉고… 해령, 그런 희태 잠시 보다가 일어나 묵묵히 빈 잔 들고 나가려는데… 희태, 그런 해령을 붙잡듯 입 연다.

희태   저… 부탁 하나만 들어주시면 안 돼요?
해령   (멈칫, 돌아보면)
희태   병원에… 전화 한 통만 해주세요. 명희 씨 아직 거기 있으면, 저는 안전하게 잘 있으니까 먼저 나주 가 있으라고.
해령   (망설임으로 보다가) 미안하지만… 난 그 부탁 들어줄 수 없어.

해령 대답에 희태, 표정 변화 없이 가만히 해령을 바라보고 있으면.

해령   그렇게 봐도 소용없어. 이미 알고 있었잖아, 난 이 집에서 할 수 있는 게 없다는 거. 내가 너한테 줄 수 있는 건 고작 이 물 한 잔

	정도야. 이런 내가 밉고 원망스럽겠지만… (하는데)
희태	어머니.

해령, 희태의 부름에 쏟아내던 말 멈추고 보면… 덤덤하게 말하는 희태.

희태	원망스럽지 않아요. 미워한 적도 없고요. 전 어머니 이해해요.
해령	…….
희태	그럼… 다른 부탁 하나 할게요.
해령	(보면)
희태	정태 데리고… 이 집에서 나가 계세요. 정태, 아직 어리잖아요.
해령	(예상치 못한 희태의 초연한 말에 놀라 보고)

S#37 희태 본가 거실 (낮)

서재에서 나오는 해령, 심란함에 문 앞에서 차마 발길 떨어지지 않는데. 감시 서는 조사관2의 뒷모습을 갈등으로 바라보는 해령의 흔들리는 시선에서…

S#38 보안대 복도 (낮)

함께 조사실을 향해 걸어가면서 신상 파일을 기남에게 건네는 조사관1. 기남 성가신 표정으로 파일 넘겨보면, 안절부절못하며 말 덧붙이는 조사관.

조사관1	말씀드린 그놈입니다. 끝까지 진술 거부한다는…
기남	(쯧, 덮으며) 시킨 일 하나 마무리 못 하고… 여기야?
조사관1	예. (급히 문 열어주고)

S#39   보안대 조사실 (낮)

반복된 고문으로 처참히 망가진 혜건, 힘없이 앉아있다가 문 열리는 소리에 흠칫.

뚜벅뚜벅 다가오는 구둣발에 잔뜩 움츠린 혜건 고개 들어보면…

기남이고. 낯익은 얼굴에 놀라 혜건 멍하니 보면, 가까이 다가가 귓가에 속삭이는 기남.

기남	너희 가족들을 죽일 거야.
혜건	(귀를 의심하고 보며) …뭐요?
기남	함평군 월양면 월양리 10-33… 외할머니댁이지? 인적이 드물어서 어머니 요양엔 딱이겠네. 니 아버지처럼 간병을 간 게 아니라면 거기 누가 사는 줄도 모를 거야. 누가 죽어도 모를 거고.
혜건	(공포와 분노 뒤섞여 부르르 보면)
기남	(담뱃갑 내밀며, 부드럽게) 그만 끝내자. 힘들잖아. 부모님 봐야지.

조용히 기남과 담뱃갑을 번갈아 보는 혜건, 과거 희태와의 한때를 회상한다.

인서트　　**혜건네 사진관 방 (낮/회상)**

　　자려고 나란히 누운 혜건과 희태. 혜건, 희태 쪽 향해서 빙글 돌아

　　누우며

혜건　　아야. 보안대 잡혀가서 니 이름 대믄 느그 아버지 빽으로 쫌 봐

　　　　주냐?

희태　　빽? (코웃음) 얘기 함 해봐봐. 황희태에 황 자만 꺼내도 울 아부지

　　　　한테 뒈지는 거여, 니는.

혜건　　(근심) 나 뒈지는 건 그렇다 쳐도, 끌려갔던 아들 얘기 들어본께 치

　　　　사하게 막 가족 갖고 협박하고 그런단디. 진짜로 그라믄 어쩌냐?

희태　　어쩌긴 뭘 어째? 다 불어야지, 가족인데.

혜건　　(실망, 다시 드러누우며) 니랑 뭔 소릴 하겄냐.

희태　　만약 가족보다 더 중요한 거다? 그땐… 이렇게 해. '아부지!'

혜건　　(의아한) 아부지?

　　다시 현재. 희태 말 떠올리고는 피식… 웃기 시작하는 혜건. 그 웃

　　음에 기남, 뭐지? 보는 순간… 와락 기남의 다리에 매달리는 혜건.

혜건　　(웃는 낯으로) 아부지! 희태 아부지! 저예요, 희태 친구 혜건이!

기남　　(흠칫, 떼어내리며) 이 새끼가 미쳤나…!

혜건　　(독기로 버티며) 아부지! 왜 모른 척하세요? 희태 이름 대믄 봐주신

　　　　댔잖아요. 저예요, 아부지! 희태 젤로 친한 친구 혜건이랑께요!

　　예상치 못한 혜건 행동에 흔들리는 눈빛의 기남, 그런 혜건의 입

을 막으려는 듯 이성 잃고 잔혹하게 때리기 시작하면…

조사관들, 말려야 하나? 난감히 보는 와중에 혼란스러운 틈을 타 구석에 있던 조사관3 슬쩍 조사실을 빠져나가는 모습에서.

S#40   광주병원 응급실 (낮)

응급실 스테이션에서 명희와 민주 각자 차팅하고 있는데, 인영 다가와 말한다.

인영   병철 쌤, 퇴원하셨어요. 방금 가족분들 와서 델꼬 갔어요.

민주   오메, 퇴원했어? 다행이네. 겁나 다친 거 같아가꼬 걱정했는디.

인영과 민주, 기쁘게 말하다가 아차… 묵묵히 계속 차팅하는 명 희 눈치 살피고.

민주   (조심스레, 명희에게) 저, 근디 황희태 씨는 가족이 없어?

명희   …예?

민주   아니, 사람이 없어졌는디 뭐 찾거나 소식 묻는 연락도 없고… 주 변에 아무도 없냐?

명희, 조심스레 물어오는 민주의 말에 뭐라고 답해야 할지 몰라 말문을 잃는데… 그 순간 응급실 안으로 들어오는 의사1, 응급실 의료진들 향해 외친다.

의사1   (기쁘게) 시민군들이 의료품들 구해 갖고 왔어요! 응급과도 부족한 물품 있으믄 나와서 챙겨 가쇼잉!

와아! 작게 기쁨의 탄성 터지는 응급실 안. 민주와 인영도 기뻐하는데.

명희   (덤덤히 일어나며) 제가 갖고 올게요.

인영과 민주가 뭐라 반응하기도 전에 명희 일어나 떠나면, 걱정스레 보는 두 사람.

S#41   광주병원 일각 (낮)

병원 내 뒤뜰 같은 공간. 담벼락 근처에 잔뜩 쌓인 의료품 쪽으로 다가가는 명희. 먼저 온 간호사와 의사들, 양손 가득 의료품들 챙겨 기쁜 표정으로 돌아가고.

쭈그리고 앉는 명희, 종이상자에 붕대며 수액 등 의료품들 개수 세며 넣는다. 물품 다 챙기면 상자 들고서 영차 일어나던 명희, 순간 빈혈 오는지 어질…

잠시 그대로 어지럼증 가실 때까지 눈 감고 있다가 명희 눈 떠보면, 문득 명희의 시야 가득, 병원 뒤뜰을 채운 아름다운 신록의 풍경이 들어온다.

나뭇잎 사이로 봄볕 반짝이고, 봄바람에 나뭇잎 흔들리는 소리…

어느새 완연한 봄 풍경에 명희, 넋을 잃고 한참을 바라보다 희태의 말 떠올린다.

희태(E)   저는 일 년 중에 오월을 제일 기다려요.

명희, 꾹 참아오던 눈물이 울컥 두 눈 가득 차오르고… 그대로 상
자 든 채로 쭈그려 앉아, 애써 속으로 울음 삼키는 명희 뒤로…

희태   왜 또 혼자 일하고 있어요.

목소리에 명희 멈칫, 설마 싶어 뒤돌아보면… 희태, 파리한 미소
로 서있다. 믿어지지 않는 표정으로 천천히 희태에게 다가가는
명희, 희태를 향해 손 뻗는다.
다친 희태 얼굴이며 피로 물든 희태의 옷을 일일이 손끝으로 만
져보고 나서야, 터지는 울음으로 희태를 품에 안는 명희. 서로 끌
어안는 두 사람 모습에서…

S#42   희태 본가 기남 서재 (낮)

기남이 다급한 손길로 벌컥 문 열어보면, 서재 비어 있고. 그 옆에
서 어쩔 줄 모르는 조사관2, 기남의 눈치를 살피며 난감하게 변명
한다.

조사관2   저 그게, 잠깐 화장실 말고는 자리 비운 적이 없는데…

S#43   **희태 본가 거실 (낮)**

계단 위쪽에서 몸 숨기고 빼꼼, 몰래 거실 쪽 바라보는 정태의 시
선으로… 서재에서 나온 조사관2, 허둥지둥 집 밖으로 뛰어나가
고. 일촉즉발의 분노로 걸어 나오는 기남, 거실 한쪽에 서있는 해
령 보면…

두렵지만 그 시선 피하지 않는 해령. 그 모습에 기남의 입매가 삐
뚤어지고.

기남   당신이구나? (살기로 다가서며) 당신이었어…

해령   (계속 기남 보면서) 정태, 방에 들어가 있어.

정태, 겁먹어 계속 지켜보다가 기남과 눈 마주치고. 해령, 그런 정
태 향해 단호히

해령   황정태, 얼른!

정태   (흠칫, 뒷걸음질 쳐 올라가고)

S#44   **희태 본가 희태 방 앞 (낮)**

2층으로 올라온 정태, 복도 구석에 쭈그리고 앉아 괴로운 듯 귀
막는다. 정태, 눈물로 얼굴 무릎에 묻는 모습에서…

S#45   빈 처치실 (낮)

거의 다 비어가는 수혈팩. 수혈받으며 누워있던 희태, 몸 일으키
려면 가방에 주사기, 붕대 등 의료품 챙기던 명희, 급히 희태 다시
눕힌다.

명희   누워있어요. 요거 수혈 다 받아야 출발할 거예요.

희태   시간 없어요. 얼른 여기서 나가야…

명희   알아요. 글믄 딱 1분만 더 누워있어요. 피 많이 흘렸잖애.

그때 똑똑, 문 두드리는 소리와 함께 빈 처치실로 들어오는 현철.

현철   바깥에 트럭 왔다.

명희   예. 금방 갈게요. (현철 안 나가고 서있으면) …왜요?

현철   니 먼저 내려가 있어라. 잠깐 둘이 얘기 쪼까 허게.

명희   (경계로) 아버지가… 희태 씨랑 할 얘기가 뭐가 있소?

희태   (명희 잡으며) 명희 씨. 먼저 가 있어요. 나 피 다 맞고 갈게요.

희태, 설득하듯 명희 보면… 명희, 영 내키지 않는 표정으로 현철
보다가.

(cut to) 단둘이 남으면 현철, 끙 몸 일으켜 앉는 희태에게 봉투 건
네고. 뭐지? 희태, 받아서 봉투 열어보면, 오래돼 모서리가 닳은
통장이 나온다.

현철   명희 대학 보낼라고 모은 돈이네. 그간 명희가 부친 돈도 모아놨

고. 그라고 막 넉넉진 않아도 자리 잡는 데에는 요긴할 거여.

희태　이거, 명희 씨한테 직접 주시는 게…

현철　그냥 자네가 챙겨둬. 명희 고거는 안 받는다 염병할 것이 뻔한
　　　께… 어차피 인자, 둘이 쓸 돈이잖애.

희태　(뭉클함에 보며) 아버님…

현철　글고… (망설이다가, 품에서 꺼내며) 요것도 좀 전해주게.

희태, 받아서 보면 현철의 회중시계다.

현철　명희 가가 애비 잘못 만나가꼬 고되게 살았지만은… 참말로 귀하
　　　고, 귀한 애여. 인자 둘 다 궂은일일랑 잊어불고… 서로 귀하게 여
　　　기면서, 잘 살게잉.

희태　(글썽임으로 보다가, 손에 쥔 시계 바라보는 모습에서)

S#46　광주병원 앞 (저녁)

현철과 명수, 트럭 짐칸에 오르면, 선민, 명희와 희태에게 다가와
서 묻는다.

선민　차로 갈 수 있는 데까지만 태워다드리믄 되제?

명희　잉. 고맙다, 선민아. 부탁 좀 하자잉.

선민 운전석에 오르러 가면, 명희 짐칸으로 다가가 명수 향해 말
건다.

명희	아야, 김똥개. 니 끝까지 누나랑은 말도 안 섞게?
명수	(삐졌어, 주둥이 나와 현철에게 안기고)
명희	(으이그, 웃으며) 글믄 소년체전 때 강원도서 보자잉.
현철	싸게들 가봐.

명희, 복잡한 심경으로 현철을 바라보다가… 애써 시선 거두고.
(cut to) 출발하는 트럭 위에서 명수 보면, 명희와 희태 모습 멀어
진다.

S#47 광주 시내 (저녁)

이동하는 트럭, 길 건너는 사람들 때문에 잠시 멈춰 서면… 짐칸
에 앉아있는 현철, 시무룩하게 안겨 있는 명수 얼굴 살피면서 묻
는다.

현철	김명수. 여즉 누나 땜시 토라진 거여?
명수	몰라요…

그때 짐칸으로 다가오는 여인, 소쿠리에서 비닐에 든 주먹밥 두
개 꺼내 내민다.

여인	요것 좀 드시면서 가써요.
현철	고맙소잉. (명수에게) 감사합니다, 해야제.

낯가리는 명수 꾸벅, 인사하면서 주먹밥 건네받고.

(cut to) 다시 움직이는 트럭 위에서 명수, 주먹밥 먹으며 시내 풍
경 바라보면 거리 청소하고, '헌혈' 써 붙인 구급차 앞에 줄 서고,
음식 나누는 사람들…

그 풍경에 어쩐지 깊숙한 곳에서 뭉클함이 밀려오는 명수, 현철
에게 폭 기대며

명수	아부지. 쪼끔 알 거 같애요. 무등경기장 맹키로 크고 중한 거.
현철	(잘 못 듣고) 뭐라고?
명수	(크게) 주먹밥 맛있다고요! (냠, 주먹밥 먹는다)

S#48　성당 마당 (저녁)

명희와 희태 성당 마당으로 들어서면, 반갑게 다가와 명희 손 잡
는 조 신부.

조신부	잘 왔다. 여긴 저번에 한 번 쓸고 갔응께, 당분간 괜찮을 거여.
명희	봉쇄 풀릴 때까정만 신세 좀 질게요. 아, 이짝은…
희태	(살짝 긴장) 안녕하세요. 황희태라고 합니다.
조신부	아, 혹시 그…
희태	(지레) 아, 네. 맞습니다. 현수막… (하는데)
조신부	접때 명희 니가 말한 거시기 저, '이유', 맞제?
희태	(어리둥절) 이유…요?

쑥스러운 명희, 대화 막듯 조 신부 밀치면 허허 웃으며 앞장서 걸어가는 조 신부. 왜 웃는지도 모르면서 괜히 따라 웃는 희태, 두 사람 따라 들어가는 모습에서.

S#49   도로 일각 (저녁)

명수, 현철 도움으로 트럭에서 폴짝 내리고. 두 사람에게 다가오는 선민.

선민   참말로 걸어가실 수 있겠소? 그려도 거리가 꽤 되는디…

현철   아따, 버스 다니기 전엔 다 걸어 다니던 길인디 뭘…

선민   (지도 건네며) 군인들 검문서는 덴 여기 표시해놨응께, 살펴 가셔요.

현철   덕분에 편히 왔네. 명수야.

명수   (꾸벅) 감사합니다.

(cut to) 선민, 멀어지는 부자 뒷모습 걱정스레 보다가 다시 트럭에 오른다.

S#50   사제관 (밤)

상의 벗은 희태, 뒤돌아 앉아있으면 어깨 쪽 상처 소독하고 붕대 감아주는 명희.

희태   진짜 안 볼 거예요? 봉투 안에 통장 말고 편지 같은 것도 있던데.

(명희 쪽 돌아보며) 안 궁금해요?

명희 안 궁금해요. 말 고만하고 앞이나 봐요.

희태 (치, 앞 보며) 배가 불렀지~ 사랑에 배가 불렀어. 난 그런 아버지 있 었으면 밥 안 먹어도 배부르겠네. 다 어리광이야~ 꼭 화목한 집 애들이 이렇게 어리광이 심해요~

명희 (보다가, 묵묵히 붕대 감으면)

희태 (힐끗) 뭐야… 반응도 없고. 아유~ 명희 씨도 안 받아주니까 난 이 제 세상천지 아무도 없네, 아무도 없어.

명희 그 말… 다신 하지 마요.

희태 네?

명희 아무도 없단 말, 인자 하지 말라고요.

예상치 못한 심각한 말투에 당황해 돌아보는 희태, 명희 살핀다.

희태 난 그냥, 명희 씨가 아무 말도 안 하길래… (눈치) 화났어요?

명희 예. 화났어요, 그 말 때문에. 희태 씨 기다리는 내내, 희태 씨 했던 말이 계속 생각났어요. 나한텐 명수도 있고 부모님도 있지만, 희 태 씨한텐 나 말고 아무도 없단 그 말이요.

희태 그건… (하는데)

명희 (글썽임으로) 곱씹으면 곱씹을수록 화가 났어요, 그 말이. 뭔 말이 그래? 꼭 나는 희태 씨가 없어도 괜찮다는 거 같잖애.

희태 명희 씨…

명희 (울며) 안 괜찮아요. 나도 희태 씨 말곤 없어요. 희태 씨 잃으믄 나 도, 암것도 없다고요.

희태, 명희 아프게 보다가 두 손으로 명희 눈물 닦아주고… 짧게
입 맞춘다.

희태   나… 어머니 돌아가시고 가장 무서웠던 게 뭔 줄 알아요?

명희   (보면)

희태   아픈 거. 이제 돌봐줄 사람도 없는데, 혼자 아프다 죽으면 어쩌
        나… 죽었는데 아무도 모르면 어쩌나… 그래서 아버지 집으로 들
        어갔어요. 가짜 같은 가족이라도, 혼자보다는 나으니까. (사이 두고,
        밝게) 근데, 이젠 가족 없어도 돼요. 나한텐 명희 씨가 있으니까.

        그 말에 명희, 조용히 고개 저으면… 응? 희태, 그 의미를 몰라 바
        라보면.

명희   내가… 희태 씨 가족이 될게요. 결혼해요, 우리.

S#51   외곽도로 (밤)
        손전등 불빛에 기대어 어두운 밤길을 걷는 현철과 명수.

명수   (주변 보다가) 아부지, 이짝 맞아요? 지도로 본 길 아닌 거 같은디.

현철   그려? (지도 꺼내며) 표시된 대로 왔는디…

명수   아따, 줘 봐봐요. 지도는 나가 아부지보다 잘 본당께요.

        현철이 손전등 비추면, 명수 작은 손가락으로 '요기, 요렇게…' 지

도 길 따라 짚고. 현철, 그런 명수를 흐뭇한 미소로 보고 있는데…
멀리 '탕!' 총성 울린다.

현철과 명수, 총성 울린 쪽 동시에 화들짝 바라보고! 멀리 군인들
'이쪽으로!' 웅성대는 소리와 손전등 불빛들 보이면, 재빨리 손전
등 끄고 주변 살피는 현철, 명수를 이끌고 급히 발걸음 옮긴다.

S#52   배수로 (밤)

도로 옆으로 나 있는 배수로로 몸 숨기러 들어가는 현철과 명수.
겁먹어 '아부지…' 하고 작게 속삭이는 명수의 입을 급히 틀어막
는 현철.

배수로 앞으로 군인들 손전등 불빛 왔다 갔다 하면, 질끈 눈 감는
명수.

군인(E)   저 밑에까지 잘 살펴!

부스럭, 배수로 근처 수풀로 걸어오는 군홧발 소리 점점 가까이
들려오면… 명수 안고 엎드려 있던 현철, 결심한 듯 명수에게 작
게 속삭인다.

현철   아부지가 가서 얘기하고 올 텐께, 넌 여서 눈 깜고 있어.

명수   (소매 꽉 잡으며, 속삭이는) 안 돼요. 안 돼요, 아부지.

현철   (쉿!) 아부지 돌아올 때까정 밖에서 뭔 소리가 나도 절대 나오믄
안 된다잉. 알겄제?

마음 굳게 먹는 현철, 자신을 붙잡는 명수 고사리손 겨우 떼어 내
는 모습에서…

S#53   **사제관 (밤)**

감동으로 눈시울 붉어진 희태, 명희의 손을 잡고서 끄덕이면. 미
소로 눈물지으며 그 손을 마주 잡는 명희… 두 사람 맞잡은 두 손
에서.

11화 END

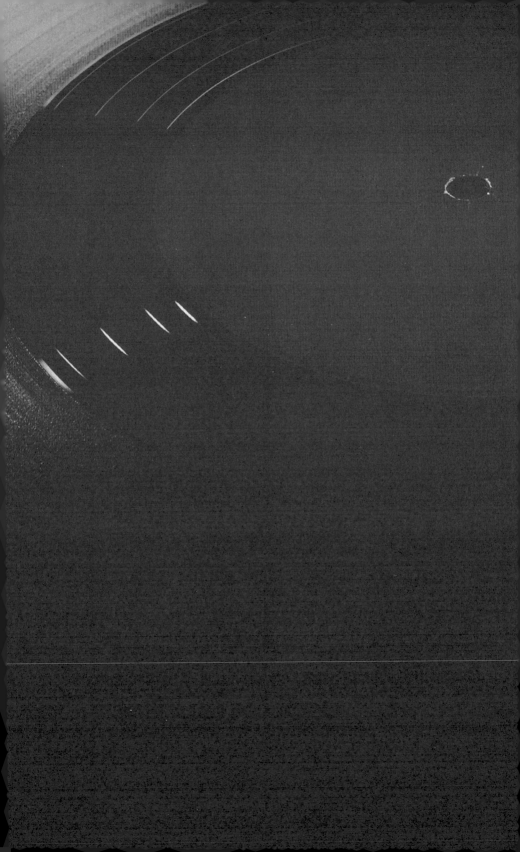

제12화

첫 번째 오월

(12)

S#1   몽타주 – 2021년의 사람들

S#1-1   학교 복도 (낮)

복도 걸어가는 중년 교사의 뒷모습, 한쪽 든 수학 교과서에 '이진아' 적혔고.

뛰는 아이들 향해 '쌤, 뛰지 말고' 주의 주다가 휴대전화 문자 진동에 확인하면…

21년의 진아, 교복 입은 80년의 진아의 모습으로 변해 문자 보고 서있다.

21정태(E)　마음이 자꾸 그 오월로 돌아가는 건, 전혀 이상한 일이 아니에요.

S#1-2   차 안 (낮)

승용차 뒷자리에 앉아 업무자료 넘겨보고 있는 21년의 수련의 손.
문자 진동에 무심코 손 뻗어 핸드폰 보면…
21년의 수련 자리에 앉아있는 80년의 수련, 가슴 철렁해서 문자
를 보는 표정에서.

21정태(E)   아끼는 우산 하나만 잃어도 비 올 때마다 그 우산이 아른거리
는데,

S#1-3   카페 (낮)

외국의 카페. 점원 다가와 커피 채워주면 작게 인사하는 노신사
의 뒷모습.
노트북에 메일 도착 알림 떠 무심코 보면… 얼어붙은 채 모니터
보는 80년의 수찬.

21정태(E)   하물며 사랑하는 사람을 잃은 그 계절이 매해 돌아온다면…

S#1-4   심리상담센터 (낮)

내담자와 마주 앉아있는 21년의 정태, 차분하게 상담 진행한다.

21정태   당연히 우리 마음도 그날로 돌아갈 수밖에요. 바로 어제 일처럼.

그러던 중 똑똑, 노크 소리와 함께 메모지 든 직원 하나가 문 빼꼼 연다.

직원   저, 소장님. 상담 중에 죄송한데…

의아한 21년 정태, 절뚝이며 문가로 다가가 메모 받아 보고.
시간 경과. 무거운 표정의 21년 정태, 홀로 사무실 창가에서 어디론가 전화 건다.

21정태   네… 문자 받으셨어요? (사이 두고) 찾았답니다.

사무실 한쪽에 놓인 5월 달력 천천히 클로즈업하며, 타이틀 오른다.

[Track 12. 첫 번째 오월]

S#2   **배수로** (새벽/1980년)
동트기 전 어슴푸레한 새벽녘, 수풀을 헤쳐 걸어가며 수색하는 시민군들. 총 멘 진수, 멈칫. 배수로 쪽 쎄하게 보고는 경계로 천천히 다가가면… 헉!
밤새 웅크려 오들오들 떨던 명수, 눈 마주치지도 못하고 진수 향해 양손으로 빌면서

명수	사, 살려주세요. 살려주세요.
진수	(동료들 향해) 여기! 이쪽에 애기 있어요!

S#3 사제관 (아침)

쪼그린 명희, 쪽지에 깨알만 한 글씨 끄적이다 마음에 안 드는지 꾸겨버리고. 희태, 그런 명희 귀여운 듯 보다가 빼꼼 컨닝 하듯 쪽지 보려고 하면…

명희	(획 감추며) 아, 보지 말라고요.
희태	아유, 글씨 하도 작아서 보이지도 않네요. (웃는) 아니, 어차피 서로 읽어줄 건데 작게 쓰는 게 뭔 소용이래?
명희	(막막한) 기도는 생략하믄 안 돼요? 그냥 혼인 서약이면 됐지…
희태	주례도 없어, 하객도 없어, 예복도 예물도 준비 못 했는데… 뭐라도 주고는 받아야죠, 결혼 기념으로.
명희	아따, 작문은 쥐약인디…
희태	(웃고) 누가 작문하래요? 그냥 바라는 거 써요. 기도빨 겁나 좋을걸? 없이 하는 결혼이라고 불쌍히 여기셔서.
명희	그러는 희태 씨는, 왜 기도문 안 적어요?
희태	난 이미 다 외워서. 매일 하는 기도가 있거든요.
명희	무슨 기돈데요?
희태	(진지하게 농담) 나 죽으면… 명희 씨 순장시켜달라고.
명희	(황당) 아니, 뭔 순장… 딴 기도해요! 아, 기도빨 좋담서요!
희태	그럼 명희 씨는 순장 거부 기도하시든가. 한번 시험해봐요. 누구

기도빨이 더 좋은가.

명희, 씨… 희태 흘기다가 다시 쪽지에 끄적끄적 열심히 글씨 적기 시작하면 그 모습 사랑스러운지 애틋한 미소로 바라보는 희태 모습에서.

S#4   **보안대 복도 (낮)**

기남, 조사관1과 함께 대화하며 걸어가고 있다.

조사관1   병원엔 아드님 없었습니다.

기남   분명 광주 안에 있어. 기집애 동선 위주로 샅샅이 뒤져서…

기남, 말하다가 멈칫… 사무실 쪽에서 이상한 낌새 느끼고 발걸음을 재촉한다.

S#5   **보안대 기남 사무실 (낮)**

기남, 사무실로 들어가 보면… 조사관들 상자에 기남의 서류, 물건들 챙겨 나가고, 최대령, '저것도 챙겨' 하며 조사관들에게 지시하다가 뒤늦게 기남 발견한다.

기남   지금 제 사무실에서 뭐 하시는 겁니까?

손짓으로 조사관들 나가게 한 후, 기남에게 미소로 다가오는 최대령.

최대령   황 과장 아드님이 이번 사태 주요 용의자랑 아주 긴밀한 사이라는 제보가 들어와서요.

기남   (꾹 누르며) 결코, 사실이 아닙니다. 그건 그냥 그 용의자가…

최대령   어, 항변은 나중에 조사 때. 감독관이 객관성을 잃으면 안 되잖아요.

기남   (분하게 보면)

최대령   조사 끝날 때까지, 이번 일 운전대는 내가 잡겠습니다.

기남   (뼈 담아) 그 조사를, 언제 끝내실 예정이십니까?

최대령   글쎄요. 뭐… 사태 끝날 때?

최대령, 씩 웃어 보이며 나가고… 기남, 분노로 그 모습 보다가 문 닫히자마자 익숙하게 전화기며 서랍 등을 뒤지면, 책상 밑에 붙은 도청 장치를 발견한다. 하, 기가 차는 듯 불빛 반짝이는 그 도청 장치 분하게 바라보는 기남.

S#6   **상무관 앞 (낮)**
명수, 겁먹은 눈으로 주변 둘러보면 도청 앞에 누인 시신들의 수많은 발… 앞서 걷는 진수의 옷소매를 소심하게 잡으면서 묻는 명수.

명수   여긴 도청 아녜요? 아깐 아부지 찾으러 간다고…

진수	아야, 혹시 아버지 어떤 옷 입으셨는지 기억하냐?
명수	(의아하지만) 하늘색 잠바에…

두려움에 곁눈질로 시신들 훑으며 말하던 명수, 어느 순간 말 멈추고 어…
시신들 안에서 현철을 발견한 듯 얼어붙는 명수의 표정에서.

S#7   성당 (낮)

아무도 없는 성당 안, 희태와 미사포 쓴 명희가 십자가 앞에 마주 서있다.

희태	(사회 보듯) 네, 다음은 신랑 신부의 혼인 서약이 있겠습니다. 신랑 먼저 진행해주시죠. 넵!
명희	(뻔뻔한 희태 일인이역에 치, 웃고)
희태	(시선 맞추며) 저 신랑 황희태는 신부 김명희를 가족으로 맞아, 평생 사랑과 존중으로 아끼며 살아갈 것을 주님 앞에 굳게 맹세합니다.
명희	(미소로 보면)
희태	우리 말주변 없으신 신부 김명희 씨도, 맹세합니까?
명희	(웃으며) 예.
희태	아이, 목소리가 작습니다.
명희	예에!
희태	좋습니다. 마지막으로 신랑 신부의 기도 교환이 있겠습니다. 신부

가 엄청난 창작의 고통을 겪었다는데요. 어디 한번 들어볼까요?

명희   (가볍게 흘기며) 다 외우셨다는 신랑분 먼저 하시죠.

희태   (미소로 보다, 손잡고) 주님. 우리 앞에 어떤 시련이 닥치더라도, 어렵게 맞잡은 이 두 손 놓지 않고 함께 이겨낼 수 있기를… 무엇보다 더 힘든 시련은 명희 씨 말고 저에게 주시길, 간절히 기도합니다.

한 마디 한 마디에 진심을 눌러 담아 기도하는 희태, 명희 뭉클하게 보고. 희태, 그런 명희 향해 이제 네 차례라는 듯 눈짓하면 그제야 난감해지는 명희.

명희   아이, 난 대충 썼는디… (원망) 아따, 아까는 순장 빈다고 했음서…

곤란하게 희태 보던 명희, 어쩔 수 없이 자신 없는 표정으로 쪽지를 꺼낸다.

명희   (미치겠고) 나 김명희는… (하는데)

조신부(E)   명희야!

명희와 희태, 놀라서 보면… 헐레벌떡 들어오는 조 신부.

조신부   명희야. 시방 느그 아부지가… (말을 잇지 못하면)

명희   (불길함으로 굳어가는 표정에서)

S#8 **상무관 앞 (낮)**

상무관 앞으로 급히 달려오는 명희와 희태, 불안한 시선으로 두리번거리다가…

사람들 사이에 낯익은 명수 뒤통수를 발견하는 명희, 홀린 듯이 앞서 걸어간다. 흰 천 덮인 현철의 시신 앞에서 눈물 콧물 범벅이 된 명수, 뒤돌아 명희 본다.

명수   (울며) 누나…

명희   (보다가 고개 젓고) 아녀. 이거 울 아버지 아니여. 희태 씨도 봐봐요. 울 아버진 이라고 쪼그맣지 않잖애.

희태   (슬픔에 말문 막혀 명희 바라보면)

믿기지 않는 표정의 명희, 다가가 천천히 흰 천 걷으면… 현철의 얼굴이 드러난다. 너무 큰 슬픔에 오히려 표정을 잃어가는 명희, 현철의 얼굴 내려다보며 말한다.

명희   장난 고만하고 눈 떠. (흔들며) 아버지, 인나. 싸게 눈 뜨라고.

희태   명희 씨…

명희   참말로 이러기여? 왜 끝까정 사람을 못살게 구는데. (눈물로 흔들며) 안 돼. 못 가. 이라고 가믄 난 어찌라고. 대체 난 어찌 살라고! 싸게 눈 떠 빨리. 인나라고, 아버지!

현철의 품에 무너지듯 울부짖는 명희. 그 곁을 눈물로 지키는 희태 모습에서.

S#9   **YWCA 로비 (낮)**

수련이 곁에서 지켜보는 가운데, 소년의 부모에게 소년의 실종 벽보 내미는 수찬.

실종모   긍께 시방, 우리 민식이가, 죽은 것이 아니라 연행됐다는 거요?
          (울음 터지며, 실종부에게 안기며) 아이고, 민식아…
실종부   근디 우리 민식이랑 같이 연행됐담서, 그짝은 어찌 나오신 거요?
수찬   (당황) 저는…

절박한 실종 소년 부모의 시선 동시에 수찬에게 꽂히면, 말문 막히는 수찬… 차마 아무 대답할 수 없어 고개 떨구면, 그 모습을 안쓰럽게 지켜보는 수련.

S#10   **YWCA 건물 앞 (낮)**

수련, 빠른 걸음으로 자리를 뜨는 수찬을 따라간다.

수련   오빠… (잡아 세우며) 오빠!

수찬, 수련의 손길에 뒤돌면… 참담한 표정에 눈물 그렁하고. 본 적 없는 오빠의 모습을 잠시 바라보던 수련, 수찬을 위로하려 입 연다.

수련   (한숨) 오빠. 시방 죄책감 때문에 그런 거면…

수찬	(O.L) 사흘이여. 내가 믿던 세상이… 딱 3일 만에 다 무너졌어. 끌려가서 인간 취급도 못 받다가, 황 과장 덕에 혼자 풀려나가꼬 침대 딱 누웠을 때… 나가 뭔 생각을 했는 줄 아냐?
수련	(보면)
수찬	(눈물) 편안했어. 같이 연행된 사람들은 안에서 살았는지 죽었는지도 모르는데… 그게 그라고 눈물 나게 편안했다고. 그래서 부끄러워. 누워있는 것도, 밥 먹는 것도, 이런 옷 입고 멀쩡하게 숨 쉬고 있는까정 다… 너무 비겁해서, 부끄러워 미치겄다고.
수련	진짜 부끄러울 놈들은 따로 있는디, 왜 오빠가 숨 쉬는 것까정 부끄러워야 해? 오빤 내가 아는 사람 중에 비겁이랑 가장 먼 사람이여.

수찬, 수련의 진심 어린 위로에 눈물로 보면… 가까이 다가서는 수련.

수련	오빠. 시방 우리가 뭘 바꿀 순 없어도… 할 수 있는 일들은 있어.
수찬	(흔들리던 시선, 점점 의지로 형형해지며)

S#11   상무관 안 (낮)

상무관 안에 가득 수많은 관과 흰 천 덮인 시신들이 늘어서 있고. 막관에 옮겨진 현철의 시신을 잠시 슬프게 바라보다 관뚜껑을 닫는 희태. 희태, 울다 지쳐 잠든 명수에게 겉옷 덮어주다 보면… 탈진한 듯 멍하니 앉은 명희. 그런 명희를 글썽임으로 보다가 어렵게 입 여는 희태, 말 한마디 한마디 조심스럽고.

희태	내가… 무슨 말을 해야 좋을지 잘 모르겠어요. 나도 아는 슬픔이 라고, 다 괜찮아질 거라고 말할까 했는데… 그건 아무런 위로가 되지 않을 거 같아요, 명희 씨한테. 슬픔을 덜어줄 방법을… 모르 겠어요.
명희	(멍하니) 다 내 탓이에요. 나만 아니었어도…
희태	(말 막듯, 손잡고) 명희 씨. 명희 씨 탓 아니에요.
명희	(글썽임으로 고개 젓다가, 시선 떨구면)
희태	명희 씨. 나 봐요. (단호히) 명희 씨 탓 아니에요. 자책하지 말아요.

명희, 눈물로 보면… 희태, 마음 아프게 바라보다가 조심스럽게
말한다.

희태	가서, 나주 연락할 방법이랑… 장례 절차 좀 알아보고 올게요.
명희	(비틀, 일어나려) 아녜요. 내가…
희태	(앉히며) 명희 씨는 여기서 아버님 옆 지켜드려요. 보내드리는 건… 내가 다 알아서 할게요.

그 말에 희태 보다가, 다시 힘없이 앉아 현철의 관을 바라보는 명
희. 그런 명희 모습 안쓰럽게 보던 희태, 잠시 머뭇거리다 품에서
뭔가를 꺼내 명희 손에 조심스레 쥐여줘서 보면… 현철이 떠나기
전에 줬던 봉투고. 울컥하는 명희, 받지 않겠다는 듯 손길 밀어내
면… 손에 더 꼭 쥐여주는 희태.

희태	받아요. 경험상… 나중엔 더 힘들어서 그래요.
명희	(눈물 그렁해 보고)
희태	(아프게 보다가) 금방 다녀올게요.

시간 경과. 곤히 잠든 명수의 얼굴을 말없이 내려다보던 명희, 망설이는 손길로 봉투 만지작거리다가… 조심스레 내용물 꺼내면, 통장과 막도장. 입금 내역 빼곡히 적힌 통장을 한 장 한 장 넘길수록 명희 눈물도 차오르고. 통장 마지막 장에 끼워둔 편지 나오면… 애써 덤덤히 눈물 훔쳐내며 펼치는 명희.

| 현철(Na) | 그간 명희 네가 부친 돈 모아둔 통장이다. 명의는 네 이름으로 돼 있으니 언제든지 도장만 가져가서 찾으면 된다. |

S#12 몽타주 - 현철의 편지

S#12-1 나주집 마당 (밤)
홀로 평상에 걸터앉아 편지를 적어 내려가는 현철의 모습.

| 현철(Na) | 언제 명수가 그런 말을 하더라. 달리기할 때 맨 앞에 달리는 놈은 결국 바람막이밖에 안 되니까, 첨부터 제일 앞에 서면 손해랬다고. |

S#12-2 시장 (낮/회상-3화 씬12)

명희 무심코 본 시선 끝에, 좌판에서 시계 수리하는 현철의 모습.

현철(Na)   어쩌면 이 아비의 삶은, 항상 맨 앞에서 온몸으로 바람을 맞는 바람막이 같은 삶이었다.

S#12-3 보안대 조사실 (낮/회상-7화 씬42)

충격으로 보는 명희를 등지고 돌아서는 현철, 울컥 올라오는 울음 참는 모습에서.

현철(Na)   행여나 너도 나 같은 바람막이가 될까, 모진 풍파에 날개가 꺾일까… 맨 앞에 서지 말라 전전긍긍 너를 붙잡기 바빴다.

S#12-4 나주 길 (저녁/회상-7화 씬29)

현철 뒤로 하고 멀어지는 명희의 외로운 뒷모습. 이를 하염없이 바라보는 현철.

현철(Na)   네 날개는 그 정도 바람엔 꺾이지 않았을 텐데, 오히려 그냥 두었으면 바람을 타고 날아올랐을 아이였는데…

S#12-5 나주집 마당 (밤)

씬12-1에 이어, 계속해서 편지를 써 내려가는 현철의 모습.

현철(Na)   명희야. 못난 아비가 잡아 누르고 있었을 뿐… 네 날개는 한 번도
            꺾이지 않았다.

S#12-6 명희 하숙집 앞 골목 (저녁/회상-2화 씬36)

명희 바라보다가 뒤도는 현철. 멀어지는 현철 뒷모습 바라보는
명희 모습에서.

현철(Na)   네 잘못도 아닌 궂은일들은 이제 아버지한테 다 묻어버리고… 앞
            으론 네 날개가 이끄는 대로 자유롭게 살아라.

S#13   상무관 안 (낮)

눈물 흘리는 명희, 혹여 명수가 깰까 편지 든 손에 얼굴 묻고 울음
삼키려 애쓰지만 속에서 깊게 끓어오르는 슬픔에 간간이 울음소
리 새어 나오고. 작게 웅크린 명희의 몸이 서글프게 떨려오는 모
습 점점 멀어지면서…

S#14   희태 본가 정원 (낮)

분을 삭이지 못하는 기남, 정원 일각에서 조사관1에게 보고 받

는다.

조사관1	지금 상무관에 아드님과 같이 있답니다.
기남	우리 쪽 사람 말고 시민군 쪽 편의대원* 시켜서 처리해. 내부분란 처럼 보이게 도청 근처에서, 웬만하면… 우리 아들놈 보는 데서 죽여.
조사관1	(당황) 그럼 아드님도 위험해질 수 있는데…
기남	상관없어.
조사관1	그럼 그렇게 진행하겠습니다. (하다가) 아, 애도 하나 데리고 있던 데. 애는 어떻게 할까요?
기남	애도 그냥 상황 보면서… (하다가 날카롭게) 거기 누구야.

기남이 쏘아본 쪽 나무 뒤에서 부스럭, 정태 주춤주춤 걸어 나온다.

정태	(최대한 평소처럼) 아줌마가… 아버지 식사하시냐고 여쭤보라고…
기남	(못마땅한) 일하잖아. 따로 먹겠다고 전해.
정태	(주눅 들어) 네… (가면)
기남	(잠깐 정태 보다가) 바로 처리해. 집 전화도 안전하진 않으니 직접 와서 보고하고.

기남의 시야에 벗어난 정원 일각에 숨어, 그 대화를 마저 엿듣고 있는 정태. 겁먹은 정태, 시선 흔들리며… 세 사람과의 추억 떠올

• 교란, 모략을 위해 시민으로 위장해 활동하는 첩보원

린다.

인서트　　**정태와 세 사람의 추억 (회상-6화 중국집, 놀이공원)**

정태, 희태, 명희, 명수 함께 중국집에서 음식 먹으며 투덕대던 순
간, 공원에서 솜사탕 먹으며 웃던 즐거운 추억들 짧게 스케치.

다시 현재의 정태, 어쩌면 좋지… 불안하게 흔들리는 시선에서.

S#15　　**상무관 안 (낮)**

힘없이 자리에 앉아 현철의 관 보며 생각에 잠긴 명희, 문득 주머
니에서 기도문 적어두었던 쪽지를 꺼내 펼쳐 내려다보다가… 가
방 뒤적여 펜 꺼내는 명희, 쪽지에 글씨를 덧붙여 써 내려가고. 그
때 두리번거리며 사람 찾던 진수, 명희에게로 다가온다.

진수　　저, 혹시 그짝이 김명희 씨요?

명희　　(쪽지 다시 접다가) 예.

진수　　급히 말 전해달라고 연락이 왔대서요. (메모지 건네며) 황희태 씨가
　　　　일로 좀 싸게 나와달란디…

명희　　희태 씨가요? 뭔 일인디요?

진수　　저도 전달받은 거라… 민원실인께 뭐, 장례 관련한 일 아니겠소?

명희　　(의아하게 메모지 보는)

S#16   **희태 본가 거실 (낮)**

기남 서재에서 나오다 보면… 해령, 커다란 짐가방을 들고서 다가온다.

기남   (짐가방 보며) 뭐야?

해령, 말없이 서류 봉투를 내밀고… 기남 받아 꺼내 보면, 이혼서류다.

기남   (기가 차서 웃는) 이혼? 제정신이야?

해령   어느 때보다 제정신이에요.

기남   (서류 찢으며) 앙탈에도 정도가 있어.

해령   서류는 등기로 다시 보낼게요. 앞으로 용건 있으면 최 변호사 통해 연락해요. 정태는, 내가 데려가요.

기남   누구 맘대로 애를 데려가?

해령   새삼스럽게 왜 이래요? 어차피 당신은 정태 챙긴 적도, 챙길 생각도 없잖아.

기남   나갈 거면 혼자 나가. 양육권 내줄 생각 추호도 없으니까.

해령   그럼 정태한테 선택하라고 하죠. 누구랑 살지.

기남   (미간 꿈틀) 뭐, 선택?

해령   (2층 향해) 정태야! 내려와 봐.

기남   (분노로 붙잡고, 목소리 낮춰) 적당히 해.

해령   (물러서지 않는 시선으로) 정태야. 황정태!

그러다 아무런 기척 없자, 두 사람 멈칫⋯ 2층 쪽을 의아하게 바라보고.

(cut to) 해령 사색이 되어 2층에서 뛰어 내려오면, 다급히 다가오는 가정부.

해령   정원엔, 정원에도 없어요?

가정부   (안절부절) 예. 신발 없는 거 본께 밖으로 나간 거 같은데⋯

옆에서 가정부 얘기 듣던 기남, 정태와 마주쳤던 순간이 머리를 스친다. 기남이 '거기 누구야' 하고 날카롭게 묻자 주춤주춤 걸어 나오던 정태 모습(씬14)

기남   (쎄해서) 설마⋯

기남 급히 뛰쳐나가면, 해령 불안히 그런 기남 따라 달려나간다.

S#17   상무관 안 (낮)

품에 둘둘 만 광목천 들고 돌아온 희태, 현철의 관 쪽으로 걸어오는데 자는 명수 옆에 명희 모습 보이지 않고⋯ 눈으로 상무관 안을 훑던 희태, 마침 그 옆을 지나가던 진수를 잡아 묻는다.

희태   저, 혹시 여기 있던 남자애 누나 어디 갔어요?

진수   둘이 엇갈렸소? 아까침에 연락받고 바로 나갔는디.

희태	무슨 연락이요?
진수	(의아한) 그짝이 불렀잖애. 민원실 뒤로 나오라고…

굳어가는 희태 표정, 불길한 예감에 들었던 광목천 툭 떨구고 뛰쳐나간다.

S#18 민원실 뒤 (낮)

도청 근처, 건물 사이에 나 있는 으슥한 골목에 명희 두리번 들어서면… 평범한 인상에 총 멘 편의대원, 그런 명희를 기다렸다는 듯이 다가온다.

편의대원	김명희 씨? 황희태 씨 보러 오셨죠잉?
명희	(약한 경계로) 예. 근디 뭔 일로…
편의대원	시방 시민군들이 시외전화를 뚫어가꼬. 쭉 들어가서 꺾으심 돼요.

아… 명희, 작게 꾸벅하고 편의대원 지나쳐 골목 안으로 쭉 걸어간다. 뒤에서 지켜보던 편의대원, 어깨에 멨던 총 명희를 향해서 겨누고 쏘려는 순간…
(cut to) 걸어가던 명희 얼굴 위로 총소리 탕! 놀란 명희, 뒤돌아보면 뒤에서 나타나 달려든 정태, 껴안듯 온몸으로 편의대원 붙잡고 실랑이 중이고.

| 명희 | (놀라) 정태야! |

정태	누나! 도망가세요!
편의대원	(초조하게 실랑이) 이 새끼가. 놔. 안 놔? (장전하는) 아씨…

S#19   도로 (낮)

차에서 막 내리는 기남, 어느 쪽으로 가야 할지 잠시 고민하는 얼굴 위로 근처에서 총성 울려 퍼지고… 그쪽으로 고개 휙, 불길한 예감에 얼굴 굳어간다. 따라 내린 해령, 그런 기남의 표정 심상찮게 보는데… 홀린 듯 뛰어가는 기남.

S#20   민원실 뒤 (낮)

기남, 미친 듯 골목으로 뛰어오면… 총 맞아 쓰러진 정태와 이를 살피는 명희. 그런 정태 넋이 나가 바라보는 기남 옆으로 해령 '정태야!' 울부짖으며 지나치고. 기남, 몇 걸음 더 다가가 보면… 다리에 총을 맞고서 정신이 혼미한 정태의 모습. 명희, 정태 지혈하려 애쓰고 옆에서 해령 '정태야, 정태야' 하며 우는 사이에 이성을 잃은 듯 주변을 두리번거리며, 끓어오르는 분노로 소리치는 기남.

기남	어떤 새끼야… 누가 애를 쏘랬어! 내가 언제 내 아들을 쏘랬어!
해령	또… 당신이야? 이게 당신이 말하던 가족을 위한 일이야? 당신 대체 또 무슨 짓을 벌인 거야!
기남	(보다가, 정태 안아 들려) 비켜. 정태는 내가…
해령	(악에 받쳐) 가까이 오지 마! 우리한테 손끝 하나 대지 마!

그때 뒤늦게 골목으로 달려오는 희태, 그 광경 보고서 놀라 다가
오더니 기남 옆 휙 지나쳐, 곧바로 침착히 정태를 안아 들면서 해
령에게 말한다.

희태   어머니. 차 가져오셨어요? 얼른 병원으로… (하는데)
기남   (분노로, 정태 가로채려) 내놔. 그 더러운 손으로 누굴 건드려?!
희태   그게 중요해, 지금?!

그 순간, 정태 혼미한 와중에 자신을 붙잡는 기남의 손길을 두려
움으로 뿌리치더니 희태의 품에 아이처럼 파고들고… 그 모습을
충격으로 바라보는 기남. 희태, 그런 기남 한번 노려보고는 곧바
로 골목 밖으로 달려나가고… 명희와 해령도 따라 뛰어가면… 기
남, 골목에 홀로 남아 희태의 말을 떠올린다.

희태(E)   고아는 제가 아니라 아버지예요. 아무도 아버지를 가족으로 선택
          하진 않을 테니까.

고아가 된 아이처럼 그 자리에 못 박힌 듯 홀로 서있는 기남의 모
습에서.

S#21   **물류창고 (낮)**
문 끼익, 창근 소유의 의료품 물류창고로 은밀하게 들어오는 수
찬과 수련. 두 사람, 끌차 위에 의료품이며 산소통 따위를 일사불

란하게 옮기고 있는데…

창근(E)　　곳간에 쥐새끼가 한 마리 더 늘었네.

남매, 도둑질하다 들킨 것처럼 놀라서 우뚝 돌아보면… 무표정하
게 서있는 창근.

수련　　　아부지…!
창근　　　인자 애비는 눈뜬 송장 취급하기로 둘이 합심했나 보네잉.
수련　　　(설득하려) 아부지. 시방 상황이… (하는데)

수찬, 그런 수련을 막아서듯 나서며 창근 앞으로 다가가 선다.

수찬　　　제가 하자 했어요.
창근　　　(말없이 보면)
수찬　　　어릴 때 아버지가 늘 하시던 말씀 있잖아요. 우리만 잘살면 뭐더
　　　　　냐고. 우린 이 광주란 도시허고 같이 커야 한다고… 그런 아버질
　　　　　존경하고, 우리 창화실업이 자랑스러웠어요. 저, 그래서 돌아온
　　　　　거예요. 단순히 회사 물려받을라고가 아니라, 아버지 뜻을 잇고
　　　　　싶어서. 제 생각엔… 지금이 그때인 것 같아요, 아버지.

뭉클한 창근, 애써 덤덤히 수찬을 바라보다가 주머니에서 뭔가를
꺼내 휙 던지고. 수찬 얼떨결에 받아내서 보면… 커다란 열쇠 꾸
러미다.

창근   고까짓 거 갖다 뭣을 한다고. 곳간 다 열어. 남기지 말고 풀어부

러라.

수찬과 수련, 감격으로 창근으로 바라보고. 창근 단단한 미소 지

어 보이며…

S#22   상무관 안 (낮)

곤히 자던 명수, 부스스 깨서 보면… 명희, 희태 보이지 않고.

(cut to) 임시로 갖다 놓은 책상 앞에서 시신 관련 기록 적고, 안내

하는 부용과 선민. 시신 명단 따위 정신없이 기록하고 있는 선민

에게 다가가는 명수.

명수   저희 누난 어디 갔어요?

선민   (보고) 어, 깼냐? 느그 누나 잠깐 희태 형 보러 갔어야.

그 말에 씨이… 누나에게 토라져 뾰로통한 표정 짓는 명수.

(cut to) 자리로 돌아온 명수, 현철의 관 옆에서 아버지와 대화하

듯 중얼거린다.

명수   아부진 바보예요. 시계 그냥 나 주시지. 누난 가족이고 뭐고 희태

형밖에 모르는디. (눈물) 난 인자 어떡해요, 아부지. 돌아오신대놓

고… 엄니랑 할머닌 어째요, 아부지.

명수, 현철 품에 안기듯 관 위로 얼굴 묻고 훌쩍이는데. 바로 근처
에서 시민들 한 시신 보며 걱정스럽게 떠드는 소리 들려온다.

시민1   박 씨넨, 아직도 연락 안 된당가?

시민2   시방 전화고 교통이고 시외로 연락할 방법이 없응께.

시민1   글믄 그냥 바로 화장하는 거여? 장례도 못 치르고?

시민2   어쩔 수 없제. 시방 시신들 계속 들어오는디, 언제까지 이라고 둘
         순 없응께. (한숨) 결국 가족들 얼굴도 못 보고 가네잉. 딱해서 어
         짠대.

명수, 시민들 대화 들으며 표정 점점 심각해진다.

명수   (작게 혼잣말) 엄니… 할무니… (현철의 관 보며 고민하는)

(cut to) 분주히 일하는 선민 뒤에서 명수 톡톡. 선민, 경황없이 돌
아보면.

명수   그, 지도 있어요? 접때 아부지한테 주셨던 지도요.

선민   지도? 갑자기 지도는 왜… (하는데)

시민3   실종신고도 시방 여서 하믄 되는 거요?

선민   아뇨. 실종신고는 여서 안 받고요…

선민, 정신없는 와중에 급히 지도 하나 무심코 명수에게 건네며
시민 향해 말한다.

선민　　저 거시기, 일단은 도청 쪽으로 함 가보시겠소?

선민에게 받은 지도를 비장하게 보는 명수, 쪼르르 자리를 뜬다.

S#23　　상무관 일각 (저녁)
병원에서 돌아오는 명희와 희태. 명희, 영 마음이 쓰이는지 희태 걱정스레 보며

명희　　정태 수술 마치는 거 보고 와야 하는 거 아녜요?
희태　　다행히 생명엔 지장 없다니까… 일단 아버님부터 제대로 보내드리고 그 후에… (하는데)

희태 하던 말 멈추며 보면, 걱정스럽게 명수 찾아 헤매던 선민과 눈 마주치고.

희태　　(불길한) 무슨 일이에요?
선민　　(울먹이며) 명수가, 명수가 안 보여요.
명희　　(철렁, 심장 내려앉아 보고) …뭐?

S#24　　트럭 위 (저녁)
시내를 달리는 트럭. 짐칸에 앉은 명희와 희태의 불안한 표정 위로.

선민(E)	아무래도 아까 지도를 받아간 것이, 난 그것도 모르고…
명희	(불안감에 울먹이면)
희태	(손잡아주며) 괜찮아요. 멀리 못 갔을 거야. 아무 일 없을 거예요.

S#25   산길 초입 (저녁)

세워진 트럭 옆에서 선민에게 동선과 검문소 표시된 지도를 건네

받는 명희와 희태.

선민	(지도 가리키며) 아마 이쪽 길로 갔을 거여. 혹시 모른께 난 요쪽 길 함 찾아볼게. 요 표신 군인들 검문서는 덴께 잘 피해 다니고.
희태	(지도 보다가) 명수 가지고 간 지도도 이거랑 같은 거예요?
선민	지도는 같은디, 예전 거라 검문 표시가 덜 돼 있어요. (가리키며) 이 짝으로는 최대한 가지 마라잉. 군인들 쫙 깔렸응게.
명희	(긴장으로 끄덕이고, 희태와 시선 마주치면)

S#26   산길 (밤)

손전등 들고서 산길을 헤매는 희태와 명희의 모습. 각자 수풀 속

을 헤쳐보고, '명수야' 하고 작게 외치며 초조히 숲을 살핀다.

S#27   갈림길 (밤)

명희와 희태 앞에 두 갈래 길이 나오고… 함께 지도를 들여다보

는 두 사람.

| 희태 | 길이 갈리네요. (잠시 고민하다) 이쪽으론 제가 가볼게요. 명희 씨는 저쪽 길 찾아봐요. |

희태 길이 갈리네요. (잠시 고민하다) 이쪽으론 제가 가볼게요. 명희 씨는 저쪽 길 찾아봐요.

명희 그짝은 아까 선민이가 가지 말랬잖아요.

희태 명수 지도엔 표시가 안 돼 있어서 모르고 갔을 수 있어요.

명희 같이 가요 그럼.

희태 흩어져야 빨리 찾죠. 명수 어느 길로 갔을지 모르잖아.

명희 (생각하다) 글믄, 내가 그짝 갈게요. 희태 씬 이짝 길로…

희태 (손잡으며) 내 혼인 기도, 벌써 까먹었어요?

명희 (보면)

희태 나 명희 씨 두고 절대 위험한 짓 안 해요. 슬쩍 가서 명수 있는지만 보고 올 테니까, 각자 딱 5분만 찾아보고 여기서 다시 만나요.

영 마음이 쓰이는지 쉬이 대답하지 못하는 명희 손에 뭔가를 쥐여주는 희태. 명희, 손 펼쳐 보면… 현철이 남긴 회중시계다.

희태 5분이에요. 딱 5분 후에, 여기서 보는 거예요. 알았죠?

명희 (복잡한 심경으로 보다가, 끌어안고) …미안해요.

희태 우리 일인데 뭐가요. (가볍게 머리에 입 맞추고) 이따 봐요.

희태 먼저 떠나면, 명희 그런 희태 뒷모습 보다가 반대쪽 길로 걸어간다.

S#28 **산길 (밤)**

뛰던 명수 멈칫 보면, 운동화 끈 풀려 있고. '아이 또…' 꼬물꼬물
끈 매려는데.

그때 근처에서 총소리 탕! 화들짝 놀라는 명수, 어찌할 바 모르고
우왕좌왕하는데…

그 순간 휙 명수 잡아채는 손길! 수풀 속으로 넘어지듯 몸 숨기
고, 명수 놀라보면…

명수   누나…!

쉿! 명수의 입 급히 틀어막는 명희, 숨죽여 경계로 수풀 밖 살피
는 모습에서.

S#29 **외곽도로 (밤)**

수풀 쪽에 몸 낮춘 채, 외곽도로 쪽을 살피는 희태. 보면, 멀리 바
리케이드 앞에서 총 든 계엄군들 무리 지어 있고. 안 되겠다… 다
시 왔던 길 돌아가려 뒷걸음질 치는 순간, 뒤에서 '철컥' 소리. 얼
어붙은 희태, 쎄하게 곁눈질로 뒤쪽 보면… 희태 등 겨누고 있는
군인.

공수1   손들어.

그 순간 부스럭, 수풀 쪽에서 군인 한두 명 더 희태 포위하듯 다가

오고… 긴장으로 두 손 위로 들어 보이는 희태.

S#30   산길 (밤)

멀리서 다가오는 군인들의 모습. '구석구석 잘 살펴!' 하며 홍병
장 소리치고. 수풀 속에서 이를 초조하게 지켜보는 명희, 이대로
는 둘 다 잡힐 것 같고… 멀리 군인들 쪽과 명수 번갈아 보며 고
민하던 명희, 마음을 먹은 듯 굳은 표정으로 명수의 운동화 끈을
꽉꽉 묶어주기 시작한다.

명희   (작게) 니 먼저 나주 가고 있어. 누나도 금방 따라갈게.

명수   (끈 묶는 손 밀쳐내며) 싫어. 혼자는 안 가.

명희   김명수.

명수   (울먹) 아부지도 돌아온대 놓고 안 왔잖애. 같이 가자. 같이 가, 누
         나.

명희   (울컥, 더 태연히) 시방 니랑 있으믄 더 위험해서 그래. 누난 간호원
         이니까 공격 안 해. 군인들한테 잘 설명하고 바로 쫓아갈 텐께, 셋
         세믄 뒤도 돌아보지 말고 나주까지 무조건 뛰는 거여. 알겠제?

명수   (눈물로) 싫어… 싫당께.

명희   (눈물 닦아주며) 김똥개, 누나 봐봐. (눈 맞추며) 금방 따라갈게. 약속.

명수   진짜로, 진짜로 따라올 거여?

명희   (손가락 걸며) 누나는 약속한 건 무조건 지킨다잉. 알제?

단단하게 미소 지어 보이는 명희, 명수 고사리손에 회중시계를

꼭 쥐여주고는 마지막으로 명수를 품에 꽉 안으며 속삭인다.

명희   인자 셋 하면 뛰는 거다잉. 하나, 둘… 셋. (놓으며 밀치듯) 뛰어.

(cut to) 부스럭, 수풀에서 튀어나오는 기척에 홍병장과 경수, 휙 총 들고 보면
명희, 군인들 앞으로 투항하듯 두 손 들고서 나서고… 군인1, 그런 명희 붙잡는다. 그런 명희 뒤로, 오솔길로 뛰어가는 명수를 뒤늦게 발견하는 홍병장.

홍병장   야, 뭐해! 저거 잡아!
경수   (눈치, 재빨리) 제가, 제가 데려오겠습니다! (따라서 뛰어가면)
홍병장   (가는 경수 보다가) 저 새끼 저거 또… (에휴)

홍병장, 달리는 명수 향해서 총 겨누면… 이를 본 명희, 다급히 군인1 뿌리치고.
'안 돼…!' 총 든 홍병장에게 온몸으로 뛰어드는 명희의 모습에서.

S#31   오솔길 (밤)
탕! 멀리서 들려오는 단발 총성에 화들짝 멈춰서는 명수와 뒤쫓던 경수. 뒤돌아보는 명수, 뒤에 따라붙은 경수를 보고서 그대로 얼어붙어 서있고. 경수, 잠시 뒤쪽 돌아보며 고민하다가… 작은 짐승 쫓아내듯 명수 향해 외친다.

경수   가… 빨리 가. (허공에 총 쏘며) 뭐해, 가! 뛰라고!

얼어붙었던 명수, 총소리에 퍼뜩 정신 차리고. 뒷걸음질 치다 다시 뛰기 시작하고. 망보듯 초조하게 연신 뒤쪽을 돌아보던 경수, 문득 뭔가를 발견한 듯 명수 서있던 자리로 다가가 보면… 명수가 떨군 회중시계가 덩그러니 놓여있다.

S#32   외곽도로 (밤)

군홧발에 짓밟혀 무릎 꿇려지는 희태, 머리 땅에 처박히고. 그 앞에서 공수1, 희태 지갑 뒤적이다가 학생증 발견하고 꺼내 본다.

공수1   뭐야, 이 새끼. 서울의대? 서울 대학생이 왜 여기 있어?
희태   (긴장으로) 저 광주 사람입니다. 고향이라서 내려온… (하는데)

말하던 희태, 공수2 군홧발에 걷어차여 헉… 숨도 못 쉬고 신음하는데.

공수2   지랄하네. 너 서울에서 선동하러 온 대학생이지?
희태   (겨우) 아닙니다. 저 진짜 광주 시민입니다. 거기 신분증 보시면…
공수2   (O.L) 야, 그냥 쏴.

공수1, 희태의 뒤통수에 총구 갖다 대며 철컥… 희태, 체념한 듯 눈 질끈 감는데.

광규(E)	황희태?

그 목소리에 감았던 눈 뜨는 희태. 광규, 공수1 어깨너머로 학생 증 보면서.

광규	맞네, 서울의대 수석합격 황희태.
공수1	아는 놈이야?
광규	우리 동네 형님이요. 나 광주 사람이잖애.

광규, 최대한 태연한 표정으로 희태를 일으켜 세우면 공수2, 그 앞 막아서며.

공수2	(막아서며) 어딜 보내. 폭도 발견 즉시 사살하란 말 못 들었어?
광규	쪼까 수상하믄, 연행부터 합시다. 데려가서 제대로 조사하자고요.

공수들 눈치 슬쩍 보며 희태 팔 붙들어 연행하는 광규. 희태, 불안 하게 숲 쪽 돌아보려면… 쿡, 팔꿈치로 찌르며 눈치 주는 광규.

광규	(긴장으로 속삭이는) 살고 싶으믄 그냥 걸으씨요. 뒤에 보지 말고.

공수1, 2의 감시 속에 세워진 군용 트럭 향해 걸어가는 두 사람의 모습.

S#33 **산속 일각 (밤)**

구덩이처럼 푹 꺼져있는 낮은 지형에 던져진 명희를 내려다보는 홍병장.

홍병장 야. 저거 주머닌 다 털었어?

경수 확인하고 오겠습니다.

홍병장 신분 알 수 있는 건 다 꺼내. (먼저 자리 뜨고)

(cut to) 몸통에 총상 입고, 눈 감은 채 쓰러져 있는 명희.
그런 명희 죽은 줄 알고 다가가는 경수, 조심스레 명희 주머니를 뒤지는데. 기도문 적은 쪽지 나오고… 뭐지? 경수 펼쳐 보려는 순간.

명희 (희미하게) 아저씨…

경수 !!

명희 동생… 우리 동생 살아있어요?

아직 약하게 숨 붙어 있는 명희, 남은 힘을 쥐어짜듯 속삭이고. 이에 충격과 철렁함으로 바라보던 경수, 명희를 향해 겨우 고개 작게 끄덕이면…
그제야 안도하는 명희, 옅은 미소로 고개 미세하게 끄덕인다.
덜덜 떨며 어쩔 줄 모르는 경수, 죄책감에 아이처럼 울음 새어 나오고. 잠시 망설이다 주머니에서 회중시계 꺼내, 명희 손에 쪽지와 함께 쥐여준다. 군모 푹 눌러쓰는 경수, 도망치듯 뒷걸음질 치다 자리를 뜨면…

멀리 군인들 떠나는 소리 들리고, 홀로 남게 된 명희. 두려움과 고통으로 쌕쌕거리는 명희 숨소리만이 고요한 공기를 채우다가… 주변에서 작게 풀벌레 소리 들려오더니, 명희를 감싸듯 시끄럽게 울어대기 시작한다.

명희   (작게 중얼) 풀벌레…

명희 귓가에 어렴풋이 희태가 연주해주던 자작곡 기타 선율이 들려온다. 누운 명희 시선에서 밤하늘에 별이 가득하고… 한결 편안해지는 표정의 명희. 옅게 미소 짓는 명희 눈에 한줄기 눈물 흘러내리며, 평온하게 숨 거둔다.

S#34   몽타주

S#34-1 외곽도로 (밤)

거칠게 연행되는 희태, 명희 걱정으로 숲 쪽을 애타게 뒤돌아보는 모습에서.

S#34-2 오솔길 (밤)

숨이 턱 끝까지 차 헉헉대면서도, 울면서 오솔길을 달리는 명수.

멈추지 않고 나주를 향해 달리며 멀어지는 모습에서… 페이드아
웃 된다.

S#35   **식당 앞 (낮/1980년 11월)**

전남 지역의 작고 허름한 식당 앞, 초겨울 바람에 바닥에 낙엽들
뒹굴고. 그 식당으로 들어가는 희태의 지친 발걸음.

S#36   **식당 (낮/1980년 11월)**

까칠해진 몰골의 희태 식당으로 들어오면, TV 보다가 일어나는
주인.

주인   어서 오세요. 한 분?

희태, 대답 없이 메마른 표정으로 가방에서 실종자 전단 한 움큼
꺼내면… 주인, 그런 희태 잠시 짠하게 보다가 다시 TV 보던 자
리에 앉으면서

주인   (익숙한 듯) 거기 계산대 위에 두고 가요.

작게 꾸벅 인사하고는, 명희를 찾는 전단 뭉치를 계산대 위에 올
려두는 희태.

주인	(같이 TV 보는 손님에게) 요번 연도 쟁쟁하네. 누가 대상 탈라나?
손님	아까 그 의대생들이 탈 것 같지 않아?

그 말에 희태 멈칫, 가게 한쪽의 TV를 보면 대학가요제 방송 중이고. 잠시 서서 TV 보던 희태, 홀린 듯 테이블로 다가와 앉는다.

진행자1(E)	80 MBC 대학가요제의 마지막 팀이 되겠습니다. 참가번호 18번,
진행자2(E)	서울 대표 그룹사운드 샤프. 최명섭 작사·작곡 연극이 끝난 후.

TV에서 샤프의 '연극이 끝난 후' 전주가 흘러나오며 노래 시작되고… 무표정으로 멍하니 TV를 보는 희태, 노래 들으며 명희와의 순간들을 떠올린다.

인서트 명희와 함께 한 모든 순간 (회상)

처음 명희를 보고, 기타를 연주해주고, 손을 잡고, 이별하고, 재회하고, 기도하고… 첫 만남부터 갈림길에서의 이별까지 명희와의 순간들 노래에 맞춰 짧게 스친다.

다시 식당, 홀로 앉은 희태의 모습 위로 흐르는 노랫말…
"끝나면 모두들 떠나버리고 무대 위에 정적만이 남아있죠. 고독만이 흐르고 있죠."
TV 보던 희태의 텅 빈 눈에 어느새 가득 차오른 눈물, 뺨을 타고 흐른다. 흥겨운 간주 흐르면, 고개 숙여 흐느끼는 희태의 뒷모습

점점 멀어지면서… (F.O)

S#37 대학병원 응급실 (낮/자막-2021년 서울)

소란스러운 응급실로 들어오는 누군가의 발걸음, 의료진들 물러
서며 꾸벅 인사하고. 진상 환자, 간호사 멱살 거칠게 잡으면… 이
에 무표정으로 대응하는 간호사. 당황하는 주변 의료진들, 쉽게
다가서지 못하고 '어떡해' 구경만 하고 있는데.

간호사   (차분히) 간호사 업무가 아닌 걸 해드릴 의무는 없습니다.

진상환자   더 세게 그러쥐며) 허, 근데 이년이 끝까지 따박따박…

21희태   (끼어들어, 진상 손 떼어내는) 어허, 나쁜 손.

진상환자   뭐야 이건 또… 비켜. 안 비켜? (희태 멱살 잡으며) 이 새끼가…

21희태   (멱살 잡힌 채 껴안으며) 어유. 왜 또 이렇게 화가 나셨어, 왜.

진상환자   당황) 뭐, 뭐야?

21희태   (껴안은 채로, 의료진 향해) 뭐해. 보안팀 안 부르고.

의료진 달려가고, 버둥거리는 진상 환자를 능청스레 껴안아 버티
는 21년의 희태.

S#38 대학병원 희태 사무실 (낮)

문 똑똑. 긴장한 인턴, 빼꼼 들어오면… 우당탕, 책상 헤집는 번잡
한 소리. 21년의 희태, 사무실 유선 전화로 통화하면서 책상 뒤지

고 있다.

21희태   아이, 아까 섬에서 두고 나왔나? 전원이 꺼져있다네. 근데 정태
        걘 직접 전화하지, 왜 바쁜 너까지 시켜서… 아, 지금 비행기 탔대?

21년 희태 뒤늦게 우물쭈물 선 인턴을 보곤, 들어와 앉으라 건성
으로 손짓하고.

21희태   뭐 큰일은 아니지? 뭔데 자꾸 만나서 얘기한대? (폰 찾고) 어! 야,
        찾았다. 바로 출발할 테니까 주소 좀 찍어 보내. 응. 이따 보자.

전화 끊는 21년 희태, 의자에 앉은 인턴에게로 다가와 은단 권하
듯 내밀고.

인턴   아뇨, 전 괜찮… (기에 눌려 손바닥 내밀고) 넵. 감사합니다…
희태   (자기도 은단 한입 먹고, 빤히) 근데… 누구?
인턴   (당황) 저, 교수님께서 절 찾으셨다고…
21희태   내가? (잠시 생각) …아! 네가 걔구나? 달리는 버스에서 CPR.

21년 희태, 가운 벗어 옷걸이에 걸고 겉옷 입으면서 인턴에게 심
상하게 묻는다.

21희태   **그래서 환자는, 살았어?**
인턴   (죄지은 듯 고개 떨구며) 아뇨. 저번 토요일에… 사망했습니다.

21희태	(흠, 보다가) 그래서 인턴 관둔단 거야? 환자 죽어서?
인턴	꼭 그렇다기보단… (작게) 전 의사 될 자격이 없는 것 같아서…

그 말에 옅게 미소 짓는 21년 희태, 바쁜 손놀림으로 가방 챙기면서 말한다.

21희태	내가 갈 데가 있어서, 본론만 빨리 얘기할게. 이름이?
인턴	이서온…입니다.
21희태	서온아. 우린 생과 사를 결정하는 사람들이 아니야. 결정은 신이 하고, 우린 그사이에 최선을 다할 뿐이지. (다가와) 근데 넌 두려워도 피하지 않고 최선을 다했잖아.
인턴	(뭉클해 보면)
21희태	장담하는데, 서온이 넌 분명히 좋은 의사가 될 거야. (선글라스 끼고, 어깨 툭) 그럼 난 이만 볼일이 있어서. 불 끄고 나가라. (가는)

S#39   서울 거리 (낮)

선글라스를 낀 채 횡단보도 앞에 선 21년의 희태, 뭔가를 빤히 보고 있다. 보면, 길 건너에 붙은 '가짜유공자 처벌하라! 5.18은 간첩의 소행' 현수막이고. 현수막 표정 변화 없이 바라보는 21년 희태, 파란불 켜지면 무심히 길 건넌다.

S#40　　**공원 입구 (낮)**

수수한 바지 정장을 입은 중년 여성, 공원 초입에 서있고.

21희태(E)　　석철아!

부르는 소리에 21년의 석철 돌아보면, 반갑게 손 흔들며 다가오는 21년 희태.

21석철　　갑자기 오시라 해서 죄송해요. 바쁘실 텐데.

21희태　　바빠 봤자 너만 하겠냐. (보고) 너 몸 좀 챙겨라. 병원 와서 검진도 좀 받고. 직원 할인도 올해까지야.

21석철　　(웃으며 끄덕) 가시죠.

21년 석철을 따라 공원으로 들어가는 21년 희태. 걸어가는 두 사람 모습 위로.

21희태　　야, 근데 석철아. 요샌 현수막 찢으면 벌금 얼마나 나오냐?

21석철　　글쎄요. 법 쪽은 수련 언니한테 여쭤보시는 게…

21희태　　누구, 이수련? 걘 노동법밖에 몰라~ 법대에서 데모만 해갖고.

S#41　　**공원 (낮)**

공원의 벤치에 홀로 앉아있는 한 중년 남자, 사제복을 입고 있다. 멀찍이서 걸어오는 희태, 석철과 떠드느라 앉아있는 남자 보지 못하고…

21희태   나 핸드폰 켜보고 깜짝 놀랐잖아. 부재중 통화 목록이 무슨 향우
         회야. 죄다 광주사람들만…

사제복 입은 중년 남자, 걸어오는 21년 희태 보고 벤치에서 일어
나 다가가면… 21년의 희태, 뒤늦게 남자 보고 놀라서 선글라스
벗으며 말한다.

21희태   야, 명수야…!
21명수   잘 지내셨어요, 형님.
21희태   (어리둥절) 아니, 오늘 진짜 뭔 날이야? 향우회라도 해?

그런 희태를 말없이 보는 두 사람, 숙연하게 가라앉은 표정으로
바라보면… 그 둘 표정에 철렁하는 21년 희태, 밝았던 표정 점점
어떤 예감으로 굳어간다.

21희태   …찾았어?

21년 명수, 눈시울 붉어진 채 조용히 끄덕이면… 80년의 모습으
로 돌아가는 희태. 놀람과 슬픔, 안도… 온갖 감정이 뒤섞인 채 조
용히 시선 떨군다.

S#42 광주 경찰서 (낮)

유품을 인계받아 나오는 21년 희태, 문득 멈춰 서서 손에 든 증거
보관용 지퍼백 보면 회중시계와 접혀있는 쪽지가 각각 작은 지퍼
백에 담겨 있다.

경찰(E) 이 쪽지도 발굴 당시 같이 나온 겁니다. 제보자 말로는 고인 유품
이라네요.

생각에 잠겨 유품을 바라보던 21년 희태, 다시 발걸음 옮기기 시
작하는데 멀리 걸어가는 누군가의 뒷모습 보고 멈칫… 1화의 남
루한 중년 남성이다.

21희태 경수야!

걸어가던 중년 남성, 희태의 부름에 발걸음 우뚝… 뒤돌아본다.
21년의 희태, 복잡한 심경으로 경수 바라보다가 슬픈 미소 옅게
지어 보이면. 온갖 감정 뒤섞인 눈망울로 바라보다가, 다시 묵묵
히 자리를 뜨는 21년의 경수. 그런 경수의 뒷모습을 우두커니 바
라보는 21년의 희태 모습에서…

S#43 광주호텔 방 (밤)

책상 앞에서 봉투 안 유품을 꺼내 보는 21년 희태, 회중시계 책상
에 고이 내려놓고 오랜 세월에 귀퉁이 삭은 명희의 쪽지 들어서

보다가, 조심스레 펼치는 21년 희태.

명희(Na)   나 김명희는 황희태의 순장 요구를 거부합니다.

21희태   (푸핫, 웃음 터지고… 마저 쪽지 읽어내려가면)

명희(Na)   주님. 예기치 못하게 우리가 서로의 손을 놓치게 되더라도, 그 슬
플에 남은 이의 삶이 잠기지 않게 하소서.

인서트   상무관 안 (씬15)
쪽지에 기도문 덧붙여 적어 내려가는 명희의 모습 위로.

명희(Na)   혼자 되어 흘린 눈물이 목 밑까지 차올라도, 거기에 가라앉지 않
고 계속해서 삶을 헤엄쳐 나아갈 힘과 용기를 주소서.

쪽지 읽어 내려가는 21년 희태 눈에 눈물 고이고… 슬픔으로 흐
려지는 미소 끝. 잠시 흐르는 눈물로 창밖 바라보며, 고요히 슬픔
에 잠기는 21년의 희태.
(cut to) 의식 치르듯 정갈하게 편지지와 펜을 책상 위에 세팅하는
손길.
손목시계 풀면, 왼쪽 손목에 오래된 흉터. 편지지 위 펜을 드는
21년의 희태… 평온한 표정으로 천천히 편지를 써 내려가기 시
작한다.

21희태(Na)   어김없이 오월이 왔습니다. 올해는 명희 씨를 잃고 맞은 마흔한

번째 오월이에요.

S#44   바다 (낮/과거-80년대)

모래 위에 신발을 벗어둔 채, 멍하니 바다를 보고 서있는 희태의
뒷모습. 파도 점점 밀려와 희태의 발등을 적시고, 발목까지 차오
른다. 밀물 차올라 둥둥, 벗어두었던 신발 떠내려가도 그 자리 그
대로 서있는 희태.

희태(Na)   그간의 제 삶은 마치 밀물에서 치는 헤엄 같았습니다. 아무리 발
버둥 쳐도 앞으로 나아가지 못하고, 그냥 빠져 죽어보려고도 해
봤지만…

시간 경과. 조난자처럼 푹 젖어 해변에 엎드려 쓰러진 희태. 콜록,
바닷물 게워내며 정신을 차리고… 살아있음에 아이처럼 서럽게
울기 시작한다.

희태(Na)   정신을 차려보면 또다시 그 오월로 나를 돌려보내는 그 밀물이,
어찌나 야속하고 원망스럽던지요.

인서트   광주호텔 방 (밤)

편지를 써 내려가는 21년의 희태 손.

희태(Na)   참 오랜 시간을 '그러지 않았더라면' 하는 후회로 살았습니다.

S#45   몽타주 - 희태의 편지 (그러지 않았더라면)

S#45-1 광주 시내 거리 (낮)

아무도 없이 비어 있는 80년대 광주 시내의 거리 풍경.

희태(Na)   그해 오월에, 광주로 가지 않았더라면,

S#45-2 명희 하숙집 안쪽 마당 (밤)

텅 비어 있는 하숙집 안쪽 마당의 풍경 속, 아무도 앉지 않은 평상.

희태(Na)   그 광주에서, 당신을 만나지 않았더라면,

S#45-3 갈림길 (밤)

씬27에서 명희와 희태가 마지막으로 헤어졌던 갈림길의 풍경.

희태(Na)   그 갈림길에서 손을 놓지 않았더라면, 당신이 살지 않았을까 하
          고요.

인서트　　　**광주호텔 방 (밤)**

편지 쓰는 21년 희태 뒷모습. 책상 구석에 놓인 낡은 회중시계와
쪽지 위로…

희태(Na)　하지만, 이렇게 명희 씨가 돌아와 준 마흔한 번째 오월을 맞고서
야… 이 모든 것이 나의 선택임을 깨닫습니다.

S#46　　몽타주 – 희태의 편지2 (나의 선택들)

S#46-1　시내 길거리 (회상/8화 씬55)

거리를 지나는 사람들 사이로 명희와 재회하는 희태의 모습.

희태(Na)　나는 그해 오월 광주로 내려가길 택했고,

S#46-2　명희 하숙집 명희 방 (회상/8화 씬58)

짧은 입맞춤 후, 가까이서 서로를 바라보는 희태와 명희의 모습.

희태(Na)　온 마음을 다해 당신을 사랑하기로 마음먹었으며,

S#46-3 명희 하숙집 명희 방 (회상/9화 씬4)

어슴푸레한 새벽. 잠든 명희 내려다보다가 기도하는 희태의 모습.

희태(Na) 좀 더 힘든 시련은 당신이 아닌 내게 달라 매일 같이 기도했습니다.

S#46-4 바다 (저녁/과거-80년대)

씬44에 이어. 푹 젖은 희태, 해변에 앉아 노을 지는 바다 망연자
실 보는 모습 위로…

희태(Na) 그 생과 사의 갈림길에서 내가 죽고 당신이 살았더라면… 내가
겪은 밀물을 고스란히 당신이 겪었겠지요. 남은 자의 삶을요.

S#47 광주호텔 방 (밤)

80년의 희태, 21년 희태가 앉아있던 자리에 앉아 편지를 적는 모
습 위로…

희태(Na) 그리하여 이제 와 깨닫습니다. 지나온 나의 날들은 내 기도에 대
한 응답이었음을. 41년간의 그 지독한 시간들이… 오롯이 당신
을 향한 나의 사랑이었음을.

S#48   **묘지 (낮)**

'김명희의 묘'라고 적힌 묘비 옆에 미소 짓고 있는 명희의 여권
사진. 그 앞에 꽃다발 놓고, 그 위에 편지 봉투를 고이 내려놓는
80년의 희태. 애틋한 슬픔으로 묘비를 바라보며 미소 짓는 80년
의 희태 모습 위로⋯

희태(Na)   내게 주어진 나머지 삶은, 당신의 기도에 대한 응답으로 살아보
려 합니다. 거센 밀물이 또 나를 그 오월로 돌려보내더라도⋯ 이
곳엔 이제 명희 씨가 있으니, 다시 만날 그날까지 열심히 헤엄쳐
볼게요.

선글라스 끼고서, 뒤돌아 걸어가는 21년의 희태 멀어지는 뒷모
습에서⋯

21희태(Na)   2021년 첫 번째 오월에, 황희태.

FIN

나 김영애는 황희태의 수청 서를 거부합니다.

구름, 에기 못! 내 구가 서로 은을 은 내 니 되더라도,

그 순즐에 밤은 서리 삶이 잡게 얍비 하으여 혼자 되어 온신 눈문이 폭 멎아지 라온라도, 거기에 마가 삼기 않고, 게즉해서 순을 헤걸려 나아갈 힘과 힘를 구 $\overset{\mathcal{L}}{\sim}$